Kneipengrab

Christiane Wünsche, 1966 in Lengerich in Westfalen geboren, lebt seit dem vierten Lebensjahr in Kaarst am Niederrhein und ist dort in der Kinder- und Jugendarbeit tätig. Kreativität und Phantasie haben in ihrem Leben immer eine besondere Rolle gespielt. Bereits als Kind wollte sie Schriftstellerin werden. Heute schreibt und veröffentlicht sie sozialkritische Kriminalromane, in denen der Leser in die Haut der verschiedensten Protagonisten schlüpft. Außerdem verfasst sie Gedichte. Christiane Wünsche hat eine inzwischen erwachsene Tochter, zwei Hunde und einen Oldtimerwohnwagen. Neben dem Schreiben ist Camping ihre Leidenschaft, die sie mit ihrem Lebensgefährten, ihrer Familie und Freunden teilt.

CHRISTIANE WÜNSCHE

Kneipengrab

NIEDERRHEIN KRIMI

emons:

Bibliografische Information der Deutschen Nationalbibliothek
Die Deutsche Nationalbibliothek verzeichnet diese Publikation in der Deutschen Nationalbibliografie; detaillierte bibliografische Daten sind im Internet über http://dnb.d-nb.de abrufbar.

FSC
www.fsc.org
MIX
Papier aus verantwortungsvollen Quellen
FSC® C083411

Umschlagmotiv: © mauritius images/Westend61
Umschlaggestaltung: Tobias Doetsch
Gestaltung Innenteil: César Satz & Grafik GmbH, Köln
Lektorat: Susanne Bartel
Druck und Bindung: CPI – Clausen & Bosse, Leck
Printed in Germany 2016
ISBN 978-3-95451-788-6
Niederrhein Krimi
Originalausgabe

Nur mit der Wahrheit
lässt es sich wahrhaftig leben.

Anneliese Bongartz

Prolog

Überall Blut. Auf dem Teppich, dem Betonboden, an den nackten Steinwänden, auf der Tastatur des Keyboards. Der Körper liegt da wie weggeworfen, mit dem Gesicht nach unten. Sie kann nur die blonden Locken sehen. Aus ihnen tropft es dunkel, und das Sweatshirt ist am Rücken vollgesaugt mit dem rotbraunen Saft. Er breitet sich um den Rumpf herum aus. Sie glaubt nicht, was sie sieht. Wie kann aus einem einzigen Menschen so viel Blut herauslaufen?

Sie tritt näher und versucht gleichzeitig, die Realität zu leugnen. Ein Widerspruch in sich. Doch genau das ist sie in diesem Moment: ein einziger Widerspruch. Neben dem Schock, der sie gefangen hält, beginnt sie sich zu ekeln; gleichzeitig übt das, was sie sieht und doch nicht fassen kann, eine eigentümliche Faszination auf sie aus. Wie hypnotisiert geht sie auf das blutüberströmte Bündel zu, bis sie in der klebrigen Lache steht.

Plötzlich rauscht es in ihren Ohren, erst leise, dann lauter. Ihr schwindelt, alles dreht sich, wirbelt herum, immer schneller und schneller, bis sie aus dem Chaos herausgeschleudert wird, weit nach oben. Alles wird still. Sie schwebt, taumelt, dann sieht sie sich selbst von oben im Proberaum stehen. Er wird nur von einer nackten Glühbirne beleuchtet, die sie nun nicht mehr über, sondern neben sich wahrnimmt. Sonderbar.

Staunend betrachtet sie alles aus der Vogelperspektive: die umgeworfenen Mikrofonständer, den Kabelsalat auf den alten, speckigen Teppichen, das Mischpult, die Boxen, die E-Gitarren, die Notenblätter, die überall wie Herbstlaub verstreut sind. Und mittendrin, nein, eher hinten im Raum, zwischen Keyboard und Mauerwerk, liegt die blutige Leiche. Sie selbst steht als kleine, stocksteife Gestalt daneben. In dem Moment überkommt sie eine Regung, die sie in ihrer Abartigkeit bis in die Grundfesten erschüttert.

Nein, *das* wird sie nicht vor sich selbst zugeben. Nein, niemals.

In einem einzigen wirbelnden, mächtigen Sog reißt es sie zurück in ihren Körper. Noch ein Ziehen, ein Zerren und ein Ruck, und sie ist wieder sie selbst. Sie fängt an zu schreien, leise und dünn, dann schließt sich ihr Mund wieder.

Er ist tot, das realisiert sie nun mit schrecklicher Gewissheit. Tatsächlich tot. Es gibt ihn nicht mehr. Aus. Vorbei.

Das Problem mit der Normalität

Ich bin eine ganz normale Frau. Das sage ich mir oft. Ich bin eine ganz normale Frau von Ende vierzig mit zwei erwachsenen Kindern. Die ideale, allernormalste Kombination. Ich bin geschieden, auch das ist heutzutage normal, und ich bin berufstätig. Natürlich. Es ist kein aufregender Job, den ich ausübe, aber einer, der mir genug Geld zum Leben einbringt. Ich arbeite in der Kaarster Stadtverwaltung. So weit, so gut.

Denn an dieser Stelle endet die Normalität. Sosehr ich mir einrede, wie alle anderen zu sein, so wenig bin ich es. In meinem Inneren wohnen Verlust und ohnmächtiger Schmerz – seit meinem vierzehnten Lebensjahr, seit 1980, als zunächst meine beste Freundin von einem Serienmörder getötet und wenige Monate später mein einziger Bruder auf brutalste Weise von einem seiner besten Freunde umgebracht wurde.

Kein Gespräch und keine Therapie konnten mich heilen, und so schleppe ich die Traumata und Fragen von damals noch heute mit mir herum, unentwegt auf der Suche nach Antworten und dem Begreifen.

Und obwohl es auch in meinem Leben den Alltag mit den üblichen Sorgen und Problemchen wie auch mit Freuden und Spaß gibt, überschatten die Tragödien von damals die Normalität von heute. Jeden Tag. Überall.

***

Worte eines Alltagsphilosophen:
Es sind die vielen Rätsel, die das Leben zu dem machen, was es ist: unvorhersehbar. Wir alle verbergen Dinge, die nicht an die Öffentlichkeit dringen sollen, in uns und vor anderen. Solcherart Geheimnisse bestimmen nicht nur unsere Vergangenheit und Gegenwart, sondern auch unsere Zukunft. Denn irgendwann wird alles ans Licht kommen, ausnahmslos. Und dann wird man sich wundern oder erschrecken und

die Wahrheit, von der man gerade eben noch glaubte, sie felsenfest zu kennen, korrigieren müssen.
Auch die Erde birgt Geheimnisse, natur- und menschengemachte. Erstere überwiegen, ihnen widmen sich die Wissenschaften.
Aber wer nimmt sich der von Menschen gemachten an? Des hellblauen Fahrrads zum Beispiel mit den darauf gepinselten weißen Wölkchen, das seit weit über dreißig Jahren zusammen mit einer Zahnspange unter der Erde verrostet? Gräser, Disteln, Klee und Kamille wuchern über ihnen. Für wie lange noch?

***

Gerade in letzter Zeit lese ich oft in meinem alten Tagebuch beziehungsweise in dem von Silvia und mir. Als sie vorschlug, immer abwechselnd hineinzuschreiben, war ich von der Idee sofort begeistert.

Jede von uns hatte das wattierte orangefarbene Buch mit dem winzigen Messingvorhängeschloss immer nur einen Tag lang. Jede von uns besaß einen dazu passenden Schlüssel, den wir an einer Kette um den Hals trugen. Hatte ich abends meine Erlebnisse und Gedanken dem Tagebuch anvertraut, verschloss ich es, lief zu Silvia rüber und warf es in ihren Briefkasten. Oder ich gab es ihr in der Schule in der ersten Fünfminutenpause. Wenn ich es am nächsten Tag zurückbekam, las ich gespannt ihren Eintrag, der oft viel lustiger und lebendiger als meiner geschrieben war.

Seit wir zwölf waren, hielten wir das so. Seit wir beschlossen hatten, beste Freundinnen zu sein.

Silvia und ich besuchten gemeinsam ein Gymnasium in unserer Heimatstadt Kaarst am Niederrhein. Während einer Klassenfahrt in die Eifel freundeten wir uns an. Wir merkten, wie sehr wir uns trotz aller Unterschiede mochten. Oder vielleicht gerade ihretwegen, ich weiß es nicht. Ich weiß nur, dass mir Silvia bald fast näher war als ich mir selbst und ich ihre ansteckende Fröhlichkeit und ihre Lebenslust nie mehr missen wollte. Was für ein Mensch sie war, davon zeugen heute noch ihre Einträge, wie zum Beispiel einer vom Sommer 1979, als wir beide gerade dreizehn Jahre alt waren:

7.7.1979
Sonne, Hitze und Ferien! So könnte es immer sein! War heute mit Nina im Freibad im Neusser Südpark. Während sie blass wie die Wand ist, bin ich schon knackig braun. Dafür hat sie eine super Figur, und ich seh neben ihr aus wie ein Klops. Ein mit Jägersauce übergossener Klops.
Aber egal. Auf jeden Fall hatten wir viel Spaß. Ich habe extra eine Arschbombe nach der anderen ins Becken gemacht, genau neben zwei geschminkten Tussis mit Föhnfrisuren, die sich auf ihren Handtüchern sonnten. Natürlich sind die patschnass geworden und haben gequiekt wie Miss Piggy! Sehr lustig! Nina war das Ganze ein bisschen peinlich, aber irgendwann hat sie mitgemacht.
Später haben wir am Kiosk ein Wassereis gekauft – einen Flutschfinger. Neben uns stand eine Clique mit Jungs, etwas älter als wir, und einer von denen war total süß. Also habe ich mein Eis besonders genüsslich geschleckt, ganz langsam, mit der Zunge an dem bunten Finger aus Eis entlang. Nina ist rot wie eine Tomate geworden, aber die Jungs fanden es toll. Sie haben uns zu einer Cola eingeladen. Super war das. Und sie waren echt nett.
Obwohl, an Alex kamen sie natürlich nicht ran. Alex ist der süßeste und tollste Junge überhaupt! Ich liebe seine grünen Augen und die blonden Locken. Auch wenn Nina sagt, er sei viel zu alt für mich, kann ich ihn doch ein bisschen anschmachten, oder? Ph, die vier Jahre! Ich warte einfach noch zwei, drei Jährchen, dann fällt der Altersunterschied gar nicht mehr auf. Vielleicht bin ich dann auch etwas schlanker und größer als jetzt, aber mit den Titten von heute. Träumen darf man, finde ich. So, jetzt mache ich aber mal Schluss und das Licht aus. Hoffentlich kann

ich gut schlafen, denn der Sonnenbrand auf den Schultern ziept. Aua!
Silvia

Ich kann mich noch gut an jenen unbeschwerten Sommertag erinnern. Was war ich damals verklemmt – im Gegensatz zu meiner Freundin.

Zu der Zeit las ich ihre Einträge oft mehrmals hintereinander, um mir ihre Sichtweise der gemeinsamen Erlebnisse näherzubringen. Heute ist das Tagebuch noch wertvoller für mich, denn es führt mir vor Augen, wie mein Leben hätte sein können, hätte es die Katastrophen nie gegeben.

Willich, Januar 2015
Liebe Nina,
wieder einmal schreibe ich dir, obwohl ich weiß, dass du mir nicht antworten wirst. Ich habe dich um Verzeihung gebeten, damals und während all der Jahre, und ich tue es heute wieder. Dein Schweigen sagt alles, trotzdem kann ich es nicht lassen. Es wäre mir so wichtig, dass du mir vergibst, gerade jetzt. Denn stell dir vor: Sie lassen mich raus. Nach fünfunddreißig Jahren. Ich darf noch ein bisschen in Freiheit leben. Verdiene ich das? Ich weiß es nicht. Die Sache von damals war nicht so, wie du denkst. Das habe ich dir oft geschrieben. Klar hatte ich Schuld, aber anders, als du denkst. Auf eine Art, die ich dir nicht erzählen kann. Noch nicht, aber vielleicht bald. Würdest du mich dann anhören? Darf ich mich bei dir melden? Bitte.
Dein A.

Ich habe den Brief des Mörders in den Kamin geworfen. Allerdings erst, nachdem ich ihn gelesen hatte. Ich ärgere mich immer noch. Nicht darüber, ihn verbrannt zu haben, sondern darüber, dass ich nun weiß, dass sie ihn freilassen werden. Der Gedanke daran macht mich rasend wütend. Was für eine himmelschreiende Ungerechtigkeit! Mein Bruder Alex ist seit 1980 tot, und sein Mörder darf bald seine Zelle verlassen und einfach in die Sonne hinausspazieren. Eine Sonne, die Alex nie mehr sehen wird, weil er zu Staub zerfallen ist. Schon seit dreieinhalb Jahrzehnten.

Ich muss mit jemandem darüber reden. Dirk, mein Ex, ist der Einzige, der mir einfällt. Eigentlich wollte ich ihn nicht mehr so häufig anrufen, sonst denkt er womöglich noch, dass ich unsere alte Beziehung wiederbeleben will. Ich schaue in die Flammen im Kamin, während vor den Fenstern Dunkelheit und klirrende Kälte lauern.

Jannik und Maja, meine erwachsenen Kinder, kann ich jedenfalls unmöglich mit dieser Geschichte behelligen. Sie wissen nur das Nötigste, und das soll auch so bleiben. Maja ist gerade in Spanien und absolviert ein Soziales Jahr in einem Kinderheim. Jannik studiert in Köln, kellnert nebenbei und tingelt mit seiner Band durch die Studentenkneipen. Beide leben in ihrer eigenen Welt. Ich glaube, sie können sich die meine gar nicht vorstellen. Gott sei Dank, kann ich nur sagen. Ich greife zum Hörer.

»Hi, Dirk, ich bin es, Nina.«

»Oh, hallo.« Er klingt nicht mehr ganz nüchtern. Typisch, denn mein Ex säuft. Am Alkohol ist unsere Ehe zugrunde gegangen, trotzdem schätze ich Dirk und seine Meinung noch immer.

»Hast du es schon gehört?«

»Was?«

»Er kommt raus.«

Dirk ist sofort klar, von wem ich rede. Es gibt nur eine Person, deren Namen ich nicht über die Lippen bringe. »Ja, ich weiß es von seiner Führungsaufsicht.«

»Ach.«

»Der Typ hat mich in seinem Namen angerufen. Andi möchte mich treffen, sobald er entlassen ist.«

Ich bekomme Panik. Sie schnürt mir die Kehle zu. Der Mörder will sich zurück in mein Leben drängen.

»Was hast du geantwortet?«, krächze ich mit versagender Stimme.

Dirk zögert. »Nun …«

»Jetzt sag schon.«

»Ich habe … nicht direkt abgelehnt«, nuschelt er. Ich höre ihn schlürfen, dann schlucken. Wahrscheinlich kippt er Rotwein in sich hinein, schweren, trockenen Rotwein. Ob es schon die zweite Flasche ist? Es ist erst kurz nach acht an diesem Freitagabend, aber die Möglichkeit besteht durchaus.

»Tu mir das nicht an!«, bricht es aus mir heraus. »Bitte nicht!«

Dirk seufzt. »Reg dich nicht auf, Nina. Vielleicht ist es ja wichtig, was er zu sagen hat. Wir alle tragen die Geschichte schon so lange mit uns herum, ohne zu wissen, warum er es getan hat. Vielleicht hilft uns ein Gespräch, endlich darüber hinwegzukommen und ein normales Leben zu führen.«

Normal! Da ist es wieder, mein Reizwort. Ich bin normal! Und ich finde es völlig normal, den Mörder meines Bruders auf immer und ewig zu verdammen. Ich will nichts von ihm hören, keine Entschuldigung, keine Rechtfertigung. Und das sage ich Dirk auch in aller Deutlichkeit. »Was soll er uns schon Neues erzählen? Seine Fingerabdrücke waren an dem Messer, seine Kleidung war mit Blut besudelt. Und er hat die Tat zugegeben. Mehr muss keiner von uns wissen. Ich flehe dich also an, Dirk: Sprich nicht mit ihm! Überlege lieber, wie es noch zu verhindern ist, dass er freigelassen wird. Das ist doch himmelschreiend ungerecht. Er hat lebenslänglich bekommen. Wieso darf so einer wieder raus?« Ich werde hysterisch.

»Nina …« Dirks Stimme wird ganz weich, so weich wie das Bukett des spanischen Gran Reserva, den er so liebt. »Andi hat seine Taten gesühnt. Du weißt, dass er bei Alex' Tod gerade erst achtzehn war. Du kanntest ihn. Er war kein schlechter Mensch, kein brutaler Verbrecher. Sei nicht so hart. Er war fünfunddreißig Jahre lang inhaftiert. Das ist viel länger, als manche lebenslänglich Verurteilte eingesperrt bleiben. Und das neueste psychiatrische Gutachten bescheinigt ihm, für ein Leben in Freiheit geeignet zu sein, sagt die Führungsaufsicht. Sonst würde man ihn nicht entlassen.«

»Versprich mir, dass du dich nicht mit ihm triffst. Versprich es mir!«

Dirk seufzt wieder. »Ich überlege es mir, okay? Ich verstehe deinen Wunsch, aber bedränge mich bitte nicht weiter. Ich brauche Zeit zum Nachdenken.«

Ich begreife, dass ich ein größeres Zugeständnis von ihm hier und heute nicht bekommen werde, und lenke das Gespräch in andere Bahnen, spreche über Jannik und Maja. Am Schluss beknie ich Dirk noch, sich beim Trinken zu mäßigen. Eine dumme alte Gewohnheit, ich weiß schließlich, dass es nichts nützt.

Ich lege auf, lehne mich zurück und sehe einem Holzscheit dabei zu, wie es ein letztes Mal aufflackert, bevor es zu Asche verglüht. Es ist still in meinem Wohnzimmer. Nur die Motorengeräusche der Flugzeuge, die alle paar Minuten in Düsseldorf landen, sind zu hören.

Meinen Frieden finde ich an diesem Abend nicht mehr. Ich kann nicht aufhören, an Alex zu denken. Daran, wie er war: vor Kraft und Energie strotzend und wunderschön. Er schien so unbesiegbar. Ich höre sein ironisches Lachen, begegne seinen funkelnden grünen Augen und habe Silvias schwärmerische Worte im Ohr: *Alex ist der süßeste und tollste Junge überhaupt!* Und obwohl ich seine kleine Schwester war, fand ich das auch. Neben Silvia war ich sein größter Fan.

Schatten der Vergangenheit

Am Samstagmorgen sieht die Welt schon wieder anders aus. Die Sonne scheint, Raureif glitzert an den Zweigen des Apfelbaums. Ich bin zeitig aufgestanden, sitze bei einer Tasse Kaffee in der Wohnküche des alten Hauses, in dem schon meine Eltern und Großeltern gelebt haben, und stelle eine Einkaufsliste zusammen. Ich liebe es, Listen zu schreiben.

»Äpfel«, notiere ich. »Mandarinen, Bananen, Tomaten, Nudeln, Klopapier, Essigreiniger«. Ich denke nach. Blumen wären schön, vielleicht zwei, drei Primelchen, wenn es die auf dem Kaarster Wochenmarkt schon gibt.

Gedankenverloren schaue ich aus dem Fenster hinaus auf das Feld gegenüber. Mein Haus im kleinen Dörfchen Driesch hat einen unverbaubaren Fernblick. Dass ich heute nur triste braune vereiste Erdfurchen, ein paar kahle Büsche, Gehöfte und die weißen Windräder ganz hinten am Horizont vor dem eisblauen Himmel sehe, stört mich nicht. Ich bin ein Kind des Niederrheins – durch und durch. Ich liebe die Weite und das Flachland. Berge haben mich immer eher befremdet. Ich finde sie anstrengend, für meine an Ferne gewöhnten Augen und für die Füße.

Kartoffeln, fällt es mir plötzlich ein. Die habe ich auch nicht mehr. Früher hat Oma im Nutzgarten hinter dem Haus selbst welche angepflanzt. Dazu fehlt mir die Zeit – und die Lust. Ich reiße den Zettel mit der Einkaufsliste vom Spiralblock und stopfe ihn in die Hosentasche. Ich muss mich beeilen. Um zwölf Uhr dreißig bin ich wie immer im Café am Kaarster Neumarkt verabredet, und vorher wird eingekauft.

Susanne und Steffi sind tatsächlich so etwas wie Freundinnen für mich geworden. Natürlich kommt unsere Beziehung zueinander lange nicht an das heran, was ich mit Silvia hatte, aber das erwarte ich auch nicht. Das gibt es nur einmal im Leben.

Ich habe die beiden vor etlichen Jahren bei einem Zeichenkurs an der VHS kennengelernt. Seitdem sehen wir uns mehr oder weniger regelmäßig. Vor allem Steffi stand mir 2009 mit Rat und Tat zur Seite, als Dirk und ich uns scheiden ließen. Sie kennt das Prozedere, weil sie selbst schon zweimal geschieden wurde, und hat zwei halbwüchsige Töchter. Susanne ist Single und kinderlos. Sie war nie verheiratet.

Jeden Samstag treffen wir uns in den Kaarster Rathaus-Arkaden, trinken Kaffee, beobachten die Passanten und machen Small Talk. So wie heute. Ich liebe Rituale, und Kaffee am Samstagmittag ist eines davon.

»Habt ihr schon gehört?«, fragt Steffi aus heiterem Himmel. »Frank Marquardt tritt in ein paar Wochen im Albert-Einstein-Forum auf. Er tourt gerade durch Deutschland und ist spontan für dieses Kabarettduo eingesprungen, das absagen musste. Weil er aus Kaarst kommt. Stellt euch das mal vor, ein Star wie der hier bei uns! Leider kann ich an dem Abend nicht, weil meine Älteste Geburtstag hat.«

Mir wird flau im Magen. Frank Marquardt! Die Vergangenheit holt mich ein; aus allen Ecken und Enden kommt sie auf mich zu. »Frank war ein enger Freund meines Bruders«, höre ich mich sagen, »zur Schulzeit.«

»Ach was?« Steffi reißt die Augen auf.

»Du hast einen Bruder?«, fragt Susanne verblüfft. »Das ist ja ganz was Neues.«

»Hatte«, murmele ich. »Er ist gestorben. Vor langer Zeit.«

»Oh.« Beide Frauen schweigen betroffen, und ich winke sofort ab.

»Egal, Themenwechsel.«

Zum Glück tun sie mir den Gefallen. Bald reden wir nur noch über dies und das, ergehen uns im leichten Geplänkel, so wie ich es mag.

Trotzdem spukt mir Frank Marquardt noch immer im Kopf herum. Ich sehe ihn vor mir, wie er damals auf Alex' Bettkante hockt, mit seiner Akustikgitarre auf den spitzen Knien, und höre ihn dem Instrument Töne entlocken, von denen ich bis dahin nicht geahnt hatte, dass sie darin schlummern können. Dabei grinst er lässig unter dunklen Locken hervor, schürzt die Lippen und beginnt engelsgleich zu singen. Als wären Rockmusiker Engel. Jedenfalls schmolz ich mit meinen dreizehn Jahren dahin.

Nicht so Silvia. »Der Typ ist hässlich wie die Nacht«, lästerte sie. »Diese Hakennase, igittigitt, und der eklige Schmollmund. Was für ein Zombie!«

»Aber seine Musik?«, bohrte ich nach. »Findest du die nicht toll?«

Sie zuckte nur mit den Achseln. »Weiß nicht, hab ich gar nicht drauf geachtet. Wenn ich Musik hören will, lege ich eine ABBA-Platte auf. Oder meinetwegen Boney M., aber das kommt auch selten vor. Eigentlich brauche ich so ein Gedudel nicht.«

Ich verstand, dass ich mit Silvia nicht über Musik reden konnte. Meine beste Freundin war einfach nicht geschaffen dafür, Melodien und Rhythmen mit dem Herzen zu spüren. Nicht ihr Ding, basta. Aber ich, ich schwärmte von diesem Moment an für Frank und seine Musik. Für mich verwandelte er sich in einen Gott, sobald er Gitarre spielte. Und Jahrzehnte später empfanden das Hunderttausende anderer Menschen genauso.

Frank Marquardt. Er ist einer von denen, die Alex als Letzte lebend gesehen haben, neben Dirk und natürlich neben seinem Mörder. Und dann war da noch Ute, Alex' damalige Freundin. Wohin es die wohl verschlagen hat? Ich kann mich nicht erinnern, sie nach dem Prozess Anfang 1981 noch einmal gesehen zu haben. Ich merke, wie ich immer tiefer in Gedanken und Erinnerungen abtauche, die nicht hierhergehören, und schüttele sie ab. Ich lächle und konzentriere mich wieder auf meine Freundinnen. Soll mir noch mal einer nachsagen, ich sei nicht normal. Entschlossen nippe ich an meinem Cappuccino.

2.8.1979
Heute waren Nina und ich zum Baden am Kaarster See. Eigentlich darf man das dort nicht, aber – ph! – uns doch egal. Es war echt stark! Das Wasser war zwar arschkalt und schwarz wie die Nacht, aber am Ufer wachsen hohe

Gräser, Schafgarbe, Kamille und Klatschmohn, zwischen denen man super auf dem Klee liegen kann. Am besten finde ich es, dass Alex' Freunde manchmal mit ihren Mofas hinfahren. Das hat Nina mir erzählt, und nur deshalb habe ich sie überredet, über die Felder und durch den Vorster Wald zum See zu radeln. Und tatsächlich: Als wir total verschwitzt ankamen, waren sie schon da. Sie hockten im Gras oder auf den Sätteln ihrer Zündapps und Hondas, rauchten und laberten. Andi, Frank und natürlich Alex. Zu unserer Begrüßung hat er total süß gelächelt.
»Hi, Schwesterchen, hi, Silvia!«, hat er gerufen. »Setzt euch doch zu uns.«
Das ließen wir uns nicht zweimal sagen. Gerade hatten wir unsere Handtücher neben ihnen ausgebreitet – ich meines ganz nah an Alex –, als Dirk auf seiner neuen 80er von Yamaha angebraust kam. Eine superklasse Maschine, aber er gab auch ziemlich damit an. Dauernd heizte er vor uns mit aufheulendem Motor hin und her und probierte sogar einen Wheely. Na ja, beeindrucken konnte er mich mit dieser Masche nicht.
Stattdessen riss ich mir die Klamotten vom Leib und sprang in meinem knappen Bikini ins Wasser. Ich spürte, wie die Blicke der Jungs mir folgten. Was so ein bisschen Oberweite bewirken kann! Normalerweise sind mir die dicken Dinger ja eher lästig, aber heute war ich ihnen echt dankbar.
Den Jungs fielen fast die Augen aus dem Kopf. Es dauerte nicht lange, da folgten sie mir in den See, und auch Nina bequemte sich. Andi hatte eine Luftmatratze dabei, um die entbrannte ein heißer Kampf. Später ließen wir uns am Ufer von der Sonne trocknen, und Alex bot mir eine Zigarette an. Das ließ ich mir nicht zweimal sagen. Ich rauche manchmal heimlich, sehr zum Ärger von Nina, die das gar nicht mag. Manchmal ist die ein richtiges Fräulein Rottenmeier, Heidis Gouvernante. Auch heute runzelte sie missbilligend die Stirn, hielt aber die Klappe.

Wahrscheinlich, weil alles, was ihr großer Bruder macht, ihr heilig ist. In dem Punkt kann ich sie voll und ganz verstehen.
Wobei Andi auch nicht übel ist. Er ist braun gebrannt, hat einen durchtrainierten Oberkörper und einen kleinen, knackigen Po. Seine dunklen Haare sind glatt und hängen ihm bis auf die Schultern. Ein bisschen sieht er aus wie Winnetou. Ich finde, er würde gut zu Nina passen. Leider ist er nicht halb so lustig wie Alex. Der ist für jeden Mist zu haben. Er war es auch, der das Marihuana aus der Tasche holte. Ich machte große Augen, als er einen Joint baute, anzündete, an ihm zog und ihn an Dirk weiterreichte. Nina war das gar nicht recht, das konnte ich sehen, aber wieder hat sie nichts gesagt. Mir wurde klar, dass sie über Alex' Kifferei schon länger Bescheid wusste. Zuerst war ich ein bisschen beleidigt, weil sie mir nichts davon erzählt hatte, aber als ich darüber nachdachte, konnte ich sie verstehen. So was tratscht man nicht rum, und ich hab ja auch meine Geheimnisse.
Der Joint machte also die Runde. Nina und ich wurden ausgelassen. Für die vier Jungs waren wir »die Kleinen«. Das wurmte mich ziemlich, aber ich machte gute Miene zum bösen Spiel, denn nichts ist schlimmer als zickige Mädchen. Die turnen Jungs doch total ab.
Es wurde dann noch ein toller Tag mit viel Gelächter. Alex kitzelte mich einmal voll aus, weil ich ihn mit einem Grashalm gepikst hatte. Ich bin echt verknallt in ihn. Oh Mann, warum kann ich nicht älter sein? Zwei Jahre würden schon reichen! Seufz!
Silvia

Es tut weh, ihre Einträge zu lesen, aber ich kann es nicht lassen. Kaum war ich zu Hause, räumte ich schnell die Lebensmittel und die restlichen Einkäufe weg, um mich mit dem Tagebuch an den Küchentisch zu setzen. Eigentlich wollte ich nur nachschauen, was Silvia über Frank Marquardt geschrieben hatte, war dann aber an dem Bericht über den Ferientag am Kaarster See von 1979 hängen geblieben. Ich weiß noch, wie schrecklich ich die Sache mit dem Joint fand. Klar wusste ich, dass Alex und seine Freunde kifften. Es war strafbar und total ungesund. Mein Bruder war zu der Zeit gerade mal siebzehn, und ich machte mir Sorgen um ihn.

Wie es seinem Naturell entsprach, probierte er alles aus, was das Leben an Versuchungen für die Jugend bereithielt. Er rauchte, trank und experimentierte mit Drogen. Am schlimmsten fand ich es, wenn er diese Pillen nahm, LSD. Allerdings kam das eher selten vor. Eigentlich hatte er sich im Vergleich zu anderen Jugendlichen ziemlich im Griff.

In der Schule war Alex recht gut. Nebenbei spielte er Volleyball im Verein und gründete irgendwann mit Frank und Andi diese Band. Sie probten in dem Anbau hinter unserem Haus, der dicke Wände hatte. Die kleinen Fenster in circa zwei Meter Höhe hängten sie mit Wolldecken ab, damit möglichst wenig Lärm nach außen drang. Den Boden legten sie mit alten Teppichen vom Sperrmüll aus. Die dicke, grün gestrichene Holztür zum Anbau konnte man von außen wie von innen mit einem Riegel verschließen. Drinnen war man ganz ungestört. Zu ungestört, wie sich später herausstellen sollte.

Als ich als erwachsene Frau mit Mann und Kindern zurück nach Driesch zog, ließ ich als Allererstes den Anbau abreißen. Jetzt stehen an seinem Platz ein junger Kirschbaum und ein Gartenhäuschen. In den Frühlings- und Sommermonaten verleihen Blumenrabatten der Ecke zusätzlich Farbe. Trotzdem meide ich den Gang und auch nur den Blick dorthin. Es ist verrückt, aber ich verbinde den Ort immer noch mit Gewalt, Blut und Tod.

Ich schlage das Tagebuch zu. Es tut mir nicht gut, zu oft über die Vergangenheit nachzudenken, und ich frage mich, wann ich wieder damit angefangen habe. Immerhin gab es viele Jahre, in denen ich mich voll und ganz auf die Gegenwart konzentrierte.

Wahrscheinlich haben der Auszug der Kinder und die Trennung von Dirk damit zu tun. Seitdem bin ich oft allein und habe

Zeit zum Grübeln. Zudem ist es aktuell natürlich die drohende Entlassung von Alex' Mörder, die die Erinnerungen aufwühlt. Ich dränge meine Gedanken beiseite. Es ist Samstagnachmittag, Zeit, zu putzen! Außerdem muss ich die Waschmaschine anstellen.

Gegen sechzehn Uhr fällt mir ein, dass ich den Briefkasten noch nicht geleert habe. Neben Telefonrechnung und Werbung sticht mir ein grauer Umschlag sofort ins Auge. »JVA Willich« prangt als Absender oben im Adressfeld. Wut droht mich fortzureißen. Ich laufe zur Papiermülltonne, zögere aber. Ich kann nicht anders, ich muss den Brief mit ins Haus nehmen.

Willich, Januar 2015
Liebe Nina,
es ist nicht einfach für mich, dir immer wieder zu schreiben, obwohl mir doch klar ist, dass du es nicht willst. Der Mann von der Führungsaufsicht rät mir trotzdem, nicht aufzugeben. Er weiß, wie sehr ich mich quäle.
Ich habe dir das Liebste auf der Welt genommen und kann es nicht wiedergutmachen. Trotzdem sollst du wissen, dass alles anders war, als du denkst. Dein Bruder war nicht so, wie du glaubst. Du hast ihn auf einen Sockel gestellt, ihn vergöttert und dabei vieles ausgeblendet. Wenn ich draußen bin, würde ich gern mit dir darüber reden. Danach lasse ich dich auch für immer in Ruhe. Ich verspreche es.
Mir geht es hier drinnen nicht gut. Auch das sollst du wissen. Ich habe meine Strafe abgesessen, und die Zeit war härter, als du dir vorstellen kannst. Fünfunddreißig Jahre war ich eingesperrt, zusammen mit Typen, die nicht gerade zimperlich sind. Aber irgendwann passt man sich an. Du musst hart sein, um hier zu überleben. Das bin ich jetzt. Es war ein steiniger Weg, und ich weiß nicht, ob ich mich in Freiheit zurechtfinden werde. Dort herrschen andere Regeln, die ich nicht mehr kenne.
Eines aber weiß ich genau: Ich muss die Sache von damals

bereinigen – so gut es eben geht. Sonst habe ich keine Chance. Gibst du sie mir? Ich flehe dich an!
Dein A.

Welche Chance, du Arschloch?, denke ich. Wenn es nach mir ginge, würdest du für immer weggeschlossen bleiben. Verrecke in deiner Zelle, Mörder!

Ich knülle den Brief zusammen, besinne mich dann aber. Ich streiche das Papier glatt und zerreiße es in klitzekleine Schnipsel, die ich im Klo runterspüle. Weg damit! Ohne eine Spur zu hinterlassen.

So wie Silvia, die im Spätsommer 1980, kurz bevor die Uhren das erste Mal von Sommer- auf Winterzeit zurückgedreht wurden, spurlos verschwand.

Meine beste Freundin löste sich in Luft auf an dem Wochenende, an dem in Vorst – unserem direkten Nachbardorf, das im Vergleich zu Driesch sogar über ein paar Geschäfte verfügte – Schützenfest gefeiert wurde.

Um die Schützenfeste wird bei uns am Niederrhein jedes Jahr ein großer Wirbel gemacht. Jedes Kaff hat sein eigenes, und außer dem Festzelt und dem Schützenzug mit seinem König und den Ministern, die pausenlos kreuz und quer durch den Ort marschierten, gibt es auf dem Festplatz eine kleine Kirmes mit Schieß-, Los- und Imbissbuden, Kinderkarussell, Raupe und Autoscooter. Alt und Jung strömen zu dem Ereignis herbei, auch viele Jugendliche sind darunter.

Sich stylen und mit der Clique treffen, hinter dem Zelt Bier, Schnaps und Zigaretten konsumieren, auf der Raupe knutschen, der Liebsten eine Plastikrose schießen – an den Vergnügungen einer Kirmes hat sich bis heute nichts geändert.

Silvia war damals ganz wild darauf, zum Vorster Schützenfest zu gehen. Nie ließ sie eine Gelegenheit zum Feiern aus, sie liebte es, sich vor Publikum in Szene zu setzen. Diese Seite an ihr machte es mir schwer, mit ihr mitzuhalten. Ich war viel spröder als sie. Silvia hat mit ihrem Vergleich schon recht gehabt: Ich war tatsächlich ein kleines Fräulein Rottenmeier.

Außerdem verachtete ich das Schützenwesen als solches. Ich fand es schrecklich militärisch, genau wie Alex und seine Freunde. Überhaupt fing ich an, mehr und mehr die Ansichten meines fast erwachsenen Bruders zu übernehmen. Ich fand die Pop- und Discomusik der Hitparaden blöd und hielt mich stattdessen an Police, Led Zeppelin und Fleetwood Mac. In meinem Zimmer hörte ich Supertramp rauf und runter und hatte Reggae für mich entdeckt. Ich verehre Bob Marley bis heute.

All das trug dazu bei, dass Silvia und ich uns voneinander entfernten, ohne dass es uns bewusst wurde. Ich weiß noch, wie es mich nervte, dass sie fast das gesamte Wochenende auf der Kirmes verbringen wollte. Samstagabend blieb ich dann auch bloß bis kurz nach acht und radelte allein mit über das Feld nach Hause. Danach habe ich Silvia nie wieder gesehen.

Ihre Mutter, Eva-Maria Schmitz, nimmt es mir heute noch übel, dass ich an diesem Abend nicht auf ihre Tochter gewartet habe. Wann immer sie mich sieht, wechselt sie die Straßenseite und kneift fest ihre faltigen Lippen zusammen.

Das zu sehen, tut weh, auch noch nach dieser langen Zeit.

Es klingelt an der Tür. Ich erstarre mit dem nassen Lappen in der Hand. Gerade habe ich die Küche gewischt – der alte graue Fliesenboden glänzt wieder wie ein blank polierter Spiegel. Ich werfe das Putztuch in den Eimer und tappe in meinen Hausschuhen über die Nässe in den zugigen Flur. Durch das bunte Glasmosaik in der Tür mache ich eine große Gestalt aus, kann sie aber anhand der Silhouette nicht identifizieren. Zögernd öffne ich.

Der Mann, der draußen steht, lächelt freundlich. Ich habe ihn noch nie in meinem Leben gesehen.

»Entschuldigen Sie, dass ich einfach so bei Ihnen klingele. Sind Sie Frau Christina Bongartz?«, fragt er mit samtiger Stimme.

Er ist der schönste Mann, den ich seit Ewigkeiten zu Gesicht bekommen habe. Ein bisschen erinnert er mich mit seinen grünen Augen, dem offenen Gesicht und den fein geschwungenen

Lippen an Alex. Er hat kurzes blondes Haar mit angegrauten Schläfen und Lachfalten in den Mund- und Augenwinkeln. Ich nicke bestätigend.

»Ron Heimbach mein Name, ich komme vom Magazin ›Horizonte‹ und hätte einige Fragen an Sie.«

Sofort werde ich misstrauisch. »In welcher Sache?«

Heimbach lächelt gewinnend. »Wir schreiben eine Serie über Menschen, die einen Angehörigen durch einen gewaltsamen Tod verloren haben. Darüber, wie das Ereignis ihr Leben und ihre Weltsicht geprägt hat, was sie von der Justiz erwarten und und und.«

Ich schlucke.

»Kennen Sie unser Magazin?«, erkundigt er sich behutsam.

»Natürlich.« Ich überlege und frage bang nach: »Muss ich über die Ereignisse am Tattag sprechen, oder beziehen sich Ihre Fragen auf die Gegenwart?«

»Wir halten uns in der Hauptsache an das Hier und Heute. Mit den Fakten der alten Fälle sind wir hinlänglich vertraut. Uns interessieren mehr die Folgen: die Bewältigung des Traumas und das Leben mit dem Verlust.«

»Okay, kommen Sie herein.« Ich halte ihm die Tür auf und führe ihn ins Wohnzimmer. Dirk und ich haben einige Jahre vor der Scheidung die Wand zwischen dem damaligen Ess- und dem angrenzenden Wohnzimmer herausgerissen und so einen großen Raum mit drei Sprossenfenstern geschaffen. Sie gehen allesamt zum gepflasterten Hof des Backsteinhauses hinaus. Früher blickte man von hier auf den Anbau, heute breitet sich der gesamte Garten mit seinem alten Baumbestand vor dem Betrachter aus.

Das Zimmer ist meinem Empfinden nach das schönste im ganzen Haus. Die Dielenböden schimmern golden, in einer Ecke bullert der alte Kamin warm vor sich hin. Auf der anderen Seite schmückt ein Klavier mit verschnörkelten Holzschnitzereien die Wand. Sofa und Ohrensessel gruppieren sich auf einem abgewetzten Orientteppich in der Mitte des Raumes. Überall stehen Kerzen oder sind in gusseisernen Halterungen an den Wänden angebracht. Uralte Schwarz-Weiß-Aufnahmen meiner

Familie, Kinderbilder von Alex sowie von Jannik und Maja auf der Kommode meiner Urgroßmutter und an der Wand darüber vervollständigen das Bild ländlicher Idylle.

»Wow!«, macht Ron Heimbach erwartungsgemäß. »Wie gemütlich es hier ist! Gar nicht dunkel und eng, wie man es in so einem alten Haus erwartet.«

»Mir gefällt es auch«, antworte ich schlicht. »Möchten Sie einen Kaffee?«

»Gern.«

Ich nehme ihm die Jacke ab und bitte ihn, Platz zu nehmen. Dann verschwinde ich, immer noch einigermaßen verwirrt von der Attraktivität meines unerwarteten Gastes, in der Küche, deren Boden inzwischen hinlänglich getrocknet ist.

Als ich kurze Zeit später mit einem vollen Tablett zurückkehre, steht Heimbach vor der Wand mit den Fotos.

Er dreht sich zu mir herum. »Entschuldigen Sie meine Neugier: Sind das Sie mit Ihrem verstorbenen Bruder?« Er zeigt auf ein silbern gerahmtes Schwarz-Weiß-Bild, auf dem wir uns zusammen in einen Gartenstuhl quetschen. Ich strahle Alex an. Er ist sieben, ich gerade mal drei.

»Ja.« Ich stelle das Tablett auf dem Couchtisch ab.

Heimbach folgt mir und setzt sich in einen Sessel. »Haben Sie ihn immer so bewundert? Auch später noch?«

Das geht mir dann doch etwas zu schnell. Ich nehme auf dem Sofa Platz und bemerke spitz: »Ich dachte, wir sprechen von der Gegenwart.«

Heimbach sieht irgendwie sauer aus. Den Grund dafür kann ich mir nicht erklären. Ich schenke uns beiden Kaffee in die bauchigen Keramikbecher ein und schiebe ihm Zucker und Milch hin.

Er nimmt nichts davon, schlürft den Kaffee pechschwarz und glühend heiß. »Tut mir leid«, sagt er nach einer Weile, »aber ein bisschen etwas über Ihre Beziehung zueinander müsste ich schon erfahren, um einordnen zu können, was der Verlust Ihres Bruders für Sie bedeutet hat und noch heute bedeutet. Sie waren vierzehn Jahre alt, als er starb, stimmt's?«

»Sein Tod war das Schlimmste, was mir in meinem Leben bis dato geschehen war. Und ist es immer noch«, blaffe ich zurück. »Wie könnte es anders sein? Und zwar völlig unabhängig von meiner ... Beziehung ... zu ihm. Er war mein Bruder, gerade mal volljährig. Er wollte sein Abi machen, die Zukunft lag vor ihm. Und dann wurde er von seinem besten Freund brutal ermordet, mit über zwanzig Messerstichen hingemetzelt! An einem elenden kalten Novemberabend habe ich seine Leiche gefunden. Nie werde ich das Bild vergessen können. Ich denke jeden Tag daran. Jeden gottverdammten Tag!« Ich kann nicht verhindern, dass meine Stimme schrill wird und ich zu fluchen beginne.

Heimbach hat einen Notizblock hervorgezogen und kritzelt etwas mit Bleistift darauf. Dann schaut er auf und sieht mich an. Nachsichtig, wie mir scheint, und irgendwie auch mitleidig. Das macht mich noch wütender.

Gerade öffne ich den Mund, da unterbricht er mich leise. »Es war nicht meine Absicht, Ihren Schmerz unnötig aufzuwühlen, wirklich nicht. Fangen wir doch mit etwas anderem an, Ihren Eltern beispielsweise. Wie sind sie mit dem tragischen Ereignis umgegangen? Was haben sie zur Bewältigung getan?«

Ich schlucke und hole tief Luft. »Mein Vater zog sich mehr und mehr zurück, bis er 1985 die Scheidung einreichte. Das war kurz nach meinem Abitur. Er ging nach Heidelberg, wo er als Professor an der Uni tätig war. Er hat wieder geheiratet, eine Kollegin. Vor zehn Jahren ist er nach einem Schlaganfall gestorben.«

»Oh.« Heimbach ist es offensichtlich unangenehm, dass er mit jeder seiner Fragen in ein Wespennest sticht. »Jetzt traue ich mich gar nicht mehr, mich nach Ihrer Mutter zu erkundigen.«

»Kein Problem.« Plötzlich bin ich erschöpft. »Mama blieb auch während meines Studiums hier wohnen. Sie hielt Haus und Garten in Ordnung und hatte im Ort einen großen Freundeskreis. Jeden zweiten Tag ging sie zu Fuß auf den Vorster Friedhof zu Alex' Grab, um es zu pflegen. Sie tat alles, was von ihr als trauernder Mutter verlangt wurde beziehungsweise was sie selbst sich abverlangte. Später erfuhr ich von den Nachbarn, dass sie über viele Jahre Beruhigungsmittel genommen hat. Ich habe davon nichts mitbekommen. Mir spielte sie immer die perfekte, souveräne Mutter vor. Jedenfalls so lange, bis sie mir vor circa zwölf Jahren eröffnete, dass sie nach Holland ziehen würde. Sie hatte jemanden kennengelernt, einen niederländischen Gärtner, der hier in der Gegend einige Aufträge ausgeführt hatte. Bei Mama sollte er den alten Walnussbaum entfernen, weil er den Hof mit seinen Wurzeln aufbrach. Sie kamen sich näher, sie zog fort und überließ mir das Haus. Seitdem lebe ich hier, erst mit Mann, meiner Tochter und meinem Sohn und nun, nach der Scheidung und mit erwachsenen Kindern, allein.«

»Aha.« Heimbach wirkt unzufrieden.

Kein Wunder, ich habe ihm lediglich die gröbsten Fakten geliefert. »Nehmen Sie doch ein paar Kekse«, lenke ich ab.

»Danke.« Er nimmt einen und beißt hinein. Eine Weile kaut er schweigend, dann holt er zum erneuten Angriff aus. »Sprechen Sie manchmal mit Ihrer Mutter über den Tod Ihres Bruders? Oder mit Freunden? Haben Sie etwas unternommen, um das Trauma zu verarbeiten? Thematisieren Sie Ihre Trauer, oder verharren Sie bloß in Ihrer Wut?«

Sprachlos starre ich ihn an. *Verharren Sie bloß in Ihrer Wut?* Das ist eine Unverschämtheit. Will er mir einreden, dass ich absichtlich nichts unternehme, damit es mir besser geht?

»Ich habe als Jugendliche eine Therapie gemacht«, verteidige ich mich mit dünner Stimme, »und auch später war ich ein paarmal beim Arzt wegen verschiedener Beschwerden psychosomatischer Art. Aber«, ich sehe ihn starr an, und Hass steigt in mir auf, »man darf auch nicht vergessen, dass es sich hier um kein tragisches Unglück, sondern um ein brutales Verbrechen handelt. Alex ist bestialisch hingerichtet worden. Er hatte keine Chance. Und sein Mörder lebt! Das ist mehr als ungerecht, finden Sie nicht? Ich hätte ihn leiden sehen müssen, so wie ich Alex' Leid an seinem eigenen blutigen, entstellten Leichnam sehen konnte, um weitermachen zu können. Aber stattdessen hat man ihn nur eingesperrt und versucht, das Schwein zu resozialisieren! Demnächst kommt es sogar raus! Das ist das

Schlimmste von allem!« Ich bin so außer mir, dass es mich nicht mehr auf dem Sofa hält. Ich springe auf und tigere mit großen Schritten durch den Raum.

Heimbach beobachtet mich eine Weile. Dann steht er ebenfalls auf, ist plötzlich neben mir und legt mir eine Hand auf die Schulter. Ich halte mitten in der Bewegung inne und schaue hilflos zu ihm auf.

»Das meinte ich, als ich von Ihrer Wut sprach«, sagt er leise. »Sie ist ganz typisch für Menschen, die einen engen Angehörigen durch ein Gewaltverbrechen verloren haben. Sie glauben fälschlicherweise, es würde ihnen besser gehen, wenn der Täter möglichst hart bestraft wird. Was jedoch nicht der Fall ist. Denn wie können Trauer und Leid dadurch geringer werden? Sie müssen sich mit dem Tod Ihres Bruders aussöhnen und lernen, ihn zu akzeptieren. Bitte seien Sie nicht böse mit mir, ich wollte Sie nicht verärgern! Vielleicht beginnen wir noch einmal von vorn. Würden Sie mir schildern, was für ein Mensch Ihr Bruder war? Vielleicht kann ich mich dann besser in Sie hineinversetzen.«

Irgendetwas hat Heimbach an sich, das mich rührt und sogar besänftigt. Ich atme tief durch. »Okay, vielleicht haben Sie recht. Ich kann mit dieser Geschichte nicht in der Gegenwart bleiben. Sie ist zu tief in der Vergangenheit verwurzelt.« Mit weichen Knien wanke ich zurück zum Sofa und sinke nieder.

Heimbach nimmt wieder in seinem Sessel Platz.

»Alex war toll«, beginne ich. »Wo er war, ging die Sonne auf. Schon als ich ganz klein war, hat er sich um mich gekümmert. Keine Spur von Geschwisterrivalität oder Eifersucht zwischen uns. Er baute mit mir hohe Türme aus Bauklötzen, sah sich mit mir Bilderbücher an und kroch nachts zu mir ins Gitterbettchen, wenn ich nicht schlafen konnte. Dabei war er vier Jahre älter. Oft nahm er mich an die Hand, ging mit mir hinüber auf den Spielplatz, setzte mich auf die Schaukel und schubste mich an, bis ich hoch in die Luft flog.«

»Hatte er keine Freunde?«, unterbricht mein Gast unsanft meine Schwärmereien. »Ich meine, er muss damals mindestens sechs oder sieben Jahre alt gewesen sein. Da treffen Jungs sich doch auch schon mit Gleichaltrigen.«

Ich runzele irritiert die Stirn und springe sofort für meinen toten Bruder in die Bresche. »Natürlich hatte er Freunde, aber …« Ich überlege krampfhaft. Wo waren die gewesen, wenn wir zusammen den Spielplatz besuchten? »Aber sie wohnten nicht alle hier in Driesch, nur zwei.«

Plötzlich steigt eine Erinnerung in mir hoch, von der ich bisher gar nicht wusste, dass sie existiert. Ich sehe mich auf der Schaukel sitzen und die Eisenketten mit den Fäustchen umklammern, als zwei Jungen heranstürmen.

»Hallo, Alex!«, rufen sie. »Da bist du ja!«

Und mein großer, herrlicher Bruder, mein Sonnenschein, mein Ein und Alles, dreht sich von mir weg und strahlt sie an.

»Komm, wir steigen auf das Klettergerüst!«, schreit einer der Jungs. »Mal sehen, wer sich traut, von ganz oben in den Sand zu springen.«

»Au ja!«, freut sich Alex, und schon sind sie alle drei verschwunden. Ich sitze weiterhin auf meiner Schaukel, halte mich krampfhaft fest, bis die Finger kalt werden und schmerzen, und warte. Ich muss lange ausharren, und irgendwann fange ich an zu weinen, denn ich traue mich nicht von der Schaukel herunter. Nach einer Ewigkeit, wie mir scheint, kommt Alex endlich, umfasst mich und stellt mich in den Sand. Meine Erleichterung ist grenzenlos, und ich umarme ihn stürmisch. Er aber tut so, als sei nichts geschehen, lacht, zerzaust mir das Haar, nimmt mich an die Hand und geht mit mir nach Hause.

»Doch, er traf sich auch mit Gleichaltrigen«, sage ich lahm. »In der Hinsicht war er ein ganz gewöhnlicher Junge.«

»Aha«, macht Ron Heimbach zufrieden, »das wäre mir sonst auch merkwürdig vorgekommen.«

»Trotzdem war er ein wunderbarer großer Bruder, der sich intensiv mit mir beschäftigte, wenn wir allein zu Hause waren.«

»Also nur, wenn es ihm passte«, schlussfolgert Heimbach, und ich fange an, ihn unsympathisch zu finden.

»Ich weiß nicht, warum Sie das so negativ sehen wollen.«

Er blickt mich erstaunt an. »Will ich doch gar nicht. Aber zwischen Ihnen bestand ein für die Kindheit enormer Altersunterschied. Es scheint mir unmöglich, dass Ihr Bruder dieselben Vorlieben wie Sie hatte.«

»Er war ein sehr warmherziger Mensch, der sich gern um andere kümmerte. Das sind seine Vorlieben gewesen«, erwidere ich scharf.

»Soso.« Heimbach schmunzelt vor sich hin, was mich ziemlich aggressiv macht.

»Vielleicht sollten wir an dieser Stelle das Gespräch beenden«, beschließe ich spontan. »Ich sehe ja, dass Sie nicht bereit sind, sich die Wahrheit über meinen Bruder anzuhören.«

Heimbach guckt erschrocken und stammelt: »Entschuldigen Sie, so war das nicht gemeint. Ich hatte lediglich das Gefühl, dass Sie seinen Charakter ein wenig verklären. Sicherlich war Ihr Bruder ein netter Mensch, aber bestimmt auch ein ganz normaler Junge mit normalen Stärken und Schwächen.«

»Ich finde schon, dass er etwas ganz Besonderes war. Wir hatten eine einzigartige Verbindung zueinander –«

»Die sehr durch Ihre Liebe zu ihm geprägt war, wie es sich für mich anhört. Kann es sein, dass Ihr Vater zu jener Zeit wenig präsent war und Sie Ihren Bruder an seine Stelle setzten?«

Ich bin nicht länger gewillt, mir diesen Psychomüll anzuhören. Andererseits bringen Heimbachs Worte eine Saite in mir zum Klingen, die mir schon lange zu schaffen macht. Ich höre Mama, wie sie durch die halb geöffnete Arbeitszimmertür mit Papa spricht: »Georg, bitte iss wenigstens mit uns gemeinsam zu Abend. Die Klausuren kannst du doch auch später noch korrigieren. Die Kinder haben dich heute überhaupt noch nicht zu Gesicht bekommen. Nina weiß wahrscheinlich nicht mal mehr, wie du aussiehst.«

»Na und? In der damaligen Zeit war es absolut üblich, dass die Väter arbeiteten und kaum daheim waren«, unterbreche ich schnell meine eigenen Erinnerungen.

»Das stimmt.« Ron Heimbach lächelt sein umwerfendes Lächeln. »Ich sollte wirklich aufhören, zu psychologisieren, und

Ihnen besser zuhören. Vielleicht machen wir hier tatsächlich erst einmal einen Cut, und ich komme ein andermal wieder.«

»Sie wollen mich noch einmal interviewen?«

»Natürlich, heute haben wir doch gerade mal an der Oberfläche gekratzt.«

Ich bin unsicher, was ich davon halten soll.

»Es wäre vermutlich auch besser, wenn wir unser Gespräch im Vorhinein strukturieren würden, sodass Sie sich nicht ständig von mir überfahren fühlen«, schlägt er vor. »Sicher haben Sie eine E-Mail-Adresse? Dann schicke ich Ihnen einige Fragen zu, und Sie können selbst entscheiden, ob und wie ausführlich Sie darauf antworten möchten. Sie senden mir ein paar Stichworte zu jeder Frage, auf deren Basis wir uns später unterhalten werden.«

Ich nicke langsam. Sein Vorschlag hört sich vernünftig an.

Er überreicht mir eine Visitenkarte, und ich notiere meine E-Mail-Adresse auf einem Zettel. Anschließend verabschiedet Heimbach sich in die hereinbrechende Dunkelheit. Ich höre noch einen Motor brummen, dann ist er weg.

Wieder allein im Haus empfinde ich Erleichterung, aber auch so etwas wie Bedauern. Ron Heimbach ist wirklich ein attraktiver und interessanter Mann. Wenn er nur nicht in meiner Vergangenheit herumstochern würde!

Gewitterwolken

Gerade habe ich mir Rührei mit Tomatensalat gemacht, um mich damit gemütlich vor den Fernseher zu setzen, als meine Mutter anruft.

»Hallo, mein Kind«, begrüßt sie mich, und wie immer irritiert mich die niederländische Färbung ihrer Aussprache. Ihr Zusammenleben mit Wim hat Spuren hinterlassen. »Wie geht es dir?«

»Ganz gut. Und dir?«

»Gut so weit.«

Irgendetwas stimmt nicht. Das höre ich. »Was ist los?«

»Ach, nichts weiter, nur ...« Sie holt Luft. »Kind, ich war beim Arzt wegen meiner Rückenschmerzen. Er hat mich gründlich untersucht, und ... dabei ist herausgekommen, dass ich einen Knoten in der Brust habe, und ...«

Mein Herz fängt wild an zu pochen. Das hört sich nicht gut an, gar nicht gut.

»Mein Arzt hat mir einen Spezialisten an der Uniklinik Düsseldorf empfohlen. Er soll untersuchen, ob und wie weit der Krebs schon gestreut hat und welche Therapie am sinnvollsten wäre.«

»Krebs?«, flüstere ich. »Ist das sicher?«

»Ja.« Meine Mutter klingt wie immer kühl und beherrscht. »Reg dich nicht auf, Kind. Mit Mitte siebzig bin ich nicht mehr die Jüngste. Da wächst Krebs recht langsam. Die Brust muss zwar ab, aber alles Weitere sieht wohl gar nicht so schlecht aus. Jedenfalls wollte ich dich fragen, ob ich Montagnachmittag zu dir kommen kann und du mich zur Uniklinik begleitest. Ich würde auch über Nacht bleiben.«

»Natürlich. Ich hole dich vom Bahnhof ab, und dann fahren wir gemeinsam hin. Kommt Wim mit?«

»Nein, Kind. Ich habe mich entschieden, allein zu fahren. Du kennst ihn doch. Er ist sehr besorgt und macht mich ganz verrückt mit seinem Getue. Das kann ich zurzeit nicht gebrauchen.«

»Verstehe.«

»Dann also bis Montag. Mein Zug kommt um vierzehn Uhr am Neusser Hauptbahnhof an.«

»Gut, ich bin da.« Plötzlich weiß ich nicht mehr, was ich sagen soll, und das hat weniger mit meinem Schock über die Diagnose zu tun als vielmehr damit, dass es mir mit meiner Mutter oft so geht. Sie hemmt mich beziehungsweise wir hemmen uns gegenseitig. Zwischen uns gibt es nichts Unbedarftes, Selbstverständliches. »Mach's gut, Mama«, sage ich.

»Ja, du auch, Kind. Bis Montag.«

Und schon hat sie aufgelegt.

Wie erstarrt sitze ich auf der Couch. Mama und Krebs? Das passt nicht zusammen. Sie ist immer stark gewesen. Selbst nach der Trennung von Papa blieb sie hart und unbeugsam, ließ sich nicht unterkriegen. Dabei weiß ich genau, wie sehr sie meinen Vater geliebt hat.

Und Alex, ja, Alex ist ihr Augenstern gewesen. Ihr Sonnenschein. Sie war so stolz auf ihn, wurde nie müde, ihn bei ihren Freundinnen in den Himmel zu loben. Ich erinnere mich, wie weh mir das manchmal tat. Ich hatte dann das Gefühl, neben ihm unsichtbar zu sein, so als ob ich gar nicht existierte. »Stellt euch vor: Mein Sohn hat sofort beim ersten Versuch die Führerscheinprüfung bestanden«, schwärmte sie beispielsweise beim Kaffeeklatsch mit ihren Freundinnen in unserem Garten. »Das Geld dafür hat er sich ganz allein mit Zeitungenaustragen, Nachhilfegeben und den Auftritten seiner Band zusammengespart.« Oder: »Jetzt hat man ihn in die Schülervertretung gewählt. Ist das nicht wunderbar? Das zeigt doch, wie beliebt und sozial er ist, oder?«

Noch heute spüre ich den Stich, den mir ihre Lobeshymnen versetzten. Warum erwähnte sie nie mich und meine Leistungen? Mein Klavierspiel oder die Tatsache, dass ich im Kunstunterricht die Beste meiner Jahrgangsstufe war. Eine meiner Zeichnungen wurde sogar in der Vorster Sparkasse ausgestellt.

Was würde Ron Heimbach zu meinen Gedanken sagen?, frage ich mich. *Von wegen keine Spur von Geschwisterrivalität,* würde er höhnen. *Wenn das nicht Eifersucht in ihrer Reinform ist.* Ich seufze, während ich den Fernseher anschalte. Natürlich hätte er auf gewisse Weise recht, aber auf andere wieder absolut nicht. Ich gönnte meinem Bruder seine Erfolge von ganzem Herzen. Nein, mehr noch: Auch ich war total stolz auf ihn. Aber hätte Mama nicht auch ein wenig Begeisterung für mich und meine Qualitäten zeigen können? Warum nahm sie alles, was ich tat, als selbstverständlich hin, während das, was Alex erreichte, stets großartig, erwähnenswert und besonders war?

Lag es vielleicht daran, dass sie sich mit mir als Mädchen identifizierte und deshalb nichts Bemerkenswertes in dem sah, was ich tat? Um sich selbst machte sie genauso wenig Aufheben. Fleißig war sie, anpackend, nüchtern, bescheiden. Vielleicht hat sie genau das von ihrer Tochter erwartet, während ihr Sohn, das fremde Wesen, bestaunens- und bewundernswert war, ein bunter Schmetterling, der schillernd durch den sonnigen Tag taumelte.

Mein Rührei ist inzwischen kalt. Ich schalte den Fernseher auf stumm und rufe Dirk an. Schon wieder. Natürlich erzähle ich ihm von Mamas Krankheit.

Er reagiert bestürzt, ist aber eher besorgt um mich als um seine ehemalige Schwiegermutter. »Wie geht es dir damit?«, fragt er.

»Wie soll es mir schon damit gehen? Ich sorge mich, ist doch klar.«

»Ja, natürlich.«

Ich sehe ihn vor mir, wie er in seinem Sessel vor dem ebenfalls lautlos geschalteten Fernseher sitzt. Mit meinem inneren Auge betrachte ich die handtellergroße kahle Fläche an seinem Hinterkopf, die im Licht der Stehlampe schimmert, von flusigem grauen Haar umrahmt. Dirk ist alt geworden. Die Jugendlichkeit, die er einmal besaß und die mich anzog, ist verschwunden. Kein Wunder, er ist schon über fünfzig. Warum nehme ich ihm das übel? Ich weiß es nicht, aber ich tue es.

»Warte erst einmal ab, Nina. Krebs in diesem Alter, der –«

»Wächst langsam, ich weiß. Hat Mama auch schon gesagt. Aber sie muss in jedem Fall operiert werden, und allein die Vollnarkose ist riskant.«

»Natürlich, trotzdem sind solche Operationen heutzutage Routine. Hast du Jannik schon Bescheid gesagt, dass sie Montag kommt? Vielleicht hat er Lust, dich zu besuchen und seine Oma zu sehen? Sie würde sich bestimmt freuen.«

»Ich weiß nicht. Glaubst du nicht, sie ist zu sehr mit ihren eigenen Sorgen beschäftigt? Würde es sie nicht zu viel Kraft kosten, sich um ihren anstrengenden Enkel zu kümmern? In seiner extrovertierten und überschäumenden Art wird er Mama strapazieren und es nicht mal merken. So ähnlich wie Alex damals.«

Dirk fährt so scharf dazwischen, dass ich vor Schreck zusammenzucke. »Vergleiche Jannik nie mit Alex! Die beiden sind sich kein bisschen ähnlich.«

Pause. Ich weiß nicht, was ich sagen soll. So emotional kenne ich meinen ruhigen und ausgeglichenen Exmann nicht.

Er merkt wohl auch, dass er seltsam reagiert hat, und räuspert sich verlegen. »Also, was ich meine: Jannik ist rücksichtsvoll und mitfühlend. Er würde sicher die richtigen Worte finden und versuchen, Anneliese nicht aufzuregen.«

»Ach ja?« Jetzt bin ich es, die wütend wird. Warum macht eigentlich jeder meinen toten Bruder schlecht? »Und Alex war total rücksichtslos und egozentrisch, oder was? Er war dein Freund, aber gerade tust du so, als sei er ein egoistisches Ekelpaket gewesen!«

Dirk seufzt. Ich höre, wie er einen Schluck Wein nimmt und danach tief Luft holt. »Das habe ich nicht gesagt, aber feinfühlig war er nun wirklich nicht – im Vergleich zu unserem Sohn. Ich habe keine Ahnung, warum du ein Problem damit hast, dir einzugestehen, wie Alex tatsächlich gewesen ist. Warum musst du ihn immer durch deine rosarote Brille sehen? Jetzt mal ehrlich: Er war großartig, okay. Man konnte Spaß mit ihm haben, aber nur, solange sich alles um ihn drehte. Solange er im Mittelpunkt stand. Aber wenn er seiner Meinung nach zu wenig beachtet wurde, wurde er richtig fies. Und das weißt du ganz genau, gerade du! Alex war ein Egoist durch und durch. Unser Sohn ist vollkommen anders. Er macht wie Alex Musik und hat das gleiche breite Lachen, aber das war's auch schon. Ich kann es nicht ertragen, dass du die beiden ständig miteinander vergleichst. Jannik ist ein bisschen wie du und ein bisschen wie ich, aber vor allem ist er jede Menge er selbst. Mit seinem Onkel, den er nie kennengelernt hat, hat er nichts gemein, rein gar nichts!«

Ich schweige schockiert. Dirk fällt mir in den Rücken! Er macht Alex schlecht!

»Ruf Jannik an und erzähle ihm von der Krankheit seiner Oma«, fährt Dirk fort, als sei nichts geschehen. »Oder warte, lass mich das machen. Er wird sicher gern von Köln rüberkommen. Es tut ihm bestimmt gut, eine Zeit lang nicht darüber nachzugrübeln, warum Lisa ihn verlassen hat.«

Paff! Damit hat er mir den zweiten Schlag versetzt. Bis eben habe ich nichts von Janniks Trennung gewusst. Mir hat er davon nichts erzählt, obwohl wir vor zwei Tagen miteinander telefoniert haben. Und Dirk reibt mir sein Wissen unter die Nase nach dem Motto: Ich habe eine tiefere Verbindung zu unserem Sohn als du, ätsch, bätsch!

»Was meinst du dazu?«, fragt Dirk. Er klingt unschuldig.

Mir wird klar, dass er keine Ahnung hat und davon ausgeht, dass Jannik sich auch mir anvertraut hat. Hat er aber nicht. Warum nur? »Jaja, du hast natürlich recht«, murmele ich. »Ruf ihn an und sag ihm, dass ich mich freue, wenn er kommt.«

Ein paar Minuten später beende ich das Gespräch und sitze mit dem stummen Hörer in der Hand da. Meine Kinder lieben mich nicht, rotiert es in mir. Zumindest lieben sie ihren Vater mehr. Sie wenden sich an ihn, wenn es Probleme gibt, nicht an mich.

Ich denke daran, wie Maja vor zwei Monaten in Barcelona von mehreren Typen in eine dunkle Ecke zwischen zwei Diskotheken gedrängt wurde und nur durch ihre beherzte Art einer Vergewaltigung entgehen konnte. In ihrem Schulspanisch schrie sie auf die Männer ein und beschimpfte sie als armselige Feiglinge, bis sie beschämt von ihr abließen. Danach rannte sie zitternd und weinend in das Kinderheim zurück, in dem sie arbeitet, schloss sich in ihrem Zimmer ein und rief Dirk an. Ihrem Vater erzählte sie von dem schrecklichen Erlebnis und der Panik, die sie empfunden hatte, nicht mir. Warum nicht?, frage ich mich jetzt.

Ich reiße mich zusammen, ziehe im Flur die dicke Winterjacke an, schlüpfe in warme Stiefel und stülpe Handschuhe über. Dann verlasse ich das Haus und biege auf den Feldweg ab. Ein schwarzblauer Himmel wölbt sich klar und mit Sternen gespickt über die weißlich schimmernden, kahlen Äcker. Der gefrorene Boden unter meinen Füßen ist bretthart, die Luft schneidend kalt. Schon nach ein paar Metern ist mein Gesicht eisig, vor allem meine Nase. Trotzdem tut die frostige Kälte gut. Sie legt sich kühlend auf meine Seele, und mein Kopf wird klar.

Mama hat Krebs, meine Kinder sind mir fremd, und Dirk hat längst nicht so viel von Alex gehalten, wie er mich immer hat glauben lassen. Drei Wahrheiten, drei grausame Erkenntnisse.

Ich marschiere den schnurgeraden Weg entlang, versuche, mich zu beruhigen, gleichmäßig zu atmen und alles mit Abstand zu betrachten. So wie man es mir damals in der Therapie geraten hat.

Am Horizont blinken hoch über den dunklen Schatten einiger Gehöfte die roten Augen der Windräder. Ihre Rotoren stehen still, kein Windhauch weht. Über mir dröhnen die Motoren eines Flugzeugs. Dann verklingt das monotone Geräusch, und Kälte und Einsamkeit hüllen mich wieder ein. Ich lausche auf meinen Atem, auf meine Schritte und das rhythmische Rascheln der Kleidung.

Unvermutet wandern meine Gedanken zu Silvia, die auch einmal eine grausame Wahrheit verkraften musste.

Silvia wohnte mit ihren Eltern in einem der wenigen Mehrfamilienhäuser des Dorfes. Es wurde Anfang der sechziger Jahre erbaut. Ihre Mutter lebt heute noch in jener engen dunklen Wohnung im ersten Stock ohne Balkon.

Silvia war Einzelkind, eine Seltenheit zur damaligen Zeit. Ihr Vater war ein lustiger, dicker Mann, von Beruf Lokführer, dessen Familie ursprünglich aus Pommern kam. Silvias Mutter stammte aus Duisburg. Alles so weit ganz normal – glaubten Silvia und das ganze Dorf.

An einem späten Herbstabend 1979 stritten Eva-Maria und Helmut Schmitz fürchterlich miteinander. Silvia lag schon im Bett und bekam den Streit durch ihre geschlossene Zimmertür mit. Sie hörte das aufgeregte Gezeter der Mutter, die wütende Stimme des Vaters und schließlich das heftige Zuschlagen der Wohnungstür. Zunächst war Ruhe, dann begann das Weinen. Silvia lag stocksteif in ihrem Bett und lauschte dem Schluchzen. Noch nie hatte sie ihre Mutter weinen hören. Eva-Maria Schmitz war eine strenge, fast schon harte Frau, die wenig von sich preisgab und sich eisern unter Kontrolle hatte. An diesem Abend aber heulte sie »wie ein Schlosshund«, wie Silvia es mir später beschrieb.

Nach einer Weile hielt sie es nicht mehr aus. Sie warf die warme Decke zurück, um barfüßig ins Wohnzimmer zu schleichen. Dort hockte Eva-Maria Schmitz aufgelöst und mit hektischen roten Flecken im Gesicht auf dem Sofa. Meine Freundin sah sich urplötzlich einer ihr unbekannten Aufgabe gegenüber: ihre Mutter zu trösten. Sie atmete tief durch, setzte sich neben sie, legte ihr unbeholfen einen Arm um die Schulter und fragte: »Was ist los, Mama? Wo ist Papa?«

»Er kommt nicht wieder«, jammerte die Mutter. »Er kommt nicht zurück.«

Silvia war natürlich schockiert, bemühte sich aber, ruhig zu bleiben. »Das wird schon wieder. Sicher sitzt er bloß drüben in der ›Marianne‹ an der Theke und trinkt ein Bier mit den Kegelfreunden. Ganz bestimmt kommt er nachher nach Hause.«

Da versteifte sich Eva-Maria Schmitz und keifte: »Was weißt du denn schon? Natürlich ist er weg, jetzt, wo er die Wahrheit kennt. Und ich kann es ihm nicht mal verübeln!«

»Welche Wahrheit?«

Später erzählte Silvia mir, dass noch bevor ihre Mutter weitergesprochen hatte eine furchtbare Ahnung in ihr hochgekrochen sei.

»Na, dass ich ihm ein Kind untergeschoben habe. Einen Bastard, wie man so schön sagt. Der Bert hat mich geschwängert, wollte mich aber nicht haben, und der Helmut war gerade in der Stadt. Ja, du hast richtig gehört.« Sie funkelte ihre Tochter böse an und schüttelte ihren Arm ab. »Er ist nicht dein Vater, ist es nie gewesen. Und du bist schuld, nur du …«

Silvia starrte ihre Mutter entsetzt an und ging dann wortlos in ihr Zimmer. Sie schloss die Tür ab, legte sich ins Bett und zog sich die Decke über den Kopf.

Als sie mir davon erzählte, fragte ich sie, ob sie lange geweint habe.

»Nein«, sagte sie mit fester Stimme, »überhaupt nicht, nicht eine Sekunde lang. Nur eins hab ich mir immer wieder gesagt: Ich bin ich, ich bin Silvia. Die Welt um mich herum existiert nicht, sie ist egal. Real ist nur, dass ich ich bin.«

»Und das hat geholfen?« Ich konnte es nicht glauben.

»Ja, das hat es. Ich bin eingeschlafen, und am nächsten Morgen war Papa zurück. Wir haben kein Wort über die Geschichte verloren. Die beiden taten, als sei nichts passiert, obwohl Mama verquollene Augen hatte und Papa eine tierische Fahne. Und ich habe mitgespielt.«

»Bist du nicht immer noch traurig?«

»Nein, nur enttäuscht von Mama. Aber auch das ist eigentlich schnurz. Jetzt weiß ich wenigstens, warum sie manchmal so böse mit mir ist, obwohl es keinen Grund dafür gibt. Es liegt daran, dass ich das Kind von diesem Bert und nicht von Papa bin. Aber das ist mir piepegal.« Sie sah mich mit diesen riesigen wasserblauen Augen offen an. »Ich bin ich, ich bin Silvia. Nur das zählt. Nichts anderes. Und du bist meine beste Freundin. Du musst mir schwören, niemandem von der Sache zu erzählen.«

»Klar. Du kannst dich auf mich verlassen«, versprach ich hoch und heilig. Und das konnte sie tatsächlich. Nie habe ich einer Menschenseele ihr Geheimnis verraten.

Und doch kursierten im Dorf bald Gerüchte. Es wurde geflüstert, Silvia Schmitz sei nicht Helmuts leibliches Kind. Sofort verdächtigte sie mich, nicht dichtgehalten zu haben. Ich beteuerte meine Unschuld, und schlussendlich glaubte sie mir. Zum Glück. Wir kamen zu dem Ergebnis, dass Silvias Papa wohl selbst an jenem Abend in der Dorfkneipe etwas ausgeplaudert haben musste. Kurze Zeit später verstummte das Gerücht und lebte auch nie wieder auf, was für Gerüchte schon seltsam ist. Vielleicht lag es daran, dass jeder im Dorf Helmut Schmitz schätzte und respektierte. Oder auch daran, dass knapp ein Jahr später Silvia verschwand und kurz danach Alex ermordet wurde. Im Schatten solcher Tragödien konnte sich das schäbige kleine Gerücht um ein Kuckuckskind nicht lange halten.

Auf dem Feldweg denke ich in dieser frostigen Januarnacht jedenfalls auch nicht weiter über die Tatsache nach, dass Silvia das Kind eines Fremden war. Vielmehr beschäftigt mich, wie sie mit dieser Wahrheit umging: Sie ließ sie nicht an sich heran, schottete sich dagegen ab. »Ich bin ich«, tönte sie selbstbewusst, »alles andere existiert nicht.« Was habe ich Silvia für ihre Stärke bewundert!

Bei mir funktioniert die Methode leider nicht. Es bringt mir nichts, mich selbst in den Mittelpunkt zu stellen und den Rest auszublenden. Ich bin die Anwältin meines Bruders, und niemand darf sein Andenken beschmutzen. Das ist meine Aufgabe in diesem Leben. Ich selbst zähle nicht. Deshalb haben mich am heutigen Abend vor allem Dirks respektlose Bemerkungen über Alex gekränkt und entsetzt.

Dass meine Mutter an Krebs erkrankt ist, ist schlimm. Es schmerzt, dass meine Kinder mich nicht ins Vertrauen ziehen, aber dass mein Exmann schlecht über meinen toten Bruder spricht, das ist unverzeihlich.

Ich wandere noch fast eine Stunde lang über die stillen Felder, wütend, enttäuscht und gleichzeitig erfüllt von dem Drang, das angekratzte Bild von Alex in meinem Kopf zu reparieren.

Erst als ich im Stockdunkeln im Bett liege, mit einer Wärmflasche an den durchgefrorenen Füßen, gelingt es mir. Ich rufe mir eine Szene ins Gedächtnis, die sich abspielte, als mein Bruder zwölf und ich acht Jahre alt war.

Unsere Familie machte Ferien auf einem Bauernhof im Schwarzwald. Es war ein schwüler Augusttag, und am Himmel dräuten sich schwarze Gewitterwolken zusammen. Ab und zu zuckten Blitze über die Bergkette am Horizont. Alex und ich beachteten den Wetterumschwung nicht, sondern spielten in aller Seelenruhe Verstecken am Ende des Gartens hinter der Scheune. Gerade war ich mit Suchen dran und irrte zwischen den Beeten mit mannshohen Sonnenblumen, üppigen Margeriten, Geranienstauden und Fuchsien hin und her, als es plötzlich einen Donnerschlag gab, der die Erde beben ließ. Gleichzeitig blitzte es grell auf. Es tat in den Augen weh. Ich weiß noch, dass ich wie angewurzelt stehen blieb und vor Schreck laut aufschrie.

Im nächsten Moment setzte der Hagel ein. Daumennagelgroße Hagelkörner prasselten auf die Blumen und mich nieder, und aus einem unbeschwerten Sommertag war binnen Sekunden eine düstere Hölle geworden, ein Inferno. Wieder blitzte und krachte es ohrenbetäubend. In Panik duckte ich mich und wusste nicht mehr, wohin.

Auf einmal erschien wie aus dem Nichts Alex neben mir. Er griff meine Hand und riss mich mit sich fort. Die Hagelkörner schlugen auf uns ein, doch er zerrte mich unbeirrt bis in die Scheune hinein. Erst dort ließ er mich los. Wir kuschelten uns in Heu, und er nahm mich fest in seine Arme. »Keine Angst, kleine Nina«, flüsterte er, »du musst keine Angst haben.«

Erst weinte ich noch, dann fing ich an, mich sicherer zu fühlen. Ich spürte die Wärme seines Körpers und lauschte dem Prasseln und Heulen des Unwetters. Nie wieder habe ich mich so geborgen gefühlt wie in diesem Moment. Mein großer Bruder war bei mir und beschützte mich. Mir konnte nichts geschehen. Immer wieder streichelte Alex meine Arme und ließ mich nicht los, während ich mein Gesicht in seinen

Locken vergrub. Die tobende Hölle draußen verlor langsam ihren Schrecken. Irgendwann hörte ich, dass aus dem Hagel Regen geworden war und es wesentlich leiser donnerte.

Auch mein Bruder entspannte sich. »Siehst du, was habe ich gesagt? Es geht vorbei. Nachher wird wieder die Sonne scheinen, als sei nichts passiert.«

Das habe ich ihm, ehrlich gesagt, dann doch nicht abgenommen. Dass der Himmel je wieder blau sein würde und die Leichtigkeit und Wärme des Sommers zurückkehren könnten, erschien mir unmöglich. Doch mein Bruder sollte recht behalten. Als wir beide endlich die Scheune verließen, hatten sich fast alle Wolken verzogen. Zwar waren die Blumen im Bauerngarten abgeknickt und lagen am Boden, der mit schlammigen Pfützen bedeckt war, aber darüber strahlte ein azurblauer, klarer Himmel, und die Vögel sangen fröhlich wie eh und je.

Ich weiß noch, wie unsere Eltern uns erleichtert in die Arme schlossen. Sie hatten sich schon größte Sorgen gemacht und uns am Bach gewähnt, an dessen Ufer wir manchmal spielten und der durch das Gewitter in null Komma nichts zu einem reißenden, gefährlichen Wildwasser angeschwollen war.

Mama strahlte stolz, als Alex ihr von seiner Rettungsaktion erzählte. »Das hast du toll gemacht«, lobte sie ihn überschwänglich und zupfte ihm liebevoll das Heu aus seinem Haar.

Nur Papa brummte mürrisch etwas von tödlicher Gefahr des Blitzeinschlags in ein Holzgebäude voll mit trockenem Heu.

Ich aber wusste, dass mir nichts hatte passieren können. Bei Alex, meinem großen Bruder, der immer zur Stelle sein würde, wenn ich ihn brauchte, war ich in Sicherheit gewesen.

Es rauscht in meinen Ohren, während ich in der Stille meines Schlafzimmers an das Gewitter zurückdenke. Alex ist unschuldig daran, dass er heute nicht mehr für mich da sein kann. Sein Mörder hat ihn dieser Welt und damit auch mir entrissen.

Mein Bruder war der Held meiner Kindheit, und zwar zu Recht, bete ich mir vor. Er war ein ganz besonderer Mensch, da kann Dirk so viel lästern, wie er will. Mit diesem Gedanken schlafe ich ein.

Ich werde von einem Geräusch geweckt. Ich kann es nicht einordnen, aber es kommt mir leise und verstohlen vor, ein Scharren vielleicht, ein Kratzen oder schleichende Schritte. Auf jeden Fall etwas, das nicht in dieses Haus gehört. Wie immer liege ich flach auf dem Rücken, allerdings mit wild pochendem Herzen und weit aufgerissenen Augen, die an die dunkle Decke starren. »Du schläfst majestätisch wie eine Königin«, höre ich Dirks Stimme im Geiste. Leider fühle ich mich gerade überhaupt nicht so.

Ich sage mir, dass ich mir das Geräusch nur eingebildet habe oder es Teil eines Traums gewesen sein muss. Oder dass es die Mäuse waren, die über die Dielenbretter des Dachbodens gehuscht sind. Aber eigentlich glaube ich mir selbst nicht. Ich schlafe normalerweise tief und fest. Nur etwas wirklich Ungewöhnliches vermag mich aufzuschrecken. Wie damals vor vier Jahren, als ein Wasserrohr in der Küche platzte und ich von einem stetigen Rauschen geweckt wurde, das zwar leise, aber ungewöhnlich und deshalb alarmierend war.

Jetzt höre ich nichts mehr. Alles ist so ruhig, wie es sein soll. Ich lausche in die Stille, die durch nichts als meinen flachen Atem durchbrochen wird. Irgendwann beruhige ich mich. Und ohne es zu merken, schlummere ich wieder ein.

Ein Hauch von Freiheit

Der Sonntag beginnt gemächlich. Durch die eierschalenfarbenen Vorhänge im Schlafzimmer dringt Winterlicht. Es muss spät sein. Während ich unter der kuschelig warmen Decke langsam zu mir komme, fällt mir Mama ein.

Brustkrebs! Ich frage mich, ob Dirk wohl schon mit Jannik telefoniert hat, und plötzlich freue ich mich darauf, bald meine Mutter und vielleicht auch meinen Sohn im Haus zu haben. Seit die Kinder ausgezogen sind, ist es leer hier.

Ich setze mich auf und fröstele, sobald meine nackten Füße den kalten Boden berühren. Erst mal duschen und dann gemütlich frühstücken.

Zwanzig Minuten später steige ich in Jeans, dicken Wollsocken und Rollkragenpulli die steile Holztreppe ins Erdgeschoss hinunter. Ich freue mich auf Kaffee, Obst und Toast.

Im Flur sticht mir auf den uralten Fliesen direkt an der Haustür sofort etwas Graues ins Auge: ein Brief.

Verwundert hebe ich ihn auf. Er trägt weder Absender noch Adressat oder Briefmarke, dafür sind die verwischten Ränder eines schmutzigen Schuhabdrucks zu erkennen. Jemand muss ihn unter der Tür hindurchgeschoben haben, und ich bin daraufgetreten, als ich von meinem nächtlichen Spaziergang zurückkam. Oder ist der Abdruck gar nicht von mir? Auf dem Boden sehe ich jedenfalls keinen weiteren. Was kein Wunder ist, denn normalerweise putze ich mir immer gründlich die Füße an der Fußmatte ab, bevor ich das Haus betrete. Vor allem, wenn ich gerade frisch gewischt habe.

Nachdenklich trage ich den Brief in die Küche, lege ihn auf die Arbeitsplatte und ziehe das Rollo hoch. Ein klarer Himmel leuchtet mir durch die nackten Äste und Zweige des Apfelbaums entgegen. Ich setze Kaffee auf und starre, während er durchläuft, den Umschlag an wie das sprichwörtliche Kaninchen die

Schlange. Das Kuvert sieht wie die aus der JVA aus: grau, aus billigstem Papier. Aber im Gegensatz zu diesen wurde er nicht mit der Post verschickt, sondern persönlich gebracht. Vielleicht von demjenigen, der mich nachts geweckt hat? Durch seine Schritte vor meiner Haustür? Durch das Schaben des Umschlags unter dem Türblatt und auf dem Steinboden?

Ich warte, bis ich den wärmenden Kaffeebecher in der Hand halte und einen Schluck getrunken habe. Erst jetzt fühle ich mich gewappnet für das, was der Brief bereithält. Ich setze den Becher ab und zerfetze mit dem Zeigefinger den Rand des Umschlags. Ein zusammengefaltetes DIN-A4-Blatt steckt darin. Ich erkenne die Handschrift und lese mit wachsendem Unbehagen:

> Willich, Januar 2015
> Liebe Nina,
> ich weiß jetzt, dass sie mich Anfang Februar entlassen werden. Ein guter Freund nimmt mich auf, und ich werde der Führungsaufsicht unterstellt. Ich zähle die Tage und kann es kaum erwarten, aber ich habe auch große Angst vor der Freiheit. Und Angst vor der Vergangenheit, der ich mich dann endgültig stellen muss. Deshalb fange ich schon heute an mit dem Aufräumen. Und dazu muss ich dir von der Vergangenheit erzählen. Aus meiner Sicht.
> Du weißt, dass Alex, Frank und ich die besten Freunde waren. Wir gingen in eine Klasse, und später in der Oberstufe besuchten wir fast alle Kurse gemeinsam. Nur Musik hatten bloß Frank und ich belegt, er, weil er super Gitarre spielte und sang, und ich, weil Musik meine große Leidenschaft war. Das Klavierspielen habe ich mir selbst auf dem uralten Klavier beigebracht, das in unserem Keller vor sich hin staubte und total verstimmt war. Meine Eltern hielten nichts vom Musikmachen und bemühten sich, dem einen Riegel vorzuschieben. Sie glaubten, es lenke mich von der Schule und vom Lernen ab. Womit sie natürlich recht hatten. Denn Musik war

für mich wesentlich wichtiger als Mathe, Englisch oder Physik. Lebenswichtig.
Das ist auch einer der Gründe, warum es mir hier drinnen in den ersten Jahren so dreckig ging. Durch den Messerstich in die rechte Hand ist sie steif geblieben. Ich werde nie wieder Klavier spielen können, aber auch ohne die Verletzung wäre das im Knast nicht möglich gewesen. Ich fühlte mich wie ein Junkie auf Entzug. Es machte mich kirre und aggressiv, keine Musik mehr zu machen, was mir viel Ärger und zusätzliche Haftjahre eingebrockt hat. Die Wut in mir bewirkte aber auch, dass ich mir nichts gefallen ließ, sodass die Mitgefangenen bald Respekt vor mir hatten. Doch das ist ein anderes Thema.
Frank, Alex und ich gründeten also unsere Band, obwohl dein Bruder eigentlich ziemlich unmusikalisch war. Er spielte kein einziges Instrument und besaß wenig Rhythmusgefühl. Aber er sah toll aus, die Mädels lagen ihm zu Füßen, und er verfügte über den Proberaum in eurem Anbau, der mit seinen dicken Mauern einfach ideal war. Also wurde Alex der Sänger und Frontmann unserer Band. Mit etwas Geringerem hätte er sich auch nicht zufriedengegeben.
Nun fehlte uns nur noch ein Schlagzeuger. Wir machten einen Aushang am Schwarzen Brett der Schule, und nach ein paar Tagen meldete sich Dirk. Er war eher der ruhige Typ und schien so gar nicht zu uns zu passen, aber wir versuchten es mit ihm, denn er beherrschte sein Instrument perfekt.
Schnell stellte sich heraus, dass Dirk eine gute Wahl gewesen war. Du kennst seine gelassene Art. Er machte alles mit. Wenn Frank wieder mal eine seiner verrückten Ideen hatte, ließ er sich darauf ein und gab dem Ganzen einen Groove, der uns mitriss. Und mit der Zeit wurde er mir zu einem guten Freund.
Wir probten fast jeden Tag. Keiner weiß das besser als du, denn du saßest oft dabei und hörtest zu. Ich glaube, du

warst unser treuester Fan. Außerdem hattest du dich in Frank verknallt. Sei mir nicht böse, aber wir alle haben das gewusst und uns heimlich darüber lustig gemacht. Du warst doch erst vierzehn, zwar echt süß, aber trotzdem Lichtjahre von uns Großen entfernt.

Die Band machte schnell Fortschritte. Wir traten in der Schule und in den Jugendzentren der Umgebung auf. Die »Sons of Shadow«! Bald waren wir in Kaarst bekannt wie bunte Hunde, und die Mädels liefen uns in Scharen nach. Uns allen, nicht bloß Alex.

Ich glaube, das hat ihm den ersten Stich versetzt: Dass nicht er allein der Star der Band war. Er fing an, mit mehreren Mädchen gleichzeitig rumzumachen, und experimentierte mit harten Drogen. Immer häufiger waren wir total genervt von seiner Angeberei und seinem großspurigen Gehabe, trotzdem haben wir nicht vergessen, dass wir ihm viel zu verdanken hatten. Ohne ihn wären die »Sons of Shadow« nicht so weit gekommen. Alex verstand es, nicht nur sich selbst in Szene zu setzen, sondern auch die ganze Band. Er entwarf Plakate, druckte unsere Songtexte in der Schülerzeitung ab, gab den lokalen Zeitungen Interviews und machte immer wieder Gigs in den besten Locations klar.

Vor diesem Hintergrund konnten wir seinen Geltungsdrang verschmerzen und dass er mehr schlecht als recht sang. Außerdem mochten wir ihn. So wie jeder, denn eigentlich hatte man keine Wahl. Alex war ein charismatischer Typ, sein Lachen war ansteckend, seine witzigen Einfälle waren phänomenal.

Warum ich dir das alles schreibe? Du sollst wissen, warum es später zu dem Desaster kam. Du sollst wissen, dass dein Bruder mir viel bedeutete, bevor all die schrecklichen Dinge passierten. Aber du sollst auch wissen, dass er kein unschuldiges Opfer war. Frag Dirk. Ich weiß, er hat es bisher nicht übers Herz gebracht, aber er könnte dir einiges erzählen.

Spätestens, wenn ich draußen bin, musst du die Wahrheit erfahren. So oder so. Bis bald.
Dein A.

Ich starre fassungslos auf den Brief. Wie hat es dieses Monster geschafft, die Justizvollzugsanstalt auszutricksen? Wer hat ihm geholfen und den Umschlag unter meiner Tür durchgesteckt? Und vor allem: Wie kann so jemand überhaupt noch Freunde haben, die in Freiheit sind, ihn unterstützen und zu ihm halten, ihm sogar eine Wohnung zur Verfügung stellen?

Und wie vertraut er von Dirk spricht. So als habe er engen Kontakt zu ihm und wisse über sein Leben und unsere Beziehung genau Bescheid. Nicht dass mein Exmann dieser ominöse Freund ist, bei dem der Mörder unterkriechen wird. Unmöglich. Oder? Nein, das erscheint mir dann doch zu weit hergeholt.

Trotzdem ist mir schlecht, und ich kippe den ohnehin fast kalten Kaffee in die Spüle. Anschließend lese ich den Brief noch einmal. Im Februar kommt der Mörder raus. Schon in zwei Wochen! Und dann wird er mir erst recht auf die Pelle rücken. »Bis bald«, schreibt er. Dazu darf es nicht kommen. Ich muss verhindern, dass er eines Tages vor meiner Tür steht. Zudem hört es sich so an, als wolle er mir noch weitere solcher Briefe schreiben. Die er aus dem Gefängnis schmuggelt und die voller Enthüllungen sind, die ich nicht hören will.

Und wie abfällig er sich über Alex äußert: Angeberisch und großspurig sei er gewesen und total unmusikalisch. Harte Drogen habe er genommen und promiskuitiven Sex praktiziert. Außerdem sei er kein unschuldiges Opfer gewesen! Was will der Mörder mir damit sagen? Dass mein Bruder seine Ermordung selbst verantwortet hat? Will dieses Stück Dreck sich mit solchen Verunglimpfungen von seiner Schuld reinwaschen? Aber die wird niemals abgegolten sein, und schon gar nicht, wenn das Schwein entlassen wird.

Ich kann mich gar nicht mehr beruhigen. Meine Hand, die das Blatt hält, zittert. Da fällt mein Blick auf eine Zeile: *Durch den Messerstich in die rechte Hand ist sie steif geblieben.* Ich hatte völlig vergessen, dass auch er verletzt worden war. Jetzt erinnere ich mich wieder an die Winkelzüge und Ausreden seines Anwalts: Dass sein Mandant nicht der gewesen sein könne, der Alexander Bongartz erstochen habe. Im Handgemenge mit dem Opfer sei er selbst schwer an der rechten Hand verletzt worden. Er sei gar nicht in der Lage gewesen, zuzustechen, habe vor allem nicht mehr über die Kraft und Ausdauer verfügt, die vonnöten gewesen wären, um meinem Bruder über zwanzig tiefe Wunden zuzufügen.

Der Staatsanwalt entkräftete seine Schlussfolgerungen sofort. Der Täter habe sich die Stichverletzung an der rechten Hand eigenhändig zugefügt, um die Szenerie eines Kampfes zu entwerfen. In Wirklichkeit sei Alexander Bongartz regelrecht abgeschlachtet worden. Die Spurenlage beweise, dass er sich nicht gewehrt habe. Außerdem sei an dem Messer kein einziger Fingerabdruck des Opfers gefunden worden.

Damals erschien mir das alles schlüssig. Natürlich wollte der Mörder von sich ablenken. Natürlich hatte er sich die Verletzung selbst beigebracht. Heute bin ich mir plötzlich nicht mehr so sicher. Der Mann, der verurteilte Mörder, ist als Jugendlicher ein begnadeter Pianist gewesen. Seine Hände und Finger stellten für ihn das Wichtigste auf der Welt dar. Ich weiß noch, dass er sich einmal beim Volleyballspielen in der Schule den Daumen verstaucht hatte. »Wie lange werde ich nicht Klavier spielen können?«, jammerte er verzweifelt. Es war das Erste, woran er nach dem Unfall dachte. Damals konnte ich ihn gut verstehen. Auch ich spielte leidenschaftlich gern. Auch für mich wäre so ein Handicap eine Katastrophe gewesen.

Unter diesen Gegebenheiten sollte er sich selbst in voller Absicht die Hand verstümmelt haben? Jetzt fällt mir auch auf, dass ich mich unbewusst schon über seine Handschrift in den Briefen aus der Haft gewundert habe. Sie ist auffallend zittrig und unregelmäßig, nicht so, wie ich sie von seinen selbst geschriebenen Songtexten in Erinnerung habe. Aber erst an diesem Morgen begreife ich, dass sie die Folge des Messers sein muss, das seine Hand quer durchfuhr.

Er wollte Notwehr vortäuschen, rede ich mir ein. Ein Freispruch wäre es wohl wert gewesen, das Klavierspielen aufzugeben. Nicht ihm, flüstert etwas gleichzeitig in mir. Nicht ihm. Außerdem hat er die Tat doch zugegeben. Nach anfänglichem Schweigen auf der Anklagebank hat er den Mund aufgemacht und den Mord an meinem Bruder gestanden – ohne allerdings je ein überzeugendes Motiv zu nennen.

»Wir sind wegen der Band in Streit geraten, hatten gekifft und getrunken«, erzählte er im Gericht emotionslos, »dann habe ich das Messer gezückt. Ich konnte nicht mehr. Und ich hasste ihn. Schon länger hatte ich vor, ihm endlich das Maul zu stopfen, und jetzt war die Gelegenheit. Beim ersten Mal erwischte ich ihn von hinten und stach ihm zwischen die Schulterblätter. Dann brachte ich es zu Ende.«

»Und die Stichverletzung an Ihrer rechten Hand erklären Sie wie?«, bohrte der Staatsanwalt nach.

»Die spielt keine Rolle. Ist halt passiert.«

Mehr gab er nicht preis. Aber mit seinem Geständnis war das Urteil klar: schuldig des Mordes aus niedrigen Beweggründen. Lebenslänglich. Zudem wurde die besondere Schwere der Schuld festgestellt.

Aufgrund des Alters des Angeklagten hätte der Richter auch das Jugendstrafrecht zur Anwendung bringen können, verzichtete jedoch darauf. Als Begründung führte er an, der Angeklagte weise die geistige und psychische Reife eines Erwachsenen auf.

Mich ließ das Urteil erleichtert aufatmen. Alex' Mörder würde für immer weggesperrt werden. Er konnte mir nicht mehr unter die Augen kommen.

Er selbst nahm den Urteilsspruch mit unbewegter Miene hin. Bereitwillig ließ er sich abführen. Nur einmal, ganz kurz, streifte mich sein Blick. Es war der eines Toten, leer, stumpf und steinern. Er verschaffte mir Befriedigung, und ich wünschte dem Mörder von Herzen alles Leid der Welt.

Mit der Erinnerung kehrt meine Wut zurück. Seit langen Jahren leistet sie mir gute Dienste. Ohne sie hätte ich das alles nicht ertragen können. Wut, Rache und Genugtuung waren unerlässlich für meine Genesung.

Unfassbar, aber in zwei Wochen wird man Alex' Mörder in die Freiheit entlassen. Eine Farce!

Ich greife zum Telefon, will in der JVA Willich anrufen und melden, dass ein Häftling Briefe hinausschmuggelt. Wird man ihn dafür bestrafen? Ich hoffe es. Noch ist er ein ganz normaler Gefangener, noch muss er sich an die Regeln des Vollzugs halten.

Ich lege den Hörer zurück auf den Tisch. Was soll die Aktion bringen? Ich denke an all die Briefe in den vergangenen Jahren und Jahrzehnten, an die Bitten und das Betteln, an sein Flehen um Absolution. Indem ich die Briefe, die aus den unterschiedlichen Haftanstalten ihren Weg zu mir fanden, annahm, habe ich ihm quasi die Erlaubnis gegeben, mich weiter zu behelligen. Manche von ihnen habe ich ungeöffnet weggeworfen oder im Kamin verbrannt, aber die meisten musste ich einfach lesen. Ich konnte nicht widerstehen. Am Leid des Mörders habe ich mich geweidet und an seinem Jammern ergötzt. Es tat mir gut, zu wissen, dass er sich pausenlos mit der Tat und seiner Schuld beschäftigte. Und indem ich niemals antwortete, wählte ich den meiner Meinung nach brutalsten Weg, um ihm zu zeigen, wie sehr ich ihn verachtete.

Warum sollte ich mich nun also über diesen einen Brief beschweren? Nur weil er nicht mit der Post kam? Und wie verhält sich das überhaupt, wenn ein Gefangener kurz vor der Entlassung steht? Bekommt er nicht erst einmal für einige Stunden täglich Freigang? Sozusagen als Training, um sich in der Welt draußen zurechtzufinden? Vielleicht hat er ja selbst …?

Der Gedanke überfällt mich und raubt mir den Atem. Ist es möglich, dass der Mörder höchstpersönlich heute Nacht vor meiner Tür stand? Nein, das kann und darf ich mir nicht vorstellen.

Ich greife nach Briefbogen und Umschlag und gehe zur Küchenzeile. Aus einer Schublade nehme ich ein Feuerzeug, lasse es aufflammen und halte es an das Papier. Erleichtert beobachte ich, wie es über dem Spülbecken anfängt zu brennen. Die Asche spüle ich mit reichlich Wasser fort.

Erst als von der Nachricht des Mörders nichts mehr übrig ist, schwant mir, dass ich einen Fehler begangen habe. Ich hätte wenigstens den Umschlag mit dem Schuhabdruck behalten sollen. Von wessen Fuß stammte er? Von meinem, dem des Monsters oder einem seiner Verbündeten? Zu spät. Ich habe den Beweis vernichtet.

Beunruhigt schenke ich mir noch einen Kaffee ein und röste zwei Toastscheiben. Ich frühstücke hastig. Meine Ruhe, die ich nach dem nächtlichen Spaziergang verspürt habe, ist dahin.

Anschließend mache ich mich daran, das Gästezimmer im ersten Stock für Mama vorzubereiten. Ich lüfte, sauge, wische Staub, beziehe das Bett frisch und stelle eine der gestern gekauften Primeln, die sonnengelbe mit den vielen Knospen, in einem Terrakottaübertopf auf den Nachttisch.

***

Worte eines Alltagsphilosophen:
Alles Versteckte wird irgendwann ans Tageslicht gelangen. Die Zeit des Wölkchenfahrrads ist noch nicht gekommen, denn die Böden und Äcker sind weiterhin gefroren und die Bagger nicht im Einsatz. Aber schon werden die Strahlen der Sonne wärmer und dringen einige Zentimeter tief ins Erdreich. In der Luft liegt ein Hauch von Neubeginn. Winzige grüne Triebe harren im Dunkeln darauf, sich dem Licht entgegenzustrecken. Pure Energie in Warteposition.
Wer aufmerksam ist, kann den Frühling bereits erahnen. Er ist nur eine zarte Idee, nichts weiter, aber man spürt, dass sie bald Realität werden wird. Sehr bald.

Der Lolitamörder

23.6.1980
Etwas ist anders als früher. Nina hat sich verändert und ich mich auch. Sie lacht nicht mehr über dieselben Dinge wie ich. Sie zieht sich anders an. Sie klimpert ständig auf dem Klavier rum oder hockt mit dem ekligen Frank im Proberaum.
Klar, wenn Andi und Alex dabei sind, komme ich gern mit. Beide sind toll. Auf Dirk könnte ich allerdings verzichten, der ist zum Gähnen langweilig. Außerdem sieht er aus wie dieser Schlagzeuger von Police, Phil Collins oder wie der heißt. Klein und bullig. Man weiß jetzt schon, dass er später eine Glatze bekommen wird. Dirk hat einen Kopf wie eine Billardkugel; nicht schön, nein, echt nicht.
Aber okay, wenn die Band komplett ist, ist alles okay. Dann sitze ich gern neben Nina auf dem ollen Sofa und höre zu. Nein, stimmt nicht: Dann gucke ich vor allem zu. Ich beobachte Alex, der so sexy ist, dass ich es kaum aushalte. Aber weil ich weiß, dass ich zu jung für ihn bin, zwinge ich mich, nicht zu sehr für ihn zu schwärmen. Hat ja doch keinen Sinn. Obwohl er mir manchmal tief in den Ausschnitt glotzt und ich merke, dass er meine Titten gern anfassen würde. Aber egal. Ich liebe Alex, obwohl ich weiß, dass ich keine Chance bei ihm habe. Pech gehabt! Ich bin einfach zu jung, zu klein, zu fett.
Also konzentriere ich mich mehr auf Andi. Der ist auch süß und noch dazu irgendwie unnahbar. Er macht einen auf cool, wirkt aber nur unglücklich. Ich möchte ihn am liebsten in den Arm nehmen und trösten. Doch wie es scheint, sieht er mich gar nicht.
Egal, was ich tue, um aufzufallen, er kriegt es nicht mit. Ob ich eine neue Frisur habe – stufig, alles nach außen

geföhnt und über den Lockenstab gezogen – oder mit meinen neuen Rollerskates in Orange und Rot angedüst komme: Es interessiert ihn nicht die Bohne. Zum Kotzen ist das.
Für ihn zählt nur die Musik. Und damit sind wir wieder bei Nina. Vorgestern habe ich die beiden dabei erwischt, wie sie zusammen am Klavier saßen und vierhändig spielten. Schienen dabei echt Spaß zu haben, haben dazu gesungen und sich zwischendurch kaputtgelacht. Plötzlich konnte Andi fröhlich sein. Ich dachte, ich guck nicht richtig. Okay, dann machte ich mich bemerkbar, und die beiden wurden rot wie Tomaten. Als hätten sie ein schlechtes Gewissen.
Ich habe Nina gefragt, ob sie mit mir zum See fährt. Es war ein superschöner Sommertag. Echt klasse, wo doch die Ferien gerade angefangen haben. Wir haben uns auf die Fahrräder gesetzt. Meins haben Nina und ich hellblau angepinselt und dann mit weißen Wölkchen bemalt. Sie hat ihr uraltes Klapprad genommen.
Viel geredet haben wir nicht, aber am See hatten wir Spaß. Wir haben uns gesonnt, sind geschwommen und haben Leute beobachtet. Und Nina hat gesagt, dass sie in Frank verliebt ist, nicht in Andi. Ich kann ihn also haben. Schön und gut, aber wie soll ich es anstellen, dass er mich genauso toll findet wie ich ihn?
Nina sagt, das geht nur über die Musik. »Zeig ihm, dass du dich dafür interessierst. Stell ihm Fragen zu seinen Lieblingssongs. Kauf dir eine Platte von Police, Pink Floyd oder den Dire Straits und lerne die Songtexte auswendig. Du kriegst ihn nur über die Musik. Glaub mir.«
Puh! Das wird anstrengend, aber ich werde es probieren. Und wenn ich es nicht schaffe, Andi rumzukriegen, schnappe ich mir den Sascha von der Realschule. Der steht wenigstens auf mich. An der Bushaltestelle flirten wir immer, und er rückt ganz nah an mich ran. Aber erst probiere ich es bei Andi. Den finde ich viel süßer. Und

älter ist er auch. Aber dann müsste ich es eigentlich direkt bei Alex versuchen. Der ist der Tollste. Mal schauen.
Silvia

Das ist typisch für Silvias Tagebucheinträge: Sie nutzte sie, um mir hintenherum zu verstehen zu geben, was sie dachte oder befürchtete. Nie sprach sie mich direkt an. Dabei war ich außer ihr doch die Einzige, die in dem Buch las. Hätte sie nicht einfach schreiben können: »Liebe Nina, ich habe Angst, dass unsere Freundschaft kaputtgeht. Lass uns etwas dagegen unternehmen«, oder etwas Ähnliches. Aber nein, das tat sie nicht.

War sie zu stolz dafür? Glaubte sie, auf diese Art überzeugender auf mich zu wirken? Oder blendete sie zum Zeitpunkt des Verfassens tatsächlich aus, dass ich der Adressat ihrer Einträge war?

Ich jedenfalls schrieb ganz anders und berichtete recht nüchtern von meinem Tagesablauf – vor allem von den Abschnitten, bei denen Silvia nicht dabei sein konnte –, während ich meine Gefühle Jungs betreffend unter Verschluss hielt. Darüber mochte ich einfach nicht schreiben.

Höchstens schwärmte ich mal von Alex, aber der war auch mein Bruder, und ich wusste, dass Silvia ihn genauso verehrte wie ich. In der Hinsicht konnte ich mir also keine Blöße geben. Zusätzlich zu den Texten zeichnete ich Bildchen in das Buch, eine Meereswelle beispielsweise oder einen Sonnenuntergang. Manchmal skizzierte ich auch eine Gitarre, aus deren Bauch Noten wie kleine Schmetterlinge herausflatterten. Und wenn ich in der Stimmung war, schrieb ich einen Songtext oder ein Gedicht hinein. Meiner Meinung nach kamen meine Gefühle darin besser zum Ausdruck als in der Schilderung von Erlebnissen. Und ich hoffte, dass Silvia etwas damit anfangen konnte.

Eigentlich wollte ich an diesem Sonntagmittag nicht in dem Tagebuch lesen. Doch nachdem ich das Gästezimmer hergerichtet hatte, ging ich ins Arbeitszimmer, um nachzuschauen, ob von Ron Heimbach die versprochene E-Mail eingegangen war. Neben dem Computer lag das Tagebuch und zog mich unweigerlich in seinen Bann.

Ärgerlich über mich selbst klappe ich es nun zu. Aber ich bin noch längst nicht wieder in der Gegenwart angelangt.

Ich muss daran denken, dass Silvias Wölkchenfahrrad, auf das sie so stolz war, gemeinsam mit ihr verschwand. Es tauchte nie wieder auf. Der Triebtäter, der später wegen Mordes an ihr und acht weiteren Mädchen verurteilt wurde, gab das Versteck nicht preis.

Für mich wird die Erinnerung an die Zeit, als der kranke Typ gefasst wurde, für immer nebulös und verschwommen bleiben. Viele Informationen, die ich heute kenne, wurden mir später von Dritten zugetragen. Von meinen Eltern, Nachbarn und Schulkameraden. Denn immerhin war ich diejenige, die an jenem Abend zusammen mit Silvia nach Hause hätte fahren sollen. Es nicht getan zu haben, verursachte mir zermürbende Schuldgefühle.

Zunächst herrschte wohl die allgemeine Meinung im Dorf, Silvia sei von zu Hause abgehauen, vielleicht mit einem Typen durchgebrannt. Als ihre Familie nach einer Woche immer noch nichts von ihr gehört und auch die Polizei keinerlei Hinweise auf ihren Verbleib gefunden hatte, wurden Stimmen laut, Silvia sei womöglich – wie vor Kurzem die Kronzucker-Töchter – entführt worden. Doch die Theorie bewahrheitete sich nicht. Den Schmitz fehlte es an Geld, das man hätte erpressen können, und außerdem erhielten sie keine Nachricht von Silvias etwaigen Entführern.

Die Kriminalpolizei befragte indes sämtliche Personen, mit denen Silvia in Kontakt gestanden hatte: Familie, Freunde, Schulkameraden. Aber nirgendwo fand sich auch nur der Hauch einer Spur, die auf ihr Verbleiben hingedeutet hätte. Es schien, als sei sie vom Erdboden verschluckt worden.

Einige Wochen nach Silvias Verschwinden nahm man den sogenannten Lolitamörder fest.

Der Mann, Albert G. Wagner, war als fahrender Händler den

Niederrhein rauf und runter gereist. In einem kleinen Lieferwagen voll mit Werkzeugen und Eisenwaren pendelte er von Ort zu Ort, um seine Waren auf Wochenmärkten und an Haustüren feilzubieten. Wagner lebte mit Frau und Kindern in Moers, aber während seiner oft Tage dauernden Touren übernachtete er in seinem Auto. Wie sich herausstellte, tat er noch andere, unvorstellbare Dinge darin.

Seit circa zwölf Jahren wurden damals in unregelmäßigen zeitlichen Abständen weibliche Teenager in der Region von Kleve bis Düsseldorf als vermisst gemeldet. Weder tauchten sie lebendig wieder auf, noch wurden ihre Leichen gefunden. Die Mädchen waren zwischen zwölf und fünfzehn Jahre alt und kamen aus den verschiedensten sozialen Schichten, vom einzigen Kind reicher Eltern bis hin zur Tochter einer alleinerziehenden Sozialhilfeempfängerin war alles dabei. Und doch hatten die so unterschiedlichen Mädchen einiges gemeinsam. Eine Sonderkommission der Kriminalpolizei fand Ende der siebziger Jahre heraus, dass alle für ihr Alter ungewöhnlich weit entwickelt gewesen waren und sich auffällig geschminkt hatten. Fortan nannte sich die Soko »Lolita«.

Zunächst brachte niemand Silvias Verschwinden mit den »Lolitas« in Verbindung. Wir lebten unbeschwert in unserem kleinen Dorf vor uns hin. Und selbst wenn wir uns aus der unmittelbaren Heimat entfernten, etwa in Kaarst, Neuss, Düsseldorf oder Mönchengladbach einkauften, fühlten wir uns wie auf einer Insel: geborgen und sicher.

Heute ist ein Leben dieser Art nicht mehr vorstellbar. Die Medien würden die rätselhaften Vermisstenfälle weidlich ausschlachten und den Menschen immer wieder in reißerischer Manier vor Augen führen. Wir Erdenbürger sind in den letzten Jahrzehnten extrem zusammengerückt, durch Industrie und Handel, Globalisierung und nicht zuletzt durch die Medien, insbesondere durch die Omnipotenz des Internets. Verbrechen und Katastrophen geschehen hautnah, wir können uns ihnen selbst dann nicht entziehen, wenn sie Hunderte oder Tausende von Kilometern entfernt passieren.

1980 gab es kein Internet. Einige Haushalte in Driesch verfügten noch nicht einmal über einen Telefonanschluss. Das Fernsehen existierte zwar, hatte aber mit gerade einmal drei Sendern lange nicht so eine Bedeutung wie heute, und Zeitungen und Radio konzentrierten sich auf die politische Lage und den nationalen Terrorismus. In jeder Postfiliale prangte ein großes Fahndungsplakat mit unzähligen Schwarz-Weiß-Porträts von grimmigen Schurken, denen man die Schlechtigkeit geradezu ansah. Die, die man schon gefasst oder eliminiert hatte, waren rot durchgestrichen. Von Sexualverbrechern gab es solche Fahndungsplakate nicht. Zumindest erinnere ich mich an keines.

Und dann ging der Lolitamörder der Polizei tatsächlich in die Falle: ein gepflegter, kräftiger Mann mit rundem, gutmütigem Gesicht und ordentlich gestutztem Haarkranz. Er sah aus wie der freundliche Nachbar von nebenan, ähnelte in keiner Weise den zur Fahndung ausgeschriebenen Terroristen.

Nur durch Zufall fiel er der Polizei auf. Bei einer Verkehrskontrolle in Meerbusch entdeckten zwei Beamte im Laderaum seines Lieferwagens einen auffälligen grasgrünen Schultornister sowie den Turnbeutel eines aktuell vermisst gemeldeten Mädchens. Melanie Stessen war dreizehn Jahre alt und vor fünf Tagen von der städtischen Realschule in Osterath nicht nach Hause gekommen.

Die Streifenpolizisten reagierten schnell. Während einer dem Verdächtigen, der sich in widersprüchliche Ausflüchte verstrickt hatte, Handschellen anlegte, durchstöberte der andere, selbst Familienvater von drei Kindern, den Ranzen. »M. Stessen, Klasse 8a«, prangte in ordentlicher, runder Füllerschrift auf jedem Heft.

Man verfrachtete Albert G. Wagner sofort ins Präsidium, wo sich die Soko Lolita seiner annahm. Zeitgleich untersuchte man sein Auto. In den Ritzen fanden sich haufenweise Blut- und Spermaspuren. Auch diverse lange Haare, blond und brünett, wurden sichergestellt.

Wagner versuchte zunächst, sich herauszureden, faselte etwas von Kundenkontakt und Schnittverletzungen. Doch nach tagelangen zermürbenden Verhören gestand er alles.

Neun Mädchen hatte er vergewaltigt und unter Zuhilfenahme verschiedener Werkzeuge in seinem Lieferwagen zu Tode gequält. Der entstellten Leichen entledigte er sich, indem er sie in diversen Waldstücken vergrub. Ihre Kleidung sowie Taschen, Rollschuhe, Fahrräder oder Einkaufskörbe warf er stets in den Rhein. An völlig verschiedenen Stellen, wie es ihm gerade passte. Wagner behauptete, sich an keine davon präzise erinnern zu können, ebenso wenig an die Gräber in den Rheinauen und angrenzenden Wäldern. Auch die Namen der Mädchen, die ihm zum Opfer gefallen waren, kannte er nicht. Nur ihre Anzahl hatte er behalten: neun. Es waren genau neun gewesen.

Staatsanwaltschaft und Kripo ließen nicht locker. Mit Ausdauer und Brutalität entlockten sie dem Mann schließlich sämtliche Beschreibungen der Opfer. Auch eine, die auf Silvia zutraf.

Später beschwerte sich Wagners Anwalt über die Verhörmethoden, denen sein Mandant ausgesetzt gewesen sei. Von Schlägen und tagelangem Schlaf-, Essens- und Flüssigkeitsentzug war die Rede. Im Klartext hieß das: Folter.

Ich kann mich nicht erinnern, ob den Vorwürfen des Verteidigers auch nur in Ansätzen nachgegangen wurde. Mit Wagner hatte man ein abartiges Ungeheuer dingfest gemacht. Mitleid oder Rücksicht waren in seinem Fall aus Sicht der meisten Menschen eindeutig deplatziert.

Wagner wurde in allen Anklagepunkten schuldig gesprochen. Er würde nie wieder freikommen.

Seine Frau ließ sich so schnell wie möglich scheiden und zog unter anderem Namen mit den Kindern fort. Angeblich hatte sie nichts von den Perversionen ihres Mannes geahnt.

Wagner nahm sich fünf Jahre später in seiner Zelle das Leben. Mit einer Rasierklinge säbelte er sich die Pulsadern durch.

Jetzt reicht es aber. Energisch schiebe ich das Tagebuch beiseite und schalte den PC an. Während er hochfährt, rufe ich mir

Ron Heimbachs männliches Gesicht mit den grünen Augen ins Gedächtnis.

Ich öffne mein E-Mail-Programm und finde außer üblichem Spam und Newslettern diverser Online-Firmen zwei neue Nachrichten in meinem Postfach. Eine ist wie erwartet von »Ronald Heimbach/Horizonte«. Die andere erwischt mich kalt. Sie ist von Frank Marquardt. Verdattert starre ich auf den Absender, bis die Buchstaben vor meinen Augen zu tanzen beginnen. Frank! Wie kann das sein? Mit zitternden Fingern öffne ich die Nachricht.

Liebe Nina,
bestimmt bist du überrascht, von mir zu hören. Dirk hat mir deine E-Mail-Adresse gegeben. Wir haben seit einiger Zeit über Facebook Kontakt. Ich hoffe, du bist nicht böse, dass er sie herausgerückt hat.
Ich komme bald wegen eines Auftritts im Albert-Einstein-Forum nach Kaarst, eventuell hast du schon davon gehört. Wenn du möchtest, lasse ich dir an der Kasse zwei Karten zurücklegen. Vielleicht hast du Lust und Zeit, dir mein Konzert anzuhören, gern in Begleitung. Es ist am Mittwochabend in zwei Wochen. Ich würde mich jedenfalls sehr freuen, wenn du dabei wärst. Und vielleicht hast du ja im Anschluss noch ein bisschen Zeit, dann würde ich dich gern zum Essen einladen.
Ich muss oft an dich denken. Erinnerst du dich, wie wir zusammen kleine Stücke komponiert und zu meiner Gitarre gesungen haben? Das waren noch Zeiten: locker und sorglos. Du hast mich damals sehr inspiriert, weißt du das eigentlich? Aber du warst so jung, und ich hatte Angst, in etwas hineinzuschlittern, was ich nicht steuern konnte. Und plötzlich wurde Silvia entführt und getötet, und dann die Sache mit Alex …
Ich frage mich, wie du heute wohl aussiehst. Dirk sagt, du bist immer noch so hübsch wie früher. Aber er meint auch, dass du verbittert bist. Dass du die Ereignisse von damals nie überwunden hast. Das sei auch der Grund

dafür, dass eure Ehe gescheitert ist. Ich kann und will das nicht beurteilen, aber lass dir eins gesagt sein: Auch ich denke oft an die Tragödie zurück. Viele meiner Songs greifen Themen wie Verlust, Leid und Abschied auf. Oft träume ich von Alex. Ich sehe ihn lachen und höre ihn verrückte Vorschläge machen.
Dann wieder habe ich Andi mit seinem typischen melancholischen Gesichtsausdruck vor Augen. Andi, der immer irgendwie traurig wirkte und dessen musikalisches Talent unseres um ein Vielfaches übertraf. Er war wesentlich begabter als ich. Wäre er nicht dermaßen ausgerastet und hätte sich besser im Griff gehabt, hätte ihn eine glänzende Karriere als Musiker erwartet. Wenn ich an ihn denke, ist es mit einer Mischung aus Bedauern und Unglauben. Immer noch. Ich kann nicht fassen, dass das alles wirklich passiert ist. Und das nach so langer Zeit. Du als Alex' Schwester hängst noch viel tiefer drin als ich. Das muss eine völlig andere Dimension von Schmerz sein. Kein Wunder, dass dich Alex' Tod noch immer mitnimmt.
Aber das Leben hat auch schöne Seiten. Und du hast ein Recht darauf, sie zu genießen, etwa indem du nach dem Konzert mit mir ausgehst!
Über eine Antwort würde ich mich sehr freuen.
Mit vielen lieben Grüßen
Frank

Ungläubig lese ich die E-Mail ein zweites Mal. Einerseits freue ich mich wie wahnsinnig über Franks Interesse an mir, andererseits machen mich einige der Passagen wütend. Wie kann Dirk es wagen, mit Frank über unsere Ehe zu tratschen? Und es so zu drehen, als sei ich an der Scheidung schuld? Er war es doch, der mit seiner Sauferei und seiner phlegmatischen Art alles kaputtgemacht hat! Ich atme tief durch und nehme mir vor, meinen Exmann zur Rede zu stellen.

Aber auch Franks lapidare Kommentare zum brutalen Mord

an meinem Bruder stoßen mir sauer auf. Wie er die Schuld des Täters herunterspielt, ist fast schon unverschämt. *Wäre er nicht dermaßen ausgerastet …*

Das Schwein hat Alex abgeschlachtet! Das kann man doch nicht mit dem Wörtchen »ausrasten« verharmlosen. Wenn ich mal ausraste, schimpfe ich laut, wenn es hochkommt, haue ich mit der Faust auf den Tisch. Aber ich steche doch niemanden mit über zwanzig Messerstichen ab!

Der Staatsanwalt formulierte damals äußerst treffend: »Ihr Mandant hat sich in eine Art Blutrausch hineingesteigert, der eine extrem hohe kriminelle Energie voraussetzt. Die Umwelt muss dauerhaft vor einem solchen Individuum, das einer tickenden Zeitbombe gleicht, geschützt werden.«

Aber nun gut. Man muss berücksichtigen, dass Frank weder den blutbesudelten Tatort mit der geschundenen Leiche gesehen hat noch bei der Gerichtsverhandlung anwesend war. Vielleicht hat er deshalb das Ausmaß des Verbrechens nie wirklich realisiert. Für ihn war Alex urplötzlich tot und für immer fort, sein Mörder unerreichbar hinter dicken Mauern weggeschlossen. Frank muss die Veränderung wie ein überraschender Cut in einem Film vorgekommen sein.

Mit einem Mal stutze ich. Warum musste Frank damals eigentlich nicht als Zeuge bei Gericht aussagen? Er war einer der Letzten, die Alex bei jener unglückseligen Probe, in deren Verlauf sich die Band auflöste, lebendig gesehen hatten.

Dann erinnere ich mich wieder: Frank war zur Zeit des Prozesses schwer erkrankt. Pfeiffersches Drüsenfieber, glaube ich. Wochen-, nein, monatelang musste er das Bett hüten und wurde von den Ermittlern der Staatsanwaltschaft und der Verteidigung zu Hause befragt.

Ich selbst durfte leider nur wenige Male im Gerichtssaal anwesend sein. Mit fünfzehn war ich in den Augen der Staatsgewalt nicht reif und stabil genug für die Strapazen des Prozesses. Ich fand das himmelschreiend ungerecht. Was hätte mir je mehr abverlangen können, als die brutal zugerichtete Leiche meines Bruders zu finden? Was hätte es Schlimmeres geben können? Ich wollte nicht geschützt werden. Ich wünschte mir nichts mehr, als dabei zu sein, wenn der Mörder in die Mangel genommen und verurteilt wurde.

Immerhin durfte ich für meine Aussage und zur Urteilsverkündung in den Saal. Was ich nicht mitbekam, berichteten mir auf mein Drängen hin meine Eltern. Wenn ich heute darüber nachdenke, ahne ich, welche zusätzliche Qual das für meine Mutter und meinen Vater gewesen sein muss. Total erschöpft kamen sie nach einem zermürbenden Prozesstag aus Düsseldorf zurück und fanden sich einer Tochter gegenüber, die keine Ruhe gab, bis sie nicht alles bis ins kleinste Detail erfahren hatte. Die wesentlich extremer und beharrlicher nach Gerechtigkeit und Vergeltung lechzte, als sie selbst es taten.

Damals bin ich zur Hüterin meines Bruders geworden. Waren die Positionen zu seinen Lebzeiten auch andersherum verteilt gewesen, so schlüpfte ich doch nahezu mühelos in meine neue Rolle.

Ich schließe die E-Mail, Frank werde ich später antworten, und öffne Ron Heimbachs Nachricht.

> Sehr geehrte Frau Bongartz,
> ich möchte mich noch einmal dafür entschuldigen, Sie mit meinen doch sehr persönlichen Fragen überfallen zu haben. Das lag nicht in meiner Absicht. Ich habe mich in Ihrer Gegenwart sehr wohlgefühlt, und Sie waren ausgesprochen gastfreundlich. Anbei sende ich Ihnen den versprochenen Fragenkatalog. Wie schon gesagt geht es unserem Magazin darum, darzustellen, wie Menschen das traumatische Erlebnis bewältigen, durch Gewalt einen Angehörigen verloren zu haben. Wie sehr hat es ihr Leben geprägt und prägt es noch heute? Was waren oder sind die Strategien, um in die sogenannte Normalität zurückzukehren?
> Bitte lesen Sie meine Fragen in aller Ruhe und überlegen dann, welche von ihnen Sie beantworten möchten. Hinter

diesen notieren Sie am besten einige Stichwörter, die die Grundlage für ein weiteres Gespräch bilden.
Liebe Grüße
Ron Heimbach

Nervös öffne ich den Anhang, überfliege die Fragen.

Welcher Mensch ist seit dem Tod Ihres Bruders der wichtigste in Ihrem Leben?
Welche Gefühle haben Sie dem Täter gegenüber heute im Vergleich zu der Zeit direkt nach dem Verbrechen?
Wie oft besuchen Sie das Grab Ihres Bruders? Sprechen Sie manchmal mit ihm?
Was macht Ihnen (unbeschwerte) Freude?
Wann und wie können Sie am besten entspannen?
Gibt es etwas, das Sie als Sinn in Ihrem Leben bezeichnen würden?
Haben Sie eine Vorstellung davon, wie Ihr Leben verlaufen wäre, wenn es die Tragödie nicht gegeben hätte?
Glauben Sie, genug zur Bewältigung des Traumas getan zu haben? Was war das?
Haben Sie einen Lebenstraum, den Sie verwirklichen möchten?
Was denken Sie zum Thema Resozialisierung in Bezug auf Schwerverbrecher?

Die Fragen stoßen mich ab. Jede einzelne von ihnen. Adrenalin schießt durch meinen Körper, alles in mir weigert sich, auch nur eine davon zu beantworten.

Andererseits sehe ich im Geiste Ron Heimbachs wunderschöne grüne Augen vor mir und höre seine Entschuldigungen. Soll ich ihm zuliebe versuchen, Stichpunkte zu notieren? Meine Finger senken sich über die Tastatur.

Aber schon bei der ersten Frage versage ich. Wer ist heute der wichtigste Mensch in meinem Leben? Verdammt noch mal, ich weiß es nicht! Eigentlich müsste ich meine Kinder an erster

Stelle nennen, dann vielleicht meine Mutter. Aber die Antwort fühlt sich falsch an. Total falsch.

»Alex«, tippe ich schließlich, um seinen Namen direkt wieder zu löschen. Aber meine Hand macht sich selbstständig. »Alex«, schreibt sie noch einmal. Alex, Alex. Mir treten Tränen in die Augen, als ich realisiere, was das bedeutet. Der wichtigste Mensch in meinem Leben ist ein Gespenst. Das ist doch verrückt und absolut nicht normal!

Ich atme tief durch und widme mich Frage zwei. Welche Gefühle habe ich dem Täter gegenüber? Das ist leicht: »Hass, Verachtung, Abscheu, Ekel«. Als ich den Nebensatz der Frage bemerke, halte ich inne: *im Vergleich zu der Zeit direkt nach dem Verbrechen.* Ratlos sitze ich vor den Worten, bis die Buchstaben vor meinen Augen zu tanzen beginnen. Denn an meinen Gefühlen hat sich von 1980 bis heute nichts geändert. Wie auch?

Alex ist tot und bleibt es. Für immer. Ich werde wütend. Was für eine anmaßende Frage! Manipulativ, einzig gestellt, um mir ein schlechtes Gewissen zu machen. Sie impliziert, dass sich meine Gefühle im Laufe der Jahrzehnte verändert haben müssten, und unterstellt mir gleichzeitig, hartherzig und unversöhnlich zu sein. Ich belasse es bei den Stichworten, die mir als Erstes eingefallen sind, und gehe gleich zur letzten Frage über.

»Keine Resozialisierung für Mörder«, tippe ich energisch. Auge um Auge, Zahn um Zahn. Wer gemordet hat, hat sein Leben verwirkt. Ich denke an Silvia, die erst vierzehn war, als sie einer widerlichen Kreatur zum Opfer fiel, die ihre perversen Gelüste an ihr befriedigte, um meine Freundin anschließend wie ein Stück Müll zu beseitigen. Ich denke an Alex, der im Blutrausch eines unberechenbaren Ungeheuers sein junges Leben verlor. Nein, keine Resozialisierung für Mörder. Ich bin zufrieden, diese klare Antwort gefunden zu haben. Manchmal ist die Welt eben deutlich unterteilt in Schwarz und Weiß. Graustufen gibt es in diesen Fällen nicht.

Ich bin ganz ruhig, als es unten an der Haustür klingelt.

Familienbande

»Hallo, Mama!« Janniks frisches Lächeln reißt mich aus meiner morbiden Stimmung. »Papa hat gestern angerufen. Er hat mir das mit Oma erzählt und dass du meine Unterstützung brauchen könntest. Ich dachte, ich komme einfach schon heute, damit wir noch ein bisschen Zeit zum Reden haben.«

Ich fühle mich überrumpelt, gleichzeitig geht mein Herz auf. Mein Sohn möchte Zeit mit mir verbringen und mir zur Seite stehen! Ich kann gar nicht anders, als über das ganze Gesicht zu strahlen. »Dann komm mal rein.« Ich reiße die Tür weit auf. »Soll ich uns einen Kaffee machen?«

»Gute Idee.« Jannik lässt seinen Rucksack vor der Garderobe fallen und streift sich die Schuhe von den Füßen. Dann umarmt er mich unverhofft. »Schön, zu Hause zu sein«, flüstert er in mein kurzes Haar.

Ich drücke ihn unbeholfen an mich und kann seine Rippen unter der Jacke spüren. Jannik ist sehr schlank und sehnig und über einen Kopf größer als ich. Seine dunklen, wirren Haare sind dick wie meine. Er hat helle, durchscheinende Haut und Augen so blau wie die Adria. Er ist von einer ätherischen Schönheit, und plötzlich begreife ich, was Dirk damit meint, wenn er sagt, dass er so ganz anders als sein verstorbener Onkel sei. Alex füllte mit seiner ungeheuren Präsenz stets den Raum aus, Jannik dagegen ist nicht ganz von dieser Welt. Ich lasse ihn los und betrachte seine feinen Züge. Wieder lächelt er, und diesmal bricht es mir fast das Herz.

Denn sein Lächeln ist das von Alex, und hier schließt sich der Kreis. Er ist mein Fleisch und Blut. Einen Teil der Erbanlagen, die ihn ausmachen, haben auch mein Bruder und ich uns geteilt. Jannik ist heute nur unwesentlich älter als Alex, als dieser starb. Er pulsiert vor Leben, wenngleich nicht so heftig wie sein Onkel. Ich sehe mich selbst in meinem Sohn, wie ich war, bevor die Härte mich umschloss wie die Schale eine Nuss.

Plötzlich steigen Tränen in meinen Augen auf, und ich muss mich abwenden. »Komm, wir setzen uns in die Küche«, schlage ich mit belegter Stimme vor. »Wenn du möchtest, backe ich Waffeln für uns.«

Jannik hat schon immer meine Waffeln geliebt, dick und duftig und mit Puderzucker bestäubt.

»Au ja.«

Die Antwort kommt mit solcher Inbrunst, dass mir ganz leicht zumute wird. Vielleicht bin ich doch keine so schlechte Mutter.

Er erzählt von seinem Liebeskummer, während süßer Duft durch die Küche zieht. Ich stehe an der Arbeitsplatte, hebe eine frische Waffel aus dem uralten Waffeleisen, lege sie zu den anderen und fülle eine Kelle Teig nach. Jannik sitzt am Tisch in meinem Rücken.

»Ich verstehe nicht, warum Lisa mich verlassen hat. Es war alles perfekt zwischen uns. Sie studiert Musik wie ich und hat eine tolle Sopranstimme. Manchmal haben wir beide mit unseren Gitarren dagesessen und gejammt. Dann sind uns immer neue Rhythmen und Melodien eingefallen, und wir haben Blödsinn dazu gesungen. Es war etwas ganz Besonderes zwischen uns. Ich verstehe nicht, warum sie es weggeworfen hat.«

Er schweigt, und ich drehe mich zu ihm um. Als ich Tränen über seine Wangen laufen sehe, tut mir der Anblick in der Seele weh. Hastig wischt Jannik sie weg.

»Vielleicht wird ihr noch klar, was sie an dir hatte, und sie kommt zurück«, sage ich lahm.

»Nein.« Er schüttelt so heftig den Kopf, dass die Locken fliegen. »Sie sagt, sie liebt mich nicht mehr. Und wenn die Liebe vorbei ist, gibt es kein Zurück.«

Der Satz bringt etwas in mir zum Klingen. Ich habe ihn schon einmal gehört, aber lange, lange verdrängt. Mir schwindelt. Hastig stütze ich mich mit beiden Händen auf der Arbeitsplatte ab.

»Mama, was ist los?« Schon ist Jannik neben mir und stottert: »Sorry, dass ich dich mit meinen Problemen belaste. Wo du dir schon solche Sorgen um Oma machst.«

»Nein, nein, schon gut. Damit hat es nichts zu tun. Es ist nur …« Ich runzele die Stirn und versuche, mich zu konzentrieren. Wer hat diesen Satz vor ewiger Zeit zu mir gesagt? Ich überlege scharf, und plötzlich fällt es mir wieder ein.

Ich sehe Silvia in meinem alten Kinderzimmer auf dem abgewetzten Veloursteppich sitzen, die Arme hinter ihrem Oberkörper abgestützt, den Kopf mit dem langen blonden Haar trotzig zurückgeworfen.

»Hör mir mit Alex auf! Ich bin überhaupt nicht mehr in ihn verknallt. Und wenn die Liebe vorbei ist, gibt es kein Zurück!«

Ich erinnere mich an meine Verwirrung bei den Worten aus dem Mund meiner Freundin. Ich starrte sie an, unfähig, nachzufragen, was ihren Sinneswandel hervorgerufen hatte.

Wenige Wochen später wurde sie entführt und umgebracht.

Ich schüttele die Erinnerung an die Szene ab. Ich kann sie nicht gebrauchen, nicht damals und auch nicht heute. Ich lächle verkrampft und streiche meinem Sohn über den Arm. »Alles in Ordnung, wirklich. So, die letzte Waffel ist fertig, und der Kaffee ist auch durchgelaufen. Stellst du schon einmal Teller und Tassen auf den Tisch?«

»Klar.«

Jannik holt bereitwillig Geschirr aus dem Schrank, während ich den dampfenden Gebäckstapel in der Mitte des Küchentisches platziere.

Beim Essen sprechen wir über die Krankheit meiner Mutter.

»Ich wette, sie hat ganz cool reagiert«, sagt Jannik mit vollem Mund. Spuren von Puderzucker kleben an seinen Lippen. »Typisch Oma eben. Aber wie es tief in ihr drin aussieht, weiß keiner.«

»Stimmt.« Ich nicke und nehme noch einen Schluck Kaffee.

»In der Hinsicht ist sie wie du«, ergänzt Jannik und beäugt mich auf einmal seltsam. »Bei dir weiß ich auch nie, was du eigentlich fühlst.«

Ich verschlucke mich und muss husten.

»Bin ich tatsächlich so undurchschaubar?«

»Nein, aber so … verschlossen. Es ist dir anzumerken, wenn dich etwas aufregt oder du traurig bist, aber du lässt es nicht raus. Oft habe ich keine Ahnung, was dahintersteckt. So wie vorhin.« Erneut lächelt er die weichere Form von Alex' Lächeln. Es wirkt wie eine Entschuldigung.

Auf einmal begreife ich, dass mein Sohn mich stets behandelt wie ein rohes Ei. Hat er etwa Angst, ich könnte zerbrechen?

»Vielleicht weiß ich manchmal selbst nicht, was mit mir los ist«, erkläre ich mit dem dumpfen Gefühl, ihn zu belügen. »Aber keine Sorge, mir geht es gut. Und was Omas Krankheit angeht: Lass uns erst einmal die Untersuchungen abwarten. Es bringt nichts, vorher in Panik zu verfallen.«

»Da hast du recht.«

Nach dem Imbiss gehen wir spazieren. Wir sind schon ein paar Minuten über die Felder gewandert, als Jannik vorschlägt, das Grab seines Opas zu besuchen. Obwohl sich alles in mir dagegen sträubt, nicke ich.

Mein Vater wurde auf seinen ausdrücklichen Wunsch hin neben Alex bestattet. Dirk und mir kam das sehr merkwürdig vor. Schließlich war er zum zweiten Mal verheiratet und lebte mit seiner Frau die Jahre bis zu seinem Tod in Heidelberg. Warum sollte sein Grab so weit weg von ihr sein? Unerreichbar für stille Zwiegespräche oder Grabpflege? War die Ehe der beiden vielleicht doch nicht so harmonisch gewesen, wie es nach außen hin den Anschein gehabt hatte?

Irgendwann später kam ich in einer stillen Minute darauf, dass seiner Entscheidung wohl ein ganz anderes Motiv zugrunde gelegen haben muss: Mein Vater hatte mit dieser Geste allen demonstrieren wollen, wie sehr er sich mit seinem Erstgeborenen verbunden fühlte. Seit der Katastrophe hatte meine Mutter ihm eine tiefe Trauer um den toten Sohn abgesprochen, aber mit seinem eigenen Tod bekam er die Chance, zu zeigen, dass sie am Ende unrecht gehabt hatte.

Mich brachte seine Entscheidung in Bedrängnis. Wenn irgend möglich, vermied ich es, Alex' Grab zu besuchen. Ich brachte es einfach nicht über mich. Und mit seinem Wunsch war auch die letzte Ruhestätte meines Vaters für mich außer Reichweite gerückt.

Immer wieder erfand ich neue Ausreden, um nicht zu den Gräbern gehen zu müssen. Aber plötzlich begannen meine Kinder, sich sehr für ihren toten Opa zu interessieren, den sie im Leben faktisch nicht gekannt hatten und bei dessen Beerdigung sie nicht dabei gewesen waren. In regelmäßigen Abständen fragten sie nach ihm und waren ganz begierig darauf, den Friedhof zu besuchen. Kurz gesagt: Sie ließen nicht locker.

Also überwand ich mich eines Tages. Maja war acht Jahre alt und Jannik zehn. Es war ein wunderschöner, warmer Sonntag im Juni. Meine kleine Tochter hatte einen Strauß Wildblumen gepflückt, Jannik ein Bild gemalt. Wir drei waren friedlicher Stimmung, und ich betete, dass alles gut gehen möge.

Schon beim Betreten des Friedhofsgeländes wusste ich, dass es ein Fehler gewesen war, hierherzukommen. Der kalte Schweiß trat mir auf die Stirn, meine Hände wurden feucht und begannen zu zittern. Aber ich riss mich zusammen und ging entschlossen weiter. Noch eine Ecke, dann waren wir da. Wie paralysiert fokussierte ich Alex' Grabstein: »Alexander Karl Bongartz, 05.03.1962–13.11.1980«. Das Grab meines Vaters nahm ich überhaupt nicht wahr.

»Was ist mit dir, Mama?«, erkundigte sich Jannik ängstlich.

Sofort posaunte Maja heraus: »Da sind ja zwei Leute verbuddelt! Ist der andere dieser Onkel, von dem keiner sprechen darf?«

Es war ein Alptraum. Ich war nicht in der Lage, zu antworten.

Maja plapperte weiter. »Ist doch toll. Dann können Opa und dieser … Al…ex…an…der sich miteinander unterhalten. Wär doch langweilig, da unten im Finstern ganz allein zu liegen. Aber jetzt hab ich nur einen Blumenstrauß dabei. Das ist unfair.« Sie wurde nachdenklich, strahlte kurz darauf aber übers ganze Gesicht. »Ich hab 'ne Idee! Ich teil die Blümchen einfach auf!«

Eifrig machte sie sich daran, Margeriten, Kamille, Schlüsselblumen und Schafgarbe auf dem Schotterweg vor der Grabstelle zu zwei Häufchen zu sortieren. Die praktische Selbstverständlichkeit, mit der meine Tochter das Problem anging, brach den Bann.

Ich konnte wieder normal atmen, und die Starre, die mich eben noch gelähmt hatte, löste sich. Ich brachte es sogar fertig, zwei der dunkelgrünen Plastikvasen, die man an einem Dorn in die Erde steckt, zu organisieren und sie mit Wasser aus der Pumpe neben dem Komposthaufen zu befüllen.

Während all dieser Zeit beobachtete mich Jannik mit besorgtem Blick. Erst als ich ihn aufforderte, seine Zeichnung auf Opas Grab zu legen und mit Kieselsteinen zu beschweren, atmete er erleichtert auf. Wir sprachen kurz über Opa, wie er ausgesehen und was er gerngehabt hatte, wie alt er jetzt wäre. Nach Alex erkundigte sich keines meiner Kinder. Sie spürten wohl, dass ich nicht bereit war, über ihn zu sprechen.

Schweren Herzens willige ich nun an diesem wolkenlosen Tag Ende Januar ein, mit meinem erwachsenen Sohn hinüber zum Vorster Friedhof zu wandern. Wie soll ich ihm auch erklären, dass ich den Ort noch immer meide? Nach so vielen Jahren. Meine Angst davor würde Jannik verwundern, wenn nicht gar befremden. Er hat ja keine Ahnung, dass ich zur Pflege der Gräber einen Gärtner bezahle, um nicht selbst hingehen zu müssen.

Schweigend wandern wir in der Januarkälte über die brach liegenden Felder. Die Wintersonne streichelt unsere Gesichter und legt sich zart auf unsere Kleidung.

Ich liebe die kalte Jahreszeit. Sagte ich das schon? Ich mag es, wenn der Himmel klar und eisig ist und die Luft rein. Ich genieße die Stille des Winters und seine Schlichtheit. Der Pomp des Sommers ist mir zu üppig, und im Frühling steckt mir viel zu viel Hoffnung und Vorfreude auf etwas, das vielleicht nicht kommt, während der Herbst im Gegenteil nur vom Sterben erfüllt ist. All das ist mir zuwider. Doch den Winter liebe ich.

Heute spüre ich, dass er sich dem Ende zuneigt. Leider. Schon hat die Sonne an Kraft gewonnen, die Natur beginnt sich zu räkeln und wird bald erwachen. Nun ja, so ist es eben. Jahr für Jahr.

Mit einem mulmigen Gefühl betrete ich den Radweg, der an der Landstraße entlang Richtung Vorst führt. Ich mag die Veränderungen der Landschaft nicht, die von hier aus unübersehbar sind: das Neubaugebiet am Rande von Driesch mit seinen stetig aus dem Boden sprießenden Einfamilienhäusern, das durch einen neuen Kreisverkehr zusätzlich erschlossen wurde, das Wohnhaus der »Lebenshilfe« mit dem großzügigen Gartengelände, das sich an die Vorster Grundschule reiht. Irgendwann einmal werden Driesch und Vorst zusammenwachsen. Die Rüben- und Kornfelder zwischen den Orten werden weichen und der Friedhof mir plötzlich näher sein, als mir lieb ist.

»Wahnsinn, was sich hier in den letzten Jahren getan hat«, spiegelt mein Sohn meine Gedanken wider. »Die vielen neuen Häuser. Wirkt fast wie eine Kleinstadt. Wo ist das weltfremde Kaff hin, in dem Maja und ich groß geworden sind?«

»Tja, die Zeiten sind wohl endgültig vorbei«, seufze ich. »Und stell dir vor: Die alte ›Marianne‹ wird jetzt auch abgerissen. Die Bagger sind schon da.«

»Die hab ich vorhin schon gesehen, als ich ankam. Aber die Kneipe war ja auch schon lange geschlossen und ziemlich baufällig.«

Ich merke, wie ich ärgerlich werde. »Mit wenig Aufwand und Geld hätte man sie sicher erhalten können. Die ›Marianne‹ war ein wichtiger Treffpunkt für die Leute im Dorf. Stattdessen werden dort jetzt Eigenheime hingepflanzt. Als wenn es davon nicht schon genug in Driesch gäbe!«

Jannik lacht fröhlich auf. »Ach, Mama, mach dir doch nichts vor! Ich kann mich nicht erinnern, dass du jemals in der ›Marianne‹ ein Bier getrunken hättest. Du magst es bloß nicht, wenn sich etwas ändert. Gib's doch zu!« Er boxt mich übermütig gegen den Oberarm.

Ich zucke zusammen, muss dann aber selbst schmunzeln.

»Stimmt. Wahrscheinlich bin ich einfach hoffnungslos altmodisch.«

Auf einmal ist mir leichter zumute. Vielleicht sollte ich die Dinge nicht dermaßen verbissen sehen. Die Welt ändert sich ständig und rasend schnell. Es wäre Unsinn, dagegen anzukämpfen. Außerdem ist es doch auch schön, wenn bald wieder mehr Kinder im Dorf zu sehen sind. Kinder und junge Mütter, die im Frühling den Spielplatz bevölkern.

Ich recke mein Gesicht der Sonne entgegen, während wir hinter dem Haus der »Lebenshilfe« rechts abbiegen.

Und dann sind wir angekommen. Mein Hauch von guter Laune ist schlagartig verflogen. Obwohl der Himmel weiter blau leuchtet und die Sonne strahlt, scheint es, als würde sich ein Schatten auf mich legen. Mich fröstelt. Ich stopfe die Hände tief in die Jackentaschen und ziehe die Schultern hoch. Mein Kopf schaltet sich aus, während meine Füße den Weg von allein finden.

»Hier ist es«, kommentiert Jannik unnötigerweise, und wir bleiben stehen.

Ich versuche, mich allein auf den rechten Teil der Grabstätte zu konzentrieren, wo mein Vater liegt. Ich sehe Heidekraut, Buchsbäumchen und ordentlich geharkte Erde. Der Gärtner hat gute Arbeit geleistet.

»Schau mal, Mama«, sagt Jannik, »auf dem Grab von Onkel Alexander liegt ein Blumenstrauß. Sollte der nicht besser in eine Vase?«

Automatisch wandert mein Blick nach links, und ich fahre erschrocken zusammen. Wer bringt meinem toten Bruder Blumen ans Grab? Der Bund aus Lilien und weißen Rosen sieht ziemlich frisch aus. Eine Karte guckt zwischen den Stängeln hervor. Ich beginne zu zittern.

»Was …?«, stottere ich. »Wer …?«

»Ich schaue nach.« Schon hält Jannik das Gebinde in der Hand. Es ist groß und üppig und war bestimmt nicht billig. Er zieht die Karte heraus und liest:

»Lieber Alex, ich denke jeden Tag an dich. Du warst mein Freund und Vertrauter, bis du alles zerstört hast. Trotzdem werde ich dich nie vergessen. Verzeih mir …«

Jannik hält inne und schaut mich an. »Keine Unterschrift, tut mir leid.«

Ich habe einen Kloß im Hals. »Schmeiß das Ding weg!«, krächze ich.

Mein Sohn schaut mich verständnislos an.

»Schmeiß es weg!« Ich werde lauter, und Tränen des Zorns treten mir in die Augen.

»Aber von wem sind die Blumen?«

Ich sehe Jannik kalt an. »Von seinem Mörder! Genau wie die verdammten Briefe, die ich andauernd kriege. Ich will den Strauß nicht mehr sehen! Wirf ihn endlich in den Müll!«

Jannik gehorcht, wirkt jedoch verstört. Wortlos verlassen wir den Friedhof. Erst auf dem Feldweg traut er sich, mich wieder anzusprechen. »Du bekommst Briefe von Andreas Baum?«

»Ja.« Ich atme tief durch. »Alle paar Monate, seit Neuestem sogar häufiger. Er wird in wenigen Wochen entlassen.«

»Aber kann er denn aus dem Gefängnis heraus Blumen verschicken? Wie soll das funktionieren?«

»Sein letzter Brief kam auch nicht mit der Post. Dieser Verbrecher hat noch Freunde hier. Das schreibt er selbst. Die erledigen das für ihn.«

»Und was will er von dir?« Jannik kommt offensichtlich nicht mehr mit.

»Sich mit mir aussöhnen. Sich rechtfertigen.«

Mein Sohn runzelt die Stirn und überlegt. »Wäre das denn so schlecht?«, fragt er vorsichtig. »Ich meine, einige Umstände konnten damals nicht vollständig aufgeklärt werden. Wäre es nicht eine Erlösung für dich, endlich Bescheid zu wissen?«

Ich starre Jannik entgeistert an. Dann schlucke ich und sage mit bemüht kontrollierter Stimme: »Nein. Dieser Mörder will nur Absolution für seine grausame Tat. Nichts anderes. Und die werde ich ihm ganz bestimmt nicht erteilen!«

»Aber das alles ist fast vierzig Jahre her, und Andreas Baum war damals gerade mal achtzehn, das ist so alt wie Maja heute. Meinst du nicht, er hat seine Strafe abgebüßt? Es waren doch auch Alkohol und Drogen im Spiel, vielleicht wusste er gar nicht, was er tat.«

»Ach ja?« Wut brandet in mir auf. »Willst du jetzt auch noch dieses … Gemetzel verharmlosen? Mein Bruder ist mit über zwanzig Messerstichen abgeschlachtet worden! Wer außer einem abartigen Psychopathen hätte so etwas tun können? Und so einer soll freikommen? Nein, halt du dich da raus. Du hast keine Ahnung davon!«

»Aber Papa sagt, dieser Andreas sei eigentlich ein eher schüchterner, sensibler und zurückhaltender Junge gewesen. Es müsse schon etwas Schlimmes vorgefallen sein, dass er so ausgetickt ist.«

»Daher weht also der Wind. Du hast dich hinter meinem Rücken mit deinem Vater verbündet. Dann geh doch zu ihm und lass mich in Frieden!« Die Wut trägt mich davon, und ich beschleunige meinen Schritt. Erst als ich eine gewisse Distanz zwischen Jannik und mir weiß, lasse ich meinen Tränen freien Lauf.

Warum versteht mich nur keiner? Warum lässt mich niemand in Ruhe? Warum kann Alex' Mörder nicht im Knast verrecken? So wie er es verdient hat.

In meiner Küche komme ich endlich wieder zur Besinnung. Ich sehe die kalten Waffeln neben den leeren Kaffeebechern und ahne, dass ich mit meiner Reaktion den Anflug von Harmonie zwischen Jannik und mir womöglich zerstört habe. Vielleicht wird er sogar abreisen. Ich könnte es ihm nicht verdenken. Seit wann bin ich dermaßen unbeherrscht? Gerade noch sagt mein Sohn mir, ich sei verschlossen, da mutiere ich ins Gegenteil und kriege einen cholerischen Anfall.

Es muss der Druck sein, unter dem ich stehe. In Kürze wird der einzige Mensch, den ich aus tiefstem Herzen hasse und verachte, in die Freiheit entlassen werden. Die Genugtuung darüber, dass Alex' Mörder bestraft und aus der Gesellschaft ausgeschlossen wurde, war das einzige Trostpflaster, das mich über die vielen Jahre gerettet hat.

Trotzdem darf ich mich meinen Kindern gegenüber nicht gehen lassen. Armer Jannik! Was kann er für das Drama, das mein Leben mit vierzehn Jahren zerstört hat? Er hat Alex nie kennengelernt. Wie könnte er also auf dessen Seite stehen?

Ich räume die Kaffeetassen in die Spülmaschine und decke mit einem Stück Alufolie den Waffelteller ab. In dem Moment klingelt es. Jannik! Endlich! Ich laufe zur Tür und öffne.

Aber vor mir steht nicht mein Ältester, sondern ein hagerer, verhärmt aussehender Mann in mittleren Jahren mit kurzen grauen Haaren. Seine Mundwinkel sind von tiefen Falten zerschnitten, unter geröteten dunkelbraunen Augen zeichnen sich bläuliche Ringe ab.

»Hallo, Nina«, sagt er.

Beim Klang seiner Stimme wird mir schwindelig, es rauscht in meinen Ohren, und dann bin ich weg.

Mein Bruder und sein Mörder

Ich erwache und sehe über mir die Wohnzimmerlampe. Ich liege auf der Couch. Jemand hat ein Kissen unter meinen Kopf gestopft und eine Wolldecke über mich gebreitet. Neben mir hockt Jannik und hält meine Hand.

»Alles wieder okay?«, erkundigt er sich besorgt.

Ich bin noch ganz benommen. Was ist passiert? Dann fange ich an, mich zu erinnern. Dieser Mann, diese Augen, diese Stimme … Mir wird schlecht. »Er war hier«, würge ich hervor, »Alex' Mörder war hier.«

Panisch huscht mein Blick von links nach rechts durch das Zimmer.

Jannik streichelt meine Hand. »Keine Sorge, ich habe ihn fortgeschickt.«

»Wie kann es sein, dass er jetzt schon draußen rumläuft?«

»Nur übers Wochenende. Heute Abend muss er sich in der JVA zurückmelden«, will mein Sohn mich beschwichtigen.

Tränen laufen mir in Sturzbächen über das Gesicht. »Wie konnte er es wagen …?«, flüstere ich schließlich.

»Er hatte einen weiteren Brief für dich, fand es dann aber nicht richtig, ihn einfach einzuwerfen.« Jannik nickt Richtung Couchtisch. Tatsächlich: Dort liegt einer der mir so verhassten grauen Umschläge. »Glücklicherweise konnte er dich auffangen, als du ohnmächtig wurdest.«

»Er … er hat mich angefasst?« Wieder überkommt mich Ekel, und ich wimmere: »Ich will das nicht.«

»Mama, ich …« Jannik rauft sich die Haare und erinnert mich damit so sehr an Alex, dass mir fast das Herz stehen bleibt. »Ich habe ihm gesagt, dass er sich bei mir melden darf. Dass ich mir anhören würde, was er zu sagen hat.«

»Nein!«, schreie ich.

Mein Sohn begegnet trotzig meinem Blick. »Du wirst nichts dagegen tun können, falls er sich dafür entscheidet. Ich finde es wichtig«, erklärt er entschieden. »So geht das doch nicht weiter. Du machst dich mit der alten Geschichte kaputt. Von Papa weiß ich, dass alles im Endeffekt nicht so eindeutig war, wie es zuerst schien. Er sagt, dass Andreas Baum zwar die Schuld an der Tat auf sich genommen hat, dass Onkel Alexander aber vielleicht auch selbst –«

»Lass mich mit den wilden Theorien deines Vaters in Ruhe. Ich habe die Leiche meines Bruders gefunden, vergiss das nicht. Ich habe mit eigenen Augen gesehen, wozu dieses Monster fähig ist.«

Jannik seufzt. »Du warst vierzehn Jahre alt. Fast noch ein kleines Kind.«

»Und deshalb sprichst du mir ab, die Situation richtig erfasst zu haben? Sie hätte eindeutiger nicht sein können, glaub mir das!«

»Ich will damit nur sagen, dass das Erlebnis dich dermaßen traumatisiert hat, dass du danach zu keinem vernünftigen Gedanken mehr fähig warst. Oma hat auch gesagt –«

»Aha! Ihr tratscht also alle hinter meinem Rücken über mich. Das ist richtig mies und … hinterhältig.« Außer mir setze ich mich auf. »Und jetzt hör auf damit! Ich will davon nichts mehr hören. Entferne diesen verdammten Brief von meinem Tisch, und nachher werde ich in der JVA anrufen und mich beschweren. Dieses Schwein soll mich nicht noch einmal belästigen!«

Jannik seufzt und geht tatsächlich mit dem Brief in der Hand hinaus. Ich atme tief durch und versuche, das Bild von Alex' Mörder, wie er jetzt aussieht, aus meinem Kopf zu verbannen: abgezehrt, dürr, leichenblass, unglücklich.

Halt! Das letzte Wort streiche ich schnell. Ich werde kein Fünkchen Mitgefühl dem Monster gegenüber entwickeln. Ganz bestimmt nicht!

Der Tag geht so katastrophal weiter, wie er begonnen hat. Jannik und ich schweigen uns an, und ich tigere ruhelos durch das Haus. Ich räume auf, wische Staub, lege Wäsche zusammen und in einen Korb, trage ihn nach oben ins Schlafzimmer. Natürlich rufe ich letztendlich doch nicht in Willich an. Ich traue mich nicht, was mir zusätzlich ein Gefühl von Unzulänglichkeit gibt. Erst am Abend spricht Jannik wieder mit mir. Bemüht freundlich fragt er, ob er das Abendbrot zubereiten soll.

Ich reiße mich zusammen. »Lass uns das gemeinsam machen. Ich kümmere mich ums Rührei, und du schneidest ein paar Tomaten, okay?«

»Gute Idee.« Er wirkt erleichtert.

Nach dem Essen setzen wir uns ins Wohnzimmer und spielen eine Runde Scrabble, so wie früher. Langsam werden wir wieder lockerer, was auch am Punsch liegen mag, den ich aufgewärmt habe.

Es muss ein friedliches Bild sein, das wir einem Betrachter abgeben: Mutter und Sohn, beide mit dunklem, dichtem Haar, beide mit langen, sehnigen Fingern, die mit sparsamen Bewegungen Buchstabenplättchen auf einem Spielplan zu äußerst kreativen Wortgebilden legen. Irgendwann fangen wir an, über den Erfindungsreichtum des anderen zu schmunzeln und schließlich herzhaft zu lachen. Jannik gewinnt knapp, und ich gebe mich gern geschlagen. Anschließend setzen wir uns in die Sessel vor dem Kamin, in dem mein Sohn das Feuer ordentlich angefacht hat. Es knistert und flackert, es ist gemütlich warm.

»Tut mir leid wegen vorhin«, sagt Jannik leise, »es war eine blöde Idee, dich auf den Friedhof zu schleppen. Und auch das hinterher. Ich wollte dich nicht durcheinanderbringen oder kritisieren. Wirklich nicht.«

Ich wiegele ab. »Schon gut. Lass uns nicht mehr darüber reden, ja?«

»Wenn du meinst.« Jannik schaut mich an. Seine Wangen sind von der Hitze des Feuers und vom Alkohol leicht gerötet. »Aber könntest du mir vielleicht von Onkel Alex erzählen, davon, wie er war? Vielleicht von einem Gespräch oder Erlebnis mit ihm, an das du dich besonders gut erinnerst, bevor alles passierte? Ich weiß so wenig über ihn.«

Ich halte die Luft an. Am liebsten würde ich Jannik den Mund verbieten oder mit einem Pflaster zukleben. Aber mir ist klar, dass er es nicht böse meint. Und er hat natürlich recht, Maja und er wissen kaum etwas über ihren Onkel und mussten sich vieles zusammenreimen.

Also schließe ich die Augen und versuche, mich an den lebendigen Alex zu erinnern. Was einfach nicht funktionieren will, denn immer wieder überlagert seine blutige, entstellte Leiche alle anderen Bilder. Dann endlich kommt mir eine Szene in den Sinn, und ich reiße entsetzt die Augen auf. Nein, davon kann ich nicht erzählen!

»Was ist los, Mama?«, will Jannik besorgt wissen.

Aber ich tauche schon wieder ab.

Ich sehe ihn in meinem Zimmer stehen, habe sein lautes und verächtliches Gelächter im Ohr. Er wedelt mit dem Tagebuch vor meiner Nase herum und scheint sich köstlich zu amüsieren.

»Hey«, höre ich mich rufen, »was machst du da?«

»Die Tussi war also echt verknallt in mich?«

»Aber das wusstest du doch«, stottere ich, zwischen Verwirrung und Empörung schwankend. Was hat Alex in meinem Zimmer zu suchen, und warum schnüffelt er in meinen Sachen herum?

»Davon hatte ich keine Ahnung. Die macht doch mit jedem rum, der ihr in die Finger kommt.«

»Alex!«

Zu diesem Zeitpunkt war Silvia bereits seit drei Wochen spurlos verschwunden, und ich machte mir wie der Rest des Dorfes die größten Sorgen um sie.

»Ist doch wahr! Wer weiß, mit wem die jetzt abgehauen ist. Garantiert mit 'nem Lover.«

»Vielleicht ist sie ja gar nicht von allein … Ich meine, hätte sie ansonsten nicht wenigstens ihrer Familie irgendein Lebenszeichen gegeben?«

»Ach was! So wie die sich jedem gleich an den Hals geworfen hat, der nur ein bisschen nett zu ihr war, würde es doch gut zu ihr passen, die Flatter zu machen und sich keinen Deut mehr um ihre Familie und Freunde zu scheren.«

»Das glaube ich nicht. Sie ist seit Jahren meine beste Freundin.

Wir haben uns alles anvertraut, und ich weiß nichts von einem neuen Freund.«

»Du meinst doch nicht im Ernst, dass sie dir so was gesteckt hätte? Schwesterchen, deine angeblich beste Freundin ist ein kleines Luder voller Geheimnisse, glaub es mir. Was in diesem Tagebuch steht, ist allerhöchstens die halbe Wahrheit.«

Ich weiß nicht, was ich dazu sagen soll, aber das brauche ich auch gar nicht, denn mein Bruder drückt mir wortlos das Tagebuch in die Hand und verlässt den Raum. Ich habe den Eindruck, dass er recht zufrieden mit sich und der Welt ist, denn er pfeift sogar vor sich hin.

»Mama, alles klar?«

Ich blinzele und schaue benommen in das Gesicht, das dem meines Bruders so ähnlich und doch ganz anders ist. »Ja, alles in Ordnung«, lüge ich und hole tief Luft, um nach der erstbesten positiven Erinnerung an Alex zu greifen, die mir in den Sinn kommt. »Dein Onkel war ein besonderer Mensch, sehr lebenslustig und großzügig«, beginne ich zögernd. »Ich konnte mich immer auf ihn verlassen. Als ich Anfang August 1980 direkt nach den großen Ferien auf Klassenfahrt war und krank wurde – ich bekam die Grippe –, hat er mich in Papas senffarbenem Mercedes abgeholt. Aus lauter Sorge um mich hat er sogar ein Volleyballspiel geschwänzt. Ich weiß noch, wie froh ich war, ihn unten im Hof der Jugendherberge zu sehen. Er lehnte an einem Mäuerchen, rauchte und wartete darauf, dass ich herunterkam. Dann trug er meinen Koffer ins Auto. Meine beste Freundin Silvia war mit nach draußen gekommen und umarmte uns beide zum Abschied.«

»Ist das die, die später entführt und getötet wurde?«

Ich nicke. »Sie war in Alex verknallt. So wie viele Mädchen. Darum ließ sie keine Gelegenheit aus, ihm zu begegnen.«

»Er sah ja auch ziemlich gut aus.« Jannik nickt Richtung Fotowand.

»Ja, das stimmt. Er wusste es natürlich und hat es genossen, umschwärmt zu werden.«

»Papa sagt, auch bei den Auftritten ihrer Band habe Onkel Alexander immer im Vordergrund gestanden.«

»Auch das ist richtig. Viele Fans kamen nur wegen ihm, obwohl er gar nicht so toll singen konnte. Die anderen waren wesentlich bessere Musiker, vor allem Frank und Andi.« Ich schrecke zusammen, als ich merke, dass ich den Namen von Alex' Mörder ausgesprochen habe. Das erste Mal seit damals. Was hat das zu bedeuten?

»Es ist immer wichtig, einen Frontmann oder eine Frontfrau zu haben, der oder die Charisma hat. Damit steht und fällt der Erfolg der Band«, philosophiert Jannik.

»Ja, die ›Sons of Shadow‹ waren in der Gegend ziemlich erfolgreich. Das hat Alex übermütig gemacht. Er kam sich wie ein echter Star vor. Die anderen mussten ihn dann immer auf den Boden der Tatsachen zurückholen.«

»Stimmt es, dass sich die Band aufgelöst hat? Am Tag, als …«

Ich nicke langsam. »Davon habe ich erst später erfahren. Sie hatten wohl einen heftigen Streit miteinander und verließen sauer den Proberaum. Nur kam And… Er kam am Abend zurück. Aber«, flehend sehe ich meinen Sohn an, »darüber möchte ich wirklich nicht sprechen.«

»Nein, natürlich nicht. Schon gut.« Jannik guckt zerknirscht. Ich kann sehen, dass er mir nicht wehtun will. Nichtsdestotrotz lodert Neugier in seinen Augen auf. »Papa sagt, Onkel Alexander sei überhaupt nicht mit der Auflösung der Band einverstanden gewesen.«

»Natürlich war er das nicht. Er hing am allermeisten daran. Für ihn war das alles ein großer Spaß und eine Bestätigung für sein Ego. Er brauchte ständig Lob und Anerkennung.«

»Das hört sich für mich nicht so an, als sei er wirklich von sich überzeugt gewesen. Ich meine, so ein Verhalten ist kein Zeichen von Selbstbewusstsein.«

Ich bin erstaunt über die Scharfsicht meines Sohnes. »Stimmt, könnte wirklich etwas dran sein. Ich habe ihn damals total anders eingeschätzt. Ich sah nur diese unbändige Energie, mit der er alle ansteckte.«

»Muss ganz schön anstrengend für ihn gewesen sein.«

Erstaunt und zugleich anerkennend blicke ich Jannik an. Warum habe ich nicht längst einmal mit ihm über Alex gesprochen? Er scheint ihn besser zu kennen als viele andere, obwohl er ihm nie begegnet ist. Sogar besser als ich. »Jetzt, wo du es sagst. Er hatte manchmal so etwas Getriebenes an sich. Wenn ich das gespürt habe, hätte ich ihn am liebsten in die Arme genommen. Damit er mal zur Ruhe kommt.«

»Und warum hast du es nicht getan?«

Ja, warum nicht? Verblüfft runzele ich die Stirn. »Weil … weil die Rollen andersherum verteilt waren, glaube ich. Ich war seine kleine Schwester, die er beschützte. Nicht umgekehrt. Ich war vier Jahre jünger, vergiss das nicht.«

»Und Oma und Opa? Haben die ihm Halt gegeben?«

»Ja, klar«, rutscht es mir automatisch heraus, doch schnell korrigiere ich mich, »nein, nein, das stimmt nicht. Mama bewunderte Alex grenzenlos und hat ihm alles durchgehen lassen, und Papa hatte, glaube ich, nie einen richtigen Draht zu seinem Sohn. Er beachtete ihn kaum, wenn ich es mir recht überlege.« Ich schlucke und überdenke meine Worte. »Ja, so war es.« Ich bin selbst verblüfft über meine Erkenntnis.

Jannik nickt und nippt an seinem Punsch. »Armer Alex«, sagt er leise, »wahrscheinlich steckte hinter allem, was er tat, nur der Drang, seinem Vater zu gefallen. Oder wenigstens aufzufallen.«

Wir schweigen beide. Ich versuche, den Schmerz zu bekämpfen, den Janniks Theorien in mir auslösen. Zum ersten Mal betrauere ich nicht den Tod meines Bruders, sondern sein Leben. War er tatsächlich ein einsamer, unsicherer Junge, ängstlich bemüht, die Liebe seines Vaters zu erringen? War seine überschäumende Kraft eher ein verzweifeltes Abstrampeln? Plötzlich ist der strahlende Held meiner Kindheit verschwunden.

An diesem Abend gehe ich sehr nachdenklich zu Bett. Während mein Körper das eiskalte Laken und die Decke erwärmt, denke ich wieder an die unangenehme Situation, in der ich Alex mit meinem Tagebuch in der Hand erwischt habe.

»Die Tussi war also echt verknallt in mich«, sagte er und klang dabei zwar sehr abschätzig und verächtlich, aber auch ehrlich erstaunt. Kann es sein, dass Alex nie begriffen hat, wie sehr er von allen Seiten geliebt wurde? Dass er sich zwar permanent anstrengte, zu gefallen, die Sympathie, die er erntete, aber gar nicht wahrnahm?

Plötzlich habe ich das dringende Bedürfnis, noch einmal sein Grab zu besuchen. Ich brauche Antworten. Zum ersten Mal ahne ich, dass ich meinen Bruder nicht wirklich gekannt habe. Um wen habe ich die vielen Jahre getrauert? Um den echten Alex oder um das makellose Bild, das ich mir von ihm zurechtgebastelt habe?

Das Wölkchenfahrrad

Ich lasse Jannik schlafen und mache mich auf den Weg zur Arbeit. Den Frühstückstisch habe ich gedeckt, er braucht nur noch den Knopf der Kaffeemaschine zu drücken.

Draußen ist es noch dunkel und sehr kalt. Mich fröstelt, ich kuschele mich tief in meinen gesteppten Mantel. Mit steifen Händen steuere ich den Wagen durch den Ort. An der »Marianne« leuchten mir gleißend hell mehrere Baustellenstrahler entgegen. Kräftige Männer mit orangefarbenen Westen und weißen Schutzhelmen laufen geschäftig hin und her. Ich höre das sonore Motorenbrummen eines Baggers. Heute wird es also ernst. Sie beginnen mit dem Abriss. Mit einem Anflug von Bedauern fahre ich Richtung Kaarst.

Im Büro herrscht die für die Tageszeit typische verschlafene Stimmung. Die Kollegen und Kolleginnen füllen ihre Kaffeebecher und schalten die Rechner an. Das Neonlicht im Flur blendet mich, als ich zum Kopierer gehe.

Obwohl ich noch müde bin und gern länger im Bett geblieben wäre, tut mir der Alltag tut. Die nüchterne Normalität, die sich um Zahlen, Daten und Fakten und die üblichen Animositäten zwischen den Kollegen dreht, steht im krassen Gegensatz zu meiner emotionalen Achterbahnfahrt am Wochenende und erdet mich.

Bald sitze ich am Schreibtisch, erledige Telefonate, beantworte E-Mails und sortiere Anträge. Ich denke weder an meine Mutter noch an Alex oder seinen Mörder. Ich bin ganz da.

Doreen, die mir gegenübersitzt, erzählt mir wilde Geschichten über die neue Kollegin Jenny, eine Mittdreißigerin mit wasserstoffblond gefärbtem Fusselhaar – Extensions, wie Doreen behauptet –, Silikonbusen und aufgespritzten Lippen. Wir können Jenny beide nicht leiden.

»Stell dir vor, jetzt hat sie Schiss, ihre Implantate könnten von dieser schadhaften, gefährlichen Sorte sein, von der dauernd im Fernsehen berichtet wird. Sogar eine Rückrufaktion läuft schon. Der Arzt, der Jenny vor zwei Jahren operiert hat, ist untergetaucht, das hat sie gerade in der Cafeteria ausgeplaudert. Selbst schuld, oder? Wer Barbie zum Schönheitsideal erhebt, muss sich nicht wundern, irgendwann komplett aus Plaste zu bestehen.«

Ich gebe Doreen recht und schmunzele gleichzeitig über ihre ostdeutsche Ausdrucksweise, die sie selbst nach fünfzehn Jahren im Westen des Landes nicht abgelegt hat. Plaste!

Um Viertel nach zwölf räume ich meinen Schreibtisch auf und gieße noch schnell die Yuccapalme, bevor ich in meinen Mantel schlüpfe.

In den Rathaus-Arkaden kaufe ich ein paar frische Lebensmittel, und in einer Boutique probiere ich spontan ein reduziertes Kleid an. Es steht mir, wirkt sogar ziemlich sexy an meinem kurvenlosen Körper. Bemerkenswert. Ich kaufe es. Wer weiß, vielleicht werde ich es bei Franks Konzert tragen. Oder wenn Ron Heimbach das nächste Mal zu Besuch kommt.

Immer noch habe ich eine Dreiviertelstunde Zeit, bis ich Jannik zu Hause abholen muss, damit wir pünktlich am Neusser Bahnhof sind. Unschlüssig schlendere ich mit meinen Einkaufstüten an den Schaufenstern der Geschäfte vorbei. Vor den Drehständern des Buchladens bleibe ich stehen. Bei den Neuerscheinungen sind einige Titel dabei, die mich interessieren, vornehmlich Romane. Gern lese ich auch Familiengeschichten von Prominenten, vorausgesetzt, sie sind anspruchsvoll geschrieben und komplex genug, um mich zu fesseln. Krimis dagegen hasse ich. Wen wundert's?

Gerade will ich mir die Autobiografie einer bekannten Künstlerin näher ansehen, als mir das Cover des Buches daneben auffällt. Ich schaue direkt in die Augen von Ron Heimbach. Obwohl es sich um eine stark überbelichtete, körnige Nahaufnahme in Schwarz-Weiß handelt, erkenne ich ihn sofort.

»Ronald Wiegand zu Heimbach«, prangt der Name des Autors über dem Titel: »Justitias gezinkte Waage«. Mein Gott, wie pathetisch. Ich greife nach dem Buch und lese mit wachsender Irritation den Untertitel: »Justizirrtümer und die Folgen für die Betroffenen«.

Ich stelle die Plastiktüten auf dem Boden ab und schlage das Buch auf. Die Kurzvita verrät mir, dass Heimbach freier Journalist und Autor gesellschaftskritischer Reportagen ist. Für »Horizonte« arbeitet er seit über zehn Jahren. Im Vorwort erfahre ich, dass er einer alten adligen Familie entstammt und seine Mutter in seiner Kindheit einem Raubmord zum Opfer fiel. Wie hypnotisiert sauge ich mich an den Zeilen fest und lese und lese.

Ein stadtbekannter Kleinkrimineller, dessen Fingerabdrücke in der Villa der zu Heimbachs gesichert werden konnten, wurde damals gefasst und zu einer lebenslänglichen Haftstrafe verurteilt. Aber hier hört die Geschichte laut Heimbach nicht auf. Denn erst nach Jahrzehnten bekannte sich der wahre Täter, ein Onkel Ron zu Heimbachs, in einem Abschiedsbrief zu dem Verbrechen. Er führte verschmähte Liebe und Eifersucht auf den Status seiner Cousine als Mordmotive an, bevor er sich mit einer Jagdflinte durch den Mund das Gehirn wegschoss.

Der Mann, der fast zwanzig Jahre unschuldig hinter Gittern gesessen hatte, konnte seine Freiheit und Rehabilitation nur kurze Zeit genießen. Er starb in einem Männerwohnheim an den Folgen einer chronischen Nierenerkrankung.

> Immer wieder hat er seine Unschuld beteuert und nur den Einbruch gestanden, aber niemand, nicht einmal sein Anwalt, glaubte ihm. Und damit nicht genug: Seine Angehörigen, einfache Leute ohne Geld und Lobby, wurden geächtet und aus dem Ort vertrieben. Die Mutter trank sich später zu Tode.
> Mein Bruder und ich wuchsen indes in der Überzeugung auf, das Böse sei in der Unterschicht verwurzelt. Wir entwickelten einen regelrechten Hass auf Sozialhilfeempfänger und Arbeitslose. Und das, obwohl wir ursprünglich zu frei denkenden und toleranten Menschen erzogen worden

> waren. Doch Trauer und Wut verstellten uns den Blick auf Wahrheit und Menschlichkeit.
> Als klar wurde, was wirklich passiert war, erschütterte mich die Erkenntnis bis ins Mark. Seitdem nehme ich nicht mehr als gegeben an, was die Justiz in Stein meißelt, und habe deshalb dieses Buch geschrieben.

Ich habe genug und stopfe Heimbachs Machwerk zurück in den Ständer.

Ein bitterer Geschmack breitet sich in meinem Mund aus. Heimbach will mich ausnutzen, um seinen Feldzug gegen Recht und Gesetz zu führen.

Was die Justiz in Stein meißelt. Glaubt Heimbach etwa, auch Andreas Baum sei unschuldig ins Gefängnis gewandert? So ein Schwachsinn! Er hat den Mord an meinem Bruder in allen Einzelheiten gestanden. Auch die Spurenlage war eindeutig. Von einem Justizirrtum kann in diesem Fall keine Rede sein. Aber was will der Journalist dann von mir?

Fest steht, dass ihm wohl kaum die psychischen und sozialen Beeinträchtigungen der Hinterbliebenen am Herzen liegen, wie er mir gegenüber behauptet hat. Stattdessen geht es ihm nur um die Täter, die armen, armen Täter. Wie mich allein der Gedanke ankotzt!

Ich stapfe davon und vergesse prompt, meine Einkäufe mitzunehmen. Als mir mein Versäumnis einfällt und ich kehrtmache, um sie zu holen, bin ich schon wieder etwas gnädiger gestimmt.

Heimbach und ich teilen dasselbe Schicksal. Beide haben wir einen engen Angehörigen durch ein grausames Verbrechen verloren. Beide müssen wir mit dem Verlust leben.

Doch Trauer und Wut verstellten uns den Blick auf Wahrheit und Menschlichkeit.

Ich kenne immerhin die Wahrheit. Das macht den Unterschied zwischen meiner und Heimbachs Geschichte aus, aber was ist mit der Menschlichkeit? Was hat das Verbrechen aus mir gemacht? Eine harte Frau, unversöhnlich mir selbst und meiner Umwelt gegenüber. Dem Mörder meines Bruders kann und werde ich nie verzeihen, natürlich nicht, aber vielleicht schaffe ich es irgendwann einmal, mich mit meinem Schicksal auszusöhnen. Schön wäre es.

Jannik und ich fahren schweigsam nach Neuss. Ich bin noch ganz mit meiner verwirrenden Entdeckung vor dem Buchladen beschäftigt, mein Sohn wirkt müde und übernächtigt.

»Ich mache mir große Sorgen um Oma«, gesteht er, während ich den Wagen hinter dem Bahnhof parke.

Dazu fällt mir nicht viel ein, denn natürlich geht es mir genauso. Nur versuche ich, meine Angst zu verdrängen. Typisch.

Wir betreten den Bahnsteig und sehen, wie meine Mutter aus dem Zug steigt. Unbeugsam und hager wie ein Stock, absolut unverändert. Ihr Lächeln wirkt angespannt, aber das ist alles. Sofort bin ich beruhigt und gewinne die Distanz zur Situation, die ich brauche.

Jannik scheint es anders zu gehen. Fest, fast stürmisch, umarmt er seine Großmutter und will sie gar nicht mehr loslassen. »Es wird alles wieder gut«, murmelt er in ihre graue Kurzhaarfrisur, und ich sehe Tränen in ihren Augen glänzen.

»Wann wird je etwas wieder gut?«, antwortet sie.

Ihre Worte erschüttern mich. Mit dieser einen Frage hat meine sonst so pragmatische Mutter meine gesamte Lebensphilosophie zusammengefasst und mich ihr selbst näher gebracht, als ich es je für möglich gehalten hätte.

»Kommt, lasst uns noch irgendwo einen Kaffee trinken, bevor wir zur Klinik fahren«, schlage ich mit belegter Stimme vor, »wir haben noch massig Zeit.«

Im »Café Heinemann« kehrt ein wenig Leichtigkeit zurück. Meine Mutter erkundigt sich nach Janniks Studium und bei mir nach dem Wohlergehen meiner Nachbarn. Über ihre Krankheit sprechen wir nicht. Auch nicht über Andreas Baum. Gott sei Dank.

Ich finde sogar Zeit, meine Gedanken und Gefühle zu ordnen. Eins nach dem anderen, sage ich mir. Erst bringen wir Mamas Untersuchungen hinter uns, dann fahren wir nach Hause, und später, viel später, werde ich mich mit Ron Heimbach und seinen Motiven für den Besuch bei mir beschäftigen.

Der Arzt spricht lange mit meiner Mutter, während Jannik und ich im Flur auf harten Kunststoffstühlen ungeduldig hin und her rutschen und uns ausgeschlossen fühlen.

Zehn Minuten müssen wir noch warten, dann öffnet sich die Sprechzimmertür.

In den Gesichtern lese ich, dass die Lage mehr als ernst ist. Die Miene meiner Mutter ist versteinert, die des Krebsspezialisten eine Mischung aus Bedauern und professioneller Nüchternheit.

»Kommt, lasst uns gehen«, fordert meine Mutter uns auf, »es ist alles gesagt. Die Unterlagen werden mir zugeschickt.«

»Aber was ist denn nun?« Die Frage kommt von Jannik, der ganz blass um die Nase geworden ist.

»Ich werde sterben.« Mehr sagt sie nicht, meine starke, allzeit beherrschte Mutter. Es hört sich an, als verkünde sie, zum Friseur gehen oder etwas anderes, ähnlich Banales tun zu wollen.

»Man kann nichts mehr tun?«

»Doch, operieren. Aber sterben werde ich trotzdem. Die Metastasen sind überall. Im Rücken, in den Lymphen, in den Knochen. Jetzt geht es nur noch darum, das Ende hinauszuzögern.«

Ich reagiere automatisch, nestele den Autoschlüssel aus der Manteltasche und setze mich wie ein Roboter in Bewegung.

Zu dritt marschieren wir durch weiße, kahle, schweigende Gänge, gesäumt von unzähligen verschlossenen Türen. Unsere Schritte auf dem Linoleum hallen im gleichförmigen, fast militärischen Rhythmus.

Erst in der Tiefgarage hakt Jannik mit zitternder Stimme nach: »Was ist mit einer Chemo?«

»Nur, wenn ich will.«

»Und? Willst du?«

»Ich weiß noch nicht.«

Auf der Rückfahrt nach Kaarst kommt mir die Welt vor

der Windschutzscheibe wie ein fremdes Universum in einem Science-Fiction-Film vor. Sie hat nichts mit mir zu tun, ist fern und unwirklich.

Meine Mutter wird sterben. Bald. Dann bin ich allein. Eine Waise. Ohne Eltern, ohne Geschwister. Nichts wird mehr an das erinnern, was wir einst waren: eine ganz normale Familie. Nichts wird bleiben, und ich werde die Einzige sein, in deren Erinnerungen mein Bruder, mein Vater und meine Mutter weiterleben.

Okay, da sind noch Jannik und Maja, aber beide zählen nicht. Sie sind die nächste Generation, meine Kindheit und Jugend sind nicht die ihre. Im Rückspiegel sehe ich die besorgten Augen Janniks. Er fürchtet sich und ist traurig. Natürlich. Aber er wird darüber hinwegkommen. Ich vermutlich nicht.

»Wir müssen später reden«, unterbricht meine Mutter meine Grübeleien in sachlichem Tonfall. »Nur wir zwei, mein Kind. Es gibt wichtige Dinge, die du wissen sollst, bevor ich nicht mehr bin.«

Ich nicke gehorsam, aber von innen breitet sich eine Eiseskälte in meinem Körper aus.

Es ist lange dunkel, als wir in Driesch an der »Marianne« um die Ecke biegen wollen. Wie schon am Morgen tauchen Baustellenstrahler die Szenerie in gleißendes Licht, doch die Stimmung ist eine völlig andere. Die Bagger stehen still, keine Bauarbeiter sind zu sehen. Dafür parken mehrere Polizeifahrzeuge kreuz und quer auf dem Grundstück. Menschen laufen hektisch vor dem Gebäude, dessen linke Seite nur noch ein Schutthaufen ist, auf und ab. Auf dem Bürgersteig recken einige Schaulustige die Hälse. Es sind hauptsächlich Dorfbewohner, unter anderem Frau Coenen, Herr und Frau Müller und ein paar Jugendliche, aber ich sehe auch Fremde.

»Was ist da los?«, fragt Jannik verblüfft.

»Keine Ahnung.« Woher soll ich das auch wissen? Unbeirrt fahre ich weiter.

»So viel Polizei. Da scheint etwas passiert zu sein«, mutmaßt meine Mutter.

»Vielleicht ein Unfall auf der Baustelle. Sie haben heute früh mit dem Abriss begonnen.«

»Ich habe aber keinen Krankenwagen gesehen«, gibt Jannik zu bedenken.

»Stimmt.«

Ich parke in der Einfahrt meines Hauses, das dunkel daliegt. Ich will mich nur noch mit einem heißen Getränk zwischen den Händen an den Kamin setzen und nichts mehr hören von Krebs und Sterben.

Natürlich ist mir klar, dass mir dieser Wunsch nicht erfüllt werden wird. Mein Sohn und meine Mutter brauchen mich. Für sie muss ich stark sein. Vor diesem Hintergrund interessieren mich die seltsamen Vorgänge an der »Marianne« gerade herzlich wenig.

Jannik trägt Mamas Trolley nach oben, während sie mir in die Küche folgt. Gemeinsam kochen wir Tee und schmieren ein paar Brote. Dazu können wir die restlichen Waffeln verputzen. Ihr Anblick erinnert mich an den gestrigen Tag, und ohne es verhindern zu können, rutschen mir die Worte heraus: »Stell dir vor, Andreas Baum war hier.«

»Ach?« Meine Mutter dreht sich zu mir herum und betrachtet mich forschend. »Ist er entlassen worden?«

»So ähnlich. Er befindet sich wohl in so einer Art Wiedereingliederungsphase.«

»Aha.« Mehr sagt sie nicht, ordnet stattdessen sorgsam Teekanne, Tassen und Teller auf dem Tablett. Nach einer schieren Unendlichkeit fragt sie: »Und was wollte er von dir?«

»Mit mir reden. Und – wie nennt man das? – Abbitte leisten. Jannik hat ihn sofort rausgeschmissen, weil ich seinen Anblick nicht ertragen konnte, er –«

»Schon gut, Kind«, unterbricht sie mich leise, »du musst mir nichts erklären. Es muss grauenhaft gewesen sein. Ich wundere mich, dass ihm überhaupt erlaubt wurde, mit den Angehörigen seines Opfers Kontakt aufzunehmen.« Sie lehnt sich mit ihrem ganzen Gewicht an den Tisch und atmet tief durch. »Diese Tragödie hat damals unsere Familie zerstört. Uns Überlebende hat sie krank gemacht. Deinen Vater, dich und jetzt auch mich. Dass Andreas nun entlassen wird … Es wird ihm nichts nutzen. Er kann nichts von dem, was geschehen ist, wiedergutmachen. Nicht für dich und nicht für sich selbst. Sein Leben ist für immer verpfuscht, und das finde ich nur recht und billig.«

Sie räuspert sich und schlingt sich die Arme um die Schultern. Noch nie hat sie mit mir so offen und ausführlich über Andreas geredet. Zögernd fährt sie fort: »Obwohl ich ihn nie als kaltblütigen Mörder sehen konnte. Er hatte es nicht leicht, ein liebloses Elternhaus, du kennst die Geschichte. Er war sehr sensibel und labil und einer Persönlichkeit wie deinem Bruder Alexander einfach nicht gewachsen. Trotzdem werde ich ihm nie verzeihen können. Er hat ihn umgebracht, also muss er mit der Schuld leben. Aber auch ich bin in gewisser Weise dafür verantwortlich, was damals geschah. Und deshalb muss ich unbedingt in Ruhe mit dir –«

In dem Moment platzt Jannik herein. »Ich habe dir deine Hausschuhe runtergebracht, Oma«, sagt er. »Dein Koffer steht neben deinem Bett. Ich könnte ihn für dich ausräumen, wenn du möchtest.«

»Lieb von dir, aber das mache ich nachher schon selbst.« Meine Mutter lächelt ihn beruhigend an. »Jetzt lass uns erst einmal Tee trinken und etwas essen.«

Wir sitzen zusammen im Wohnzimmer. Das Gespräch stockt. Keiner von uns traut sich, über Mamas Krankheit zu sprechen. Irgendwann geht sie hinaus, um von ihrem Zimmer aus mit Wim zu telefonieren. Er muss schließlich Bescheid wissen.

Jannik und ich schweigen uns an. Plötzlich schrillt die Türklingel. Mein Sohn springt auf, und was dann passiert, stellt mein ganzes Leben wieder einmal auf den Kopf.

Ich höre ihre keifende Stimme bis ins Wohnzimmer.

»Sie haben das Fahrrad an der ›Marianne‹ gefunden. All die Jahre lag es in einem zugeschütteten Kellerschacht. Ich habe doch immer gesagt, dass da was nicht stimmt! Dass meine Tochter nicht von diesem Serienmörder … Wo ist Nina? Sie soll mir endlich Rede und Antwort stehen!«

Silvias Mutter! Die Frau mit dem verkniffenen Zug um den Mund, die Frau, die mich hasst, weil ich lebe und ihre Tochter tot ist.

»Mama!«, schreit Jannik panisch.

Wie magisch angezogen nähere ich mich der Haustür.

»Was ist damals mit Silvia geschehen?«, prasselt auch schon die erste Frage auf mich ein. »Sie ist nach der Vorster Kirmes also doch bis nach Driesch gefahren! Sie war hier im Dorf. Das Fahrrad … Wie kommt es in diesen Kellerschacht? Was ist mit ihr geschehen? Wer hat sie umgebracht? Du etwa? Du … du …«

Dass sie mich nicht beim Sprechen bespuckt, ist fast schon ein Wunder. Ich bin gleichzeitig wütend und verwirrt. »Silvias Wölkchenfahrrad ist gefunden worden?«, frage ich nach.

»Es lag in einem Kellerschacht auf der Rückseite des Gebäudes. Irgendjemand hat es damals hineingeworfen und mit Geröll bedeckt. Nie und nimmer war das dieser Perverse! Aber du … Ihr beide habt auf dem Grundstück manchmal gespielt, seid im Garten der ›Marianne‹ auf den Birnbaum geklettert. Jetzt gib es endlich zu, dass du dahintersteckst. Sag endlich, was du weißt!«

»Lassen Sie meine Mutter in Ruhe!« Janniks sonst so sanfte Stimme ist ein tiefes, grollendes Knurren – wie das eines bissigen Hundes.

Silvias Mutter weicht erschrocken zurück. Erst jetzt nehme ich sie in ihrem ganzen Elend wahr. Hager ist sie, eine in sich zusammengefallene kleine Frau mit gelbfleckiger, faltiger Haut und strähnigem grauen Haar. Ihre geröteten Augen glänzen fiebrig. Sie sieht aus wie eine Hexe.

»Was willst du denn? Du … du Bengel«, stottert sie. »Du hast doch keine Ahnung …«

Jannik mustert sie kalt. Er ist fast zwei Köpfe größer als sie. »Lassen. Sie. Meine. Mutter. In. Ruhe. Verschwinden. Sie. Jetzt.«

Und die Hexe flieht.

Mir wird schwindelig, und ich torkele. Jannik fängt mich

auf und führt mich ins Wohnzimmer. Erst auf der Couch, mit hochgelegten Beinen, habe ich das Gefühl, wieder Luft zu bekommen.

»Was hatte das zu bedeuten?«, fragt Jannik. »Um was für ein Wölkchenfahrrad geht es?«

Mir wird klar, dass er über Silvias Schicksal kaum etwas weiß. Es wurde stets von dem seines Onkels verdrängt.

»Du kennst doch die Geschichte von meiner Freundin, die damals vom sogenannten Lolitamörder entführt und umgebracht wurde?«

»Ja, aber was hat es mit dem Fahrrad –«

»War das gerade Eva-Maria Schmitz?« Meine Mutter steht in der Tür.

»Stell dir vor, Silvias Wölkchenfahrrad ist in einem Kellerschacht der ›Marianne‹ aufgetaucht. Die Polizei ging immer davon aus, dass der Täter es in seinem Lieferwagen mitgenommen und in den Rhein geworfen hat, so wie die Sachen all der anderen Mädchen.« Erst jetzt begreife ich das Bedeutungsausmaß dieses Fundes.

Mama kommt näher und setzt sich schwer atmend in einen Sessel. »Dann … dann war es der Albert Wagner nicht«, schließt sie messerscharf. »Wie hätte er das Rad dort verstecken sollen, wenn er sich im Dorf doch nicht auskannte.«

»Genau das denkt Eva-Maria Schmitz auch.«

»Aha.« Mama schaut ratlos drein. »Und was wollte sie von dir?«

»Sie glaubt, dass ich etwas mit Silvias Verschwinden zu tun habe. Dass ich ihr Rad versteckt und ihr etwas angetan habe.« Als ich die Worte ausspreche, trifft mich die Ungeheuerlichkeit des Vorwurfs mit voller Wucht.

»Was?«, ruft meine Mutter empört.

»Aber diese Silvia kann das Fahrrad doch auch selbst versteckt haben«, mischt Jannik sich ein. »Hast du nicht mal erzählt, dass sie ganz schön frech und für ihr Alter weit entwickelt war, Mama? Vielleicht wollte sie von zu Hause abhauen und vorher ihre Spuren verwischen und ist anschließend in die Fänge dieses Vergewaltigers geraten.«

Meine Mutter und ich schauen ihn an. Natürlich, so könnte es sich abgespielt haben. Dann schüttelt meine Mutter den Kopf. »Das glaube ich nicht. Damals kam man aus Driesch kaum weg. Schon gar nicht nachts. Es fuhr kein Bus wie heute. Wie hätte sie den Ort ohne Fahrrad verlassen können?«

»Vielleicht ist sie getrampt?«

»Mm.« Meine Mutter ist nicht überzeugt. »Aber sie kam von der Vorster Kirmes. Warum hätte sie sich die Mühe machen sollen, nach Driesch zu radeln, um das Fahrrad zu verstecken und von hier mit jemandem mitzufahren? Wenn, dann hätte sie den doch schon auf dem Schützenfest kennengelernt und dort das Rad stehen lassen.«

»Trotzdem. Wie kann die Alte Mama vorwerfen, etwas mit der Geschichte zu tun zu haben? Das ist doch echt krass.« Janniks Stimme wird lauter. »Was fällt der eigentlich ein?«

»Natürlich ist das unverschämt«, pflichtet meine Mutter ihm bei, »aber Eva-Maria ist nie über den Tod ihrer Tochter hinweggekommen. Stattdessen ist sie verrückt geworden. Solche Vorwürfe passen zu ihr. Wahrscheinlich kann sie der Tatsache, dass Silvia erst vergewaltigt und dann ermordet worden sein soll, auch nach Jahrzehnten noch nicht ins Auge sehen. Jede Alternative wäre besser, sogar dass Nina im Streit –«

»Aber ich lag doch längst im Bett, als sie verschwand!«

»Schsch«, beruhigt meine Mutter mich. »Jeder weiß das. Niemand verdächtigt dich. Nur Silvias Mutter in ihrem Wahn. Nimm sie nicht weiter ernst. Morgen wird es ihr bestimmt schon wieder leidtun, glaub mir.«

»Trotzdem bleibt die Frage, wie das Fahrrad in den Kellerschacht gekommen ist. Wenn es tatsächlich das deiner Freundin ist.« Jannik ist skeptisch.

»Das Rad dürfte unverwechselbar sein. Wir haben es gemeinsam bemalt«, seufze ich. »Und da die Kripo mit einem Wahnsinns-Aufgebot an Leuten an der ›Marianne‹ anwesend ist, besteht wohl tatsächlich kein Zweifel daran, was in dem Kellerschacht gefunden worden ist.«

Lügen und Halbwahrheiten

Am nächsten Morgen fühle ich mich wie gerädert. Schon als ich mich aus dem Bett quäle, ist mir alles zu viel. Draußen bahnt sich ein trüber Tag an. Graue Wolken verschleiern einen Sonnenball, der sich blass und nur zögernd über den Horizont schiebt. Auf den Feldern liegt milchiger Dunst. Mit zähen, müden Bewegungen wasche ich mich und ziehe mich an.

Ich wünschte, mir heute nicht freigenommen zu haben. Lieber würde ich zur Arbeit gehen, anstatt gleich erneut mit der Krankheit meiner Mutter konfrontiert zu werden – und mit dem Rätsel um Silvias wiedergefundenes Fahrrad. Seufzend schlüpfe ich in Schuhe und Mantel und greife nach dem Autoschlüssel. Erst mal Brötchen holen.

Ich fahre mit dem Auto nach Vorst. Bei uns im Ort gibt es keine Bäckerei und auch kein Geschäft mehr. In den siebziger Jahren existierte noch ein Laden an der Hauptstraße, aber die winzige Räumlichkeit ist längst zu einer Privatwohnung umfunktioniert worden. Wann immer ich daran vorbeikomme, denke ich wehmütig an den kleinen Tante-Emma-Laden von einst.

Heute Morgen bin ich froh darüber, außerhalb von Driesch meine Brötchen kaufen zu müssen. Bestimmt zerreißen sich sämtliche Dorfbewohner schon die Mäuler über die Entdeckung beim Abriss der »Marianne«. Auf lästige Fragen und schaurige Details kann ich gut verzichten. Silvia ist seit Ewigkeiten tot, was soll also das Theater? Außerdem will ich auf keinen Fall noch einmal in die Fänge der verrückten Eva-Maria Schmitz geraten.

Ich parke vor dem neuen Vorster Einkaufszentrum und kaufe frische Brötchen und Croissants. Auf dem Rückweg zum Auto schreit mir von einem Zeitungsständer die Schlagzeile entgegen: »Grausiger Fund bei Abriss von Dorfkneipe – Wird alter Mordfall wieder aufgerollt?«

Wie erstarrt bleibe ich stehen und presse die Brötchentüten fest an mich. Das Papier knistert. Krümel rieseln zu Boden.

Unter der fetten Überschrift prangt ein Foto des gefundenen rostigen Fahrrads. Die hellen Wölkchen auf dunklem Grund sind unverkennbar. Von einem daneben abgedruckten Bild schaut mich Silvia aus kindlichen Augen und mit breitem Zahnspangenlächeln an. Woher hat die Presse das uralte Foto? Natürlich beginne ich zu lesen.

> Kaarst, Driesch. Bei den Abrissarbeiten einer Dorfgaststätte ist gestern ein Mädchenfahrrad gefunden worden. Daneben entdeckte die Spurensicherung eine Zahnspange. Beides scheinen Beweisstücke in einem Mordfall von 1980 zu sein. Damals verschwand die 14-jährige Schülerin Silvia S. spurlos nach dem Besuch des Vorster Schützenfestes. Den polizeilichen Ermittlungen zufolge fiel sie dem sogenannten Lolitamörder Albert Wagner zum Opfer, der die Tat später gestand. Doch die Leiche des Mädchens wurde nie gefunden. Auch ihr Fahrrad galt bis gestern als verschollen, während die Habseligkeiten und sterblichen Überreste der meisten anderen Opfer von Wagner im Rhein und in den Rheinauen bei Düsseldorf geborgen wurden.
> Muss das Geständnis des vor Jahrzehnten in Haft verstorbenen Täters jetzt in Frage gestellt werden? Schon damals gerieten die Ermittlungsbehörden wegen ihrer rigiden Verhörmethoden in die Kritik von Menschenrechtlern. Was geschah im Spätsommer 1980 wirklich? Wer ermordete Silvia S., und wo ist ihre Leiche?

Mir wird schwindelig. Meine Augen können sich vom letzten Satz des Artikels nicht losreißen. Für mich stand nie außer Frage, dass meine Freundin ein Opfer von diesem Wagner war. Mit ihrer herausfordernden, freizügigen Art und den verführerischen Kurven, die sie so gern zur Schau stellte, passte sie genau in das Opferschema des perversen Serienmörders. Silvia trug ihren Ausschnitt gern bis fast zum Bauchnabel und quetschte sich in hautenge Jeans. Sie zog sie feucht an, legte sich flach auf den Rücken und zerrte den Bund mit aller Gewalt nach oben. Manchmal benötigte sie dazu sogar meine Hilfe. Dann steckte sie die Finger in die vorderen Hosentaschen, hielt die Luft an und schob den Stoff zusammen, während ich den Reißverschluss vorsichtig Millimeter für Millimeter nach oben bewegte, um tunlichst zu vermeiden, ihre Speckröllchen am Bauch einzuklemmen.

Insgeheim kritisierte ich Silvias Art, sich zu kleiden und zu geben. Auf mich wirkte sie billig. Aber gleichzeitig war ich neidisch. Sie traute sich viel mehr als ich und genoss das Leben in vollen Zügen. Im Vergleich zu ihr war ich gehemmt und bieder. Aus diesem Grund sagte ich nie etwas. Zu groß war meine Angst, sie könnte genau das in Worte fassen, was ich an mir so hasste: mein Spießbürgertum.

Mit ihrer Entführung und ihrem Tod war Silvia für ihre Freizügigkeit bestraft worden. Den Umstand konnte ich in seiner Grausamkeit kaum ertragen, aber er bestätigte mir, am Ende doch recht behalten zu haben. Ich tat gut daran, zurückhaltend zu sein. Meine spießige Art rettete mir das Leben. Ich war mir sicher, dass sich der Lolitamörder niemals für mich interessiert hätte.

Und jetzt? Jetzt erschien mir all das in einem anderen Licht.

Wer ermordete Silvia S., und wo ist ihre Leiche?

Benommen fahre ich nach Hause. Was ist damals wirklich geschehen? Genau diese Straße ist Silvia mitten in der Nacht entlanggeradelt. Hat sie selbst das Wölkchenfahrrad im Kellerschacht der Dorfkneipe versteckt? Und ihre Zahnspange? Hat sie die absichtlich dazugeworfen oder verloren? Aber Silvia war immer sehr gewissenhaft gewesen, was das Tragen der Klammer betraf. Sie hasste ihre leicht vorstehenden Schneidezähne.

»Ich komme mir vor wie Bugs Bunny«, jammerte sie mir manchmal vor. »Welcher Junge steht schon auf ein Mädchen, das wie ein Hase aussieht, wenn es kein hübsches ›Playboy‹-Häschen ist?«

Ich konnte darüber nur den Kopf schütteln. Meiner Meinung nach hatte Silvia schöne Zähne, strahlend weiß und exakt in einer Reihe stehend. Dass sie ein wenig nach vorn kippten, verlieh ihrem Mund höchstens etwas Vorwitziges und betonte den Schwung ihrer vollen rosa Lippen. Nein, sie sah überhaupt nicht aus wie Bugs Bunny. Ich fand, die Zahnspange entstellte sie viel mehr. Als ich das mal andeutete, zuckte sie nur mit den Achseln. »Da muss ich durch, und beim Küssen kann ich sie ja rausnehmen. Aber spätestens in zwei Jahren habe ich super Zähne. Wie die Stars. Wirst schon sehen.«

Nein, ich habe es nicht gesehen, denn zu dieser Zeit war meine Freundin längst tot. Urplötzlich macht sich ihr Verlust als stechender Schmerz in meiner Brust bemerkbar. Wann habe ich das letzte Mal um Silvia getrauert? Wirklich und echt allein um sie, ohne meine Gefühle mit der Trauer um Alex zu vermischen?

Jannik und Mama haben den Frühstückstisch gedeckt. Der Kaffee läuft schon durch den Filter, die alte Maschine röchelt und gurgelt vor sich hin. Über dem Küchentisch spendet die Hängelampe warmes Licht. Die drei Gedecke und das Ensemble aus Wurstaufschnitt, Käse und Marmelade wirken einladend. Dazwischen leuchtet sogar eine Kerze. Feiertagsstimmung. Doch was feiern wir? Das langsame Sterben meiner Mutter? Die Ungewissheit von Silvias Todesumständen? Die bevorstehende Entlassung von Alex' Mörder?

Bittere Galle steigt in mir auf. Lass dir nichts anmerken, ermahne ich mich. Schluck den Zynismus runter und gönn deiner Familie ein bisschen Frieden.

Aber als Jannik dann von sich aus anfängt, über den Fahrradfund und Eva-Maria Schmitz zu sprechen, fahre ich ihm grob über den Mund. Ich will von alldem nichts mehr hören.

»Lass uns einen Spaziergang machen«, bittet mich meine Mutter später. Jannik sitzt im Obergeschoss vor meinem Computer und skypt. Er kann sie nicht hören, und ich habe das Gefühl, dass Mama das nur recht ist.

»Es ist ziemlich neblig und kalt draußen«, wende ich ein.
»Na und? Wir sind doch nicht aus Zucker.«

Meine Mutter lächelt mich schief an, und ich muss schlucken. Sie wird trotzdem sterben, egal, ob sie aus Zucker oder aus Fleisch ist.

Kurze Zeit später laufen wir in dicken Jacken über den Feldweg geradewegs ins Nichts hinein. Der Nebel verschluckt jedes Geräusch. Wir schweigen, doch ich weiß, dass meiner Mutter etwas auf dem Herzen liegt. Schon gestern hat sie es angedeutet. Es ist fast eine Erlösung für mich, als sie endlich zu sprechen beginnt.

»Es fällt mir schwer, aber ich muss dir einiges anvertrauen, bevor es zu spät ist«, sagt sie mit leiser, fester Stimme. »Bitte, hör gut zu. Es wird nicht einfach für dich sein, diese Dinge zu erfahren, dennoch ist es nötig.«

Ich wappne mich innerlich und blicke stur geradeaus in die Nebelschwaden.

»Kurz nach Alexanders Geburt bekam ich noch ein Kind.« Sie seufzt leise, und Gänsehaut kriecht mir über den Rücken.

Alles habe ich erwartet, aber das nicht. Nie hat jemand aus meiner Familie davon erzählt oder auch nur etwas in der Art angedeutet. Nie.

»Einen kleinen Jungen, Christoph. Er wäre jetzt zwei Jahre älter als du, aber leider …« Sie lässt den Satz unbeendet, bevor sie zögernd fortfährt. »Alex war sehr eifersüchtig auf seinen Bruder. Von Anfang an. Kein Wunder, er war doch selbst noch so klein, erst zwei.« Sie seufzt, was mir Angst macht. »Außerdem schrie das Baby viel und forderte die gesamte Aufmerksamkeit von deinem Vater und mir. Die Zeit war sehr anstrengend, besonders für mich. Wenn Papa bei der Arbeit war, kam ich mir vor wie in der Hölle. Auf der einen Seite war da Alex, der sich wie ein kleiner Haustyrann aufführte, auf der anderen Seite schrie Christoph in einer Tour. Egal, was ich auch tat, ob ich ihn fütterte, schaukelte oder im Kinderwagen herumkutschierte, er ließ sich durch nichts beruhigen. Schrecklich war das. So hatte ich mir mein Familienleben nicht vorgestellt.« Wieder hält meine Mutter inne. Als sie weiterspricht, schwingt ein trotziger Unterton in ihrer Stimme mit. »Und dabei war Alex vor Christophs Geburt der liebste kleine Junge überhaupt gewesen. Ganz bezaubernd. Ein Engelchen. Aber plötzlich hatte er sich in einen wahren Quälgeist verwandelt. Keine Gelegenheit ließ er aus, seinen Bruder zu piesacken. Er kniff ihm in die Wange, wenn Christoph gerade mal selig schlief, oder zog ihm die Decke über das Gesicht. Einmal erwischte ich ihn sogar dabei, wie er dem Kleinen mit einem spitzen Bleistift ins Bein stach.«

Unwillkürlich runzele ich die Stirn. Ich kann kaum glauben, was ich da höre. »Aber warum –«

»Nein, Nina. Hör mir bitte bis zum Schluss zu. Es ist schwer genug für mich.« Meine Mutter klingt entschlossen und gleichzeitig unendlich traurig.

Also bin ich still und gehe mit großen Schritten weiter.

»Nach einer Weile wurde Papa sehr böse mit Alex. Er schlug ihn, wenn er frech war, oder sperrte ihn in seinem Zimmer ein. Das verstärkte natürlich seine Eifersucht. Mir tat er trotz allem leid. Er war doch selbst noch fast ein Baby. Sobald Papa außer Haus war, versuchte ich es mit einer anderen Taktik. Ich bezog Alex bewusst in die Pflege des Kleinen mit ein, ließ ihn mir beim Wickeln eine frische Windel reichen oder die Wiege schaukeln. Manchmal gab ich Alex sogar das Milchfläschchen zum Füttern in die Hand, während ich Christoph im Arm hielt. Es klappte recht gut. Alex kam sich wichtig vor und half gern.«

Erleichtert atme ich auf. Diese Facette meines Bruders ist mir vertraut. Hilfsbereit war er, das stimmt. Aber meine Mutter will weitersprechen, und ich höre an ihrem schweren Atem, dass nun etwas Unheilvolles kommt.

»Eines Morgens kleidete ich mich nach dem Duschen im Bad an. Alex hatte ich gebeten, auf Christoph aufzupassen, der in seinem Gitterbettchen im Schlafzimmer lag und nach dem Fläschchen, das er gerade bekommen hatte, tief und fest schlief. Alex musste also gar nichts tun.« Meine Mutter holt Luft und presst dann hervor: »Ich kam angezogen und mit feuchten Haaren ins Schlafzimmer. Alex stand neben dem Bettchen, seine

Hände krallten sich um die Gitterstäbe. Aus großen Augen sah er mich an. ›Chrissi macht bubu‹, sagte er, aber irgendetwas stimmte nicht an der Art und Weise, wie er die Worte betonte. Er klang verängstigt. Ich lief zu ihm und sah auf das Baby hinunter. Es lag bewegungslos auf dem Rücken, seine Lider standen einen Spalt weit auf. Die Bettdecke war zerwühlt, ein Knäuel in einer Ecke des Bettchens. Oberhalb des Köpfchens lag Christophs Kissen. Der Kleine war tot. Ich habe es sofort gesehen, aber natürlich nicht wahrhaben wollen. Noch vor zwanzig Minuten hatte er ruhig geschlafen. Noch vor zwanzig Minuten war alles in Ordnung gewesen. Ich beugte mich zu ihm hinunter und nahm ihn in den Arm.« Meine Mutter bleibt plötzlich mitten auf dem Feldweg stehen und stöhnt auf. »Es war grauenhaft. Das war nicht mehr mein kleiner Christoph, sondern ein totes, schlaffes Etwas. Fremd. Ein Ding. ›Wach machen, Mama‹, bettelte Alex. ›Chrissi wach machen, ja?‹ Ihm war anzumerken, dass er ein schlechtes Gewissen hatte. Mir war sofort klar, dass nicht das Baby selbst sein Bettzeug dermaßen zerwühlt haben konnte. Christoph war erst vier Monate alt. Was also hatte Alex mit dem Tod seines kleinen Bruders zu tun? War er zu ihm ins Bett gestiegen? Hatte er ihm das Kissen auf das Gesicht gelegt, wie er es schon einmal getan hatte? Ich hatte geglaubt, seine Eifersucht sei nur eine Phase gewesen, die längst abgeklungen war.« Meine Mutter schweigt und setzt sich wieder in Bewegung.

Ich tue es ihr nach, gehe roboterartig, wie ferngesteuert. Nur beiläufig bemerke ich, wie erste Sonnenstrahlen den Nebel durchdringen und ihn leuchten lassen. »Und?«, frage ich schließlich bang, obwohl ich eigentlich gar nicht mehr wissen will. »Was ist wirklich geschehen?«

»Plötzlicher Kindstod«, sagt Mama müde. »Mehr konnten uns die Ärzte nicht sagen. Dein Vater und ich haben ihnen nichts von unserem schrecklichen Verdacht erzählt. Wir trauten uns nicht einmal, mit Alex über die Situation zu sprechen, denn wir fürchteten uns vor dem, was wir dabei erfahren könnten. Schließlich hatten wir gerade erst ein Kind verloren. Die Trauer fraß uns fast auf. Alex war unser Rettungsanker. Unser Augenstern. Und er war doch selbst noch so klein.«

Ich bleibe eine ganze Weile still. Der Verdacht, der sich in mein Hirn frisst, zerstört das makellose Bild meines großen Bruders, das in den letzten Tagen bereits einen Riss bekommen hat. Plötzlich werde ich zornig. Warum tut Mama mir das an? Warum dieses Geständnis? Und warum gerade jetzt? »Wieso habt ihr mir nie erzählt, dass ich noch einen Bruder hatte, der gestorben ist?«, höre ich mich fragen.

Meine Mutter seufzt. »Wir hatten keine Worte dafür. Dein Vater und ich haben später nie mehr von Christoph gesprochen. Es hätte uns zu sehr wehgetan. Wir ließen ihn im Grab deiner Großeltern beisetzen, ohne einen gesonderten Grabstein fertigen zu lassen, und taten einfach so, als hätte es ihn nie gegeben. Währenddessen entwickelte sich Alex prächtig. Zwei Jahre später kamst du zur Welt. Alex reagierte überhaupt nicht eifersüchtig auf dich. Im Gegenteil: Er schloss dich sofort ins Herz. Wahrscheinlich konnte er sich an das Baby, das davor mal da gewesen war, gar nicht mehr erinnern. Und du warst ja auch völlig anders. Brav, still, pflegeleicht. Du machtest uns überhaupt keine Arbeit. Mit dir waren wir endlich die heile Familie, die ich mir immer gewünscht hatte. Bis uns Alex genommen wurde. In dieser schweren Stunde erkannte ich, dass ich damit die gerechte Strafe dafür erhielt, meinen Zweitgeborenen verleugnet zu haben. Und Alex war dafür bestraft worden, was er seinem kleinen Bruder angetan hatte.«

»Aber das ist doch gar nicht sicher!«, begehre ich auf. »Es gab keine Beweise, oder?«

»Nein.« Meine Mutter klingt erschöpft. »Aber Papa und ich waren uns im Grunde einig. Alex hat Christophs Tod verursacht – wie auch immer. Und ich war schuld daran, weil ich die beiden unbeaufsichtigt gelassen hatte. Natürlich lag die Verantwortung bei mir, nicht bei einem Kleinkind. Ich werde mir Christophs Tod nie verzeihen. Dein Vater hatte ebenfalls Schuldgefühle. Er war in Seelenruhe bei der Arbeit und nicht bei seiner Familie gewesen, als es geschah. Wir trugen bereits schwer an dieser Schuld, und Alex' Tod gab uns den Rest. Kein Wunder, dass die Familie anschließend auseinanderbrach.«

»Aber warum erzählst du mir gerade jetzt davon? Dir muss doch klar sein, dass ich Alex ab sofort in einem anderen Licht sehen werde, auch wenn er damals noch klein war.«

»Genau deshalb ist es wichtig, dass du Bescheid weißt. Christoph, Alex und Papa sind längst gegangen, und bald werde ich auch nicht mehr sein. Du bist dann die Einzige der Familie, die weiterlebt. Und nur mit der Wahrheit lässt es sich wahrhaftig leben. Alex war dir immer ein guter Bruder, aber er konnte auch anders. Er war kein Engel, beileibe nicht. Vergiss das nie. Vielleicht wird dir das helfen, dich von deiner harten Hülle zu befreien. Denn das wünsche ich dir: ein fröhliches, gelassenes Leben ohne Hass und Vergeltungssucht.«

Ich schweige verblüfft. So also sieht mich meine Mutter. Als verbiesterte und unversöhnliche Person. Mir fällt nichts ein, was ich auf ihre Worte erwidern könnte. Denn sie hat ja recht. Verwirrt und überrascht von dem Geschehenen sehe ich der Sonne dabei zu, wie sie sich weiter durch den Nebel kämpft. Schon kann ich in der Ferne das Braun der Felder erkennen, die Silhouetten vereinzelter Bäume am Horizont und hellblaue Tupfer am Himmel.

Nur mit der Wahrheit lässt es sich wahrhaftig leben.

Es ist, als würden sich auch in meinem Hirn die Nebel lüften. In meinem Kopf macht es klick, in meinem Bauch rumort es. Eine einzelne Träne läuft heiß meine Wange hinunter. Plötzlich möchte ich zurück nach Hause und an den Computer.

Ich muss unbedingt Ron Heimbach von dieser neuen, unglaublichen Wahrheit erzählen. Mein Bruder war toll, großzügig und überragend – natürlich! Aber er hatte auch eine boshafte, kleinliche und neidische Seite. Er war ein liebevoller, herzlicher Junge und gleichzeitig niederträchtig und egoistisch. Ich will Heimbach fragen, ob das überhaupt möglich ist. »Danke, Mama«, stammele ich und umarme sie hölzern. »Es ist gut, dass du mir alles gesagt hast. Ich wünschte nur, du hättest es früher getan.«

Die alte Hexe ist verschwunden. Eva-Maria Schmitz wird seit gestern Abend vermisst. Eine Nachbarin erzählt es Mama und mir, während wir draußen auf der Fußmatte stehen und uns die dreckigen Schuhe ausziehen.

»Die Franzens fanden es gestern Abend schon merkwürdig, dass sie die Rollos nicht heruntergelassen hat. Aber allzu viel haben sie sich dann doch nicht dabei gedacht. Die Schmitz ist in letzter Zeit sowieso immer seltsamer und ziemlich schusselig geworden. Seit sie ihren Mann vor ein paar Jahren unter die Erde gebracht hat, ging es mit der bergab. Erst als sie heute Morgen nicht einmal ihre Zeitung reingeholt hat, die ihr die Franzens immer vor die Wohnungstür legen, haben die es mit der Angst zu tun bekommen. Man hört ja öfter von alten Leuten, die tagelang tot in ihren eigenen vier Wänden verrotten, bevor jemand sie findet. Der Hausmeister hat sich also mit dem Zweitschlüssel Einlass verschafft, aber die Schmitz war nicht da. Keiner weiß, wo sie hin ist, und die Polizei ist schon verständigt.«

»Bestimmt hat sie die Geschichte von dem Fahrradfund im Kellerschacht der ›Marianne‹ nicht verkraftet und irrt jetzt orientierungslos herum«, mutmaßt meine Mutter besorgt.

»Das glaubt die Polizei auch. Aber noch kann sie nichts unternehmen. Die Schmitz wird noch nicht lange genug vermisst, um eine Fahndung einzuleiten. Aber ist es nicht seltsam? Erst muss sie erfahren, dass ihre Tochter wahrscheinlich gar nicht von dem Lolitamörder um die Ecke gebracht wurde, und dann ist sie selbst plötzlich wie vom Erdboden verschluckt.«

Kopfschüttelnd zieht die Nachbarin ab und lässt meine Mutter und mich ratlos zurück. In dem Moment höre ich das Telefon im Obergeschoss läuten, und kurz darauf poltert Jannik die Treppe herunter.

»Mama!«, ruft er. »Frank Marquardt ist am Telefon! Er kommt nach Kaarst und will sich mit dir treffen, ist das nicht hammerhart?«

Das Telefongespräch mit Frank gestaltet sich von meiner Seite aus recht einsilbig. Seine samtige Stimme schüchtert mich ein und lässt mich wieder zu dem verklemmten Teenager werden, der ich früher war.

»Sehen wir uns also nach dem Konzert?«, fragt Frank.

»Klar, gern.«

»Komm einfach zum Backstage-Bereich. Ich sage meinen Leuten Bescheid, damit sie dich durchlassen. Und dann gehen wir etwas essen. Vielleicht kannst du mir dabei die Neuigkeiten aus eurem kleinen Kaff ausführlich erzählen. Ist ja unglaublich, was man online in der ›NGZ‹ lesen kann: Silvias Fahrrad soll gefunden worden sein. Nach all der Zeit.«

»Ja, sicher.«

»Das lässt die Ereignisse von anno Tobak doch in einem ganz neuen Licht erscheinen.« Die Sensationslust in Franks Stimme ist nicht zu überhören. »Bedeutet das nicht, dass Silvia abgehauen ist, vielleicht mit irgendeinem Typen? Vermutlich hat sie ihre Flucht sogar geplant.«

»Keine Ahnung, Frank.« Plötzlich bin ich erschöpft. Die Geschehnisse der letzten Tage überfordern mich. »Fest steht doch wohl, dass ihr irgendetwas Schreckliches zugestoßen ist und sie lange tot ist. Daran ändert sich durch diese Entdeckung auch nichts. Mich beschäftigt eher, dass Andreas in wenigen Wochen aus der Haft entlassen wird und er sich unbedingt mit mir aussprechen möchte.«

Schweigen am anderen Ende der Leitung. Dann ein lang gezogenes »Ach ja?«. Schließlich seufzt Frank auf. »Ich wundere mich, dass die ihn freilassen. Ich dachte, er bleibt bis zu seinem Tod in Haft. Was soll der denn jetzt noch draußen? So einer kapiert doch gar nicht mehr, wie es in der echten Welt zugeht. Ich denke nicht, dass das gut geht. Andi war schon vor der Tat nicht wirklich lebensfähig. Ein Rückfall ist bei ihm doch vorprogrammiert. Es ist unverantwortlich, ihn zu entlassen.«

Endlich jemand, der mich versteht! Mir wird warm ums Herz. »Ganz deiner Meinung. Und dauernd schreibt er mir Briefe mit den wildesten Andeutungen und stand sogar schon während eines Freigangs vor meiner Tür.«

»Das gibt's doch gar nicht! Kann man ihm das nicht verbieten?

Das musst du gerichtlich regeln lassen!« Frank ist außer sich. »Wenn du möchtest, erkundige ich mich bei meinen Anwälten, was man dagegen machen kann. Die sind ziemlich kompetent. Müssen sie auch sein, bei dem, was ich ihnen zahle.«

Das kann ich mir vorstellen. Ich muss schmunzeln. »Das würdest du für mich tun?«

»Kannst dich drauf verlassen. Für eine Frau wie dich würde ich alles tun.«

Unwillkürlich entfährt mir ein Schnauben. »Denk dran, ich bin inzwischen eine alte Schachtel«, warne ich ihn belustigt, »aus dem Leim gegangen, voller Falten und mit grauem Haar.«

»Blödsinn. Dirk hat eine ganze Reihe Fotos von der Abschiedsparty für eure Tochter auf Facebook gestellt. In Spanien ist sie jetzt, richtig? Auf einigen Bildern bist du auch drauf. Du siehst super aus. Gertenschlank und mit den kurzen Haaren sehr apart. Mir machst du nichts vor.«

Apart! Dazu fällt mir nichts ein. Allerdings muss ich mir dringend meinen Ex vorknöpfen. Dirk hat mich nie gefragt, ob er Bilder von mir veröffentlichen darf. Und ob Maja davon weiß? Höchstwahrscheinlich auch nicht. »Okay, ganz so schlimm ist es wirklich nicht«, gebe ich schließlich zu. »Aber mit Ende vierzig ist man nicht mehr jung und knackig wie vor über dreißig Jahren.«

»Ich bin dreiundfünfzig, was soll ich denn sagen?«

Stimmt, wir werden alle nicht jünger. Ich habe Frank eine halbe Ewigkeit nicht gesehen, dennoch kommt es mir nach unserem Geplänkel so vor, als sei es erst gestern gewesen, dass er mit der Gitarre auf den Knien auf Alex' Bettkante saß und mit engelsgleicher Stimme »Wish You Were Here« trällerte, während ich mit Rubiks Zauberwürfel in der Hand neben ihm hockte und vor Verzückung kein einziges farblich einheitliches Quadrat zustande brachte.

Nachdem Frank mir noch einmal versprochen hat, juristischen Rat einzuholen, beenden wir das Telefonat, und ich freue mich auf das Date mit dem Mann, für den ich als junges Mädchen geschwärmt habe.

Natürlich will Jannik alle Einzelheiten des Gesprächs wissen und fragt, ob er zu Franks Konzert im Albert-Einstein-Forum mitkommen darf. Klar darf er, wenn er unbedingt möchte. Sein Wunsch zeigt mir, dass sogar junge Leute Franks Musik schätzen und wie prominent er inzwischen ist.

Während ich gemeinsam mit meiner schweigsamen Mutter das Mittagessen zubereite, denke ich über das nach, was sie mir bei unserem Spaziergang offenbart hat. Endlich verstehe ich, warum sich mein Vater Alex gegenüber dermaßen distanziert verhielt. Er konnte seinem ältesten Sohn nicht verzeihen, was dieser als kleines Kind seinem Bruder gegenüber empfunden und ihm womöglich angetan hatte, und hegte seitdem wahrscheinlich ein tiefes Misstrauen gegen ihn. Und das, obwohl ihm rational klar gewesen sein musste, dass kleinkindliche Eifersucht etwas ganz Normales ist und es in der Verantwortung der Eltern liegt, einzugreifen und gegenzusteuern.

Doch eine solch unversöhnliche Haltung passte zu meinem Vater. Er war äußerst nachtragend und nicht unbedingt ein Menschenfreund.

In meiner Kindheit und Jugend behaupteten Nachbarn und Verwandte ab und an, dass ich ihm ähneln würde. Ich war wegen des Vergleichs beleidigt, wusste aber insgeheim, dass sie recht hatten.

Heute kann ich durchaus nachvollziehen, warum Papa sich Alex gegenüber so verhielt. Sein Ältester war ihm unheimlich, und auch mir geht es jetzt so. Ich traue dem Bild vom strahlenden Helden nicht mehr. Meine Liebe zu Alex ist zwar noch immer unzerstörbar, aber die Verehrung für ihn ist mir abhandengekommen. In dem kleinen Jungen, der so eifersüchtig auf seinen Bruder war, erkenne ich eine Facette von Alex wieder, die ich jahrzehntelang verleugnet habe: die Art, sich selbst in den Vordergrund zu stellen und dabei andere rücksichtslos zu behandeln. Alex hat uns alle schlechtgemacht, um sich selbst aufzuwerten.

Ich weiß noch, wie er sich über Dirks einsilbige Art lustig machte, Frank einen »hässlichen Freak« nannte und Andi als »verweichlichte Memme« bezeichnete. Stets hatte er dabei ein schelmisches Lächeln im Gesicht, das den Beleidigungen vermutlich die Schärfe nehmen sollte. Dennoch taten seine Spitzen weh. Selbst ich musste das schmerzlich erfahren.

»Ach, da kommt ja meine liebreizende kleine Schwester«, tönte er einmal, als ich während einer Bandprobe den Raum betrat. »Wie immer so kurvig und elegant wie ein Stück Kreide.« Dabei lachte er herzhaft, lief mir entgegen und umarmte mich fest. »Nicht böse sein«, flüsterte er mir ins Ohr, »war nur Spaß.«

Ich weiß noch, dass ich an diesem Abend im Slip vor dem Badezimmerspiegel stand und mit Tränen in den Augen meinen dünnen, eckigen Körper einer vernichtenden Kritik unterzog. Nie würde ein Junge mich attraktiv finden, nie würde Frank mich erhören! In dem Moment empfand ich einen tiefen, glühenden Neid meiner üppigen Freundin Silvia gegenüber.

Heute ärgere ich mich über Alex' Bemerkung. Ich war dreizehn, in einem Alter, in dem die wenigsten Mädchen schon weibliche Rundungen haben. Mein Bruder wusste das ganz genau, aber er hatte ein diebisches Vergnügen daran, mich zu verunsichern. Wahrscheinlich, weil ich inzwischen seinen besten Freunden zu nahe gekommen war und er nicht mehr der Einzige war, den ich bewunderte und liebte.

Mit Andi spielte ich vierhändig Klavier und fachsimpelte über Bach oder Mozart, Dirk und ich waren gute Kumpels, und für Frank schwärmte ich hemmungslos. Also musste Alex einen empfindlichen Nerv von mir treffen, damit ich mich aus seinem Freundeskreis wieder zurückzog. Und seine Taktik ging auf. Ich habe einen galligen Geschmack im Mund, als mir das alles bewusst wird.

»Wo kann Eva-Maria nur sein?«, fragt meine Mutter mitten in meine Gedanken hinein. »Ich mache mir wirklich Sorgen um sie.«

»Keine Ahnung.« Und ehrlich gesagt ist es mir auch schnurz,

wo sie ist. Der alten Hexe wird schon nichts zugestoßen sein. Ich stelle den Topf mit den geschälten Kartoffeln auf den Herd und will mich dem Braten im Ofen widmen, der aber noch eine ganze Weile braucht.

»Es ist doch völlig untypisch für sie, einfach so zu verschwinden«, beharrt meine Mutter. »Sie ist immer pünktlich, hat einen geordneten Tagesablauf. Nach ihr kann man normalerweise die Uhr stellen.«

»Aber Mama, sie hat sich in den letzten Jahren sehr verändert.« Ich drehe mich zu meiner Mutter und schaue in ihr Gesicht. Auf ihrer Stirn zeichnen sich besorgte Falten ab. »Denk doch nur daran, wie sie mich gestern beschimpft hat. Das war typisch für sie. Sie hat sich nicht mehr wie früher unter Kontrolle. Man wird sie schon finden, ihr ist bestimmt nichts zugestoßen.«

»Sei nicht so hart, Nina. Du weißt doch selbst, wie es ist, einen nahen Angehörigen zu verlieren. Danach ist nichts mehr wie vorher. Das Unglück verändert dich Stück für Stück, bis du fast verrückt wirst. Verlust und Ungerechtigkeit lassen dich verzweifeln.«

»Aber im Gegensatz zu Alex hat Silvia selbst dazu beigetragen, dass ihr etwas zugestoßen ist. Und auch Eva-Maria Schmitz ist ein Stück weit verantwortlich dafür«, werfe ich ein, ohne groß nachzudenken. »Sie hätte ihrer Tochter verbieten sollen, derart freizügig – fast schon nuttig – rumzulaufen, hätte sie strenger kontrollieren sollen. Für damalige Verhältnisse war es absolut nicht normal, dass Silvia sich in ihrem Alter bis spät in die Nacht draußen herumtrieb. Nein, Mama: Mein Mitleid mit der Schmitz hält sich in Grenzen. Und wie sie Silvia damals behandelt hat! Abweisend und von oben herab, gar nicht wie eine liebende Mutter. Aber als Silvia verschwand, tat sie plötzlich so, als hätte sie das Ganze kalt erwischt und sie ein durch und durch braves Töchterchen aufgezogen.«

»Du meinst also, Silvia hat ihren gewaltsamen Tod selbst provoziert, und Eva-Maria hat untätig dabei zugesehen?«, fragt meine Mutter in eisigem Tonfall, den ich von ihr nicht kenne und der mich verunsichert.

»So in etwa«, antworte ich gedehnt. »Wenn ich Silvias Geschichte mit Alex' Schicksal vergleiche –«

»Das ist hart und grausam von dir.« Mama wirft das Geschirrhandtuch, das sie gerade noch in der Hand hielt, auf die Arbeitsplatte. »Eine dermaßen oberflächliche Denkweise hätte ich dir niemals zugetraut! Und du glaubst, Alex hätte sein Verderben im Unterschied zu deiner Schulfreundin völlig unschuldig ereilt? Nach all dem, was ich dir heute Morgen erzählt habe? Dein Bruder hatte sich in den letzten Monaten seines Lebens sehr verändert. Er kreiste nur noch um sich, der Ruhm mit dieser Schülerband war ihm zu Kopf gestiegen. Seine besten Freunde waren ihm nicht mehr gut genug, er sprang niederträchtig mit ihnen um. Vor allem auf Andi hatte er es abgesehen, auf den Sensibelsten der Truppe, der ihn noch dazu förmlich anbetete. Papa und ich hätten es erkennen müssen. Es wäre unsere Aufgabe gewesen, ihm Einhalt zu gebieten, aber wir hatten längst die Kontrolle über unseren Sohn verloren. Er war uns entglitten. Papa, weil er schon seit Christophs Tod Abstand zu Alex gehalten hatte, und mir, weil ich blind vor Liebe und vor Mitleid für ihn war. Ja, Mitleid! Mein Sohn tat mir in all seiner Unzulänglichkeit und diesem schrecklichen Zwang nach Anerkennung leid! Ich hätte bemerken müssen, dass er auf ein Unglück zusteuerte. Aber hätten wir das Unfassbare verhindern können? Nein, ich glaube nicht. Mit einer solchen Entladung der Gefühle hatten wir nicht gerechnet. Wer konnte schon ahnen, dass Andi sich auf diese brutale Weise für die Quälereien und Sticheleien rächen würde, die er erlitten hatte?« Meine Mutter atmet tief durch und stützt sich mit beiden Händen auf eine Stuhllehne. »Vermutlich ging es Eva-Maria und Helmut Schmitz mit Silvia genauso. Natürlich wussten sie, dass ihr Kind ein frühreifes Früchtchen war, das es faustdick hinter den Ohren hatte. Aber was hätten sie tun sollen? Silvia einsperren? Ihr Hausarrest auf Lebenszeit verordnen sollen? Wenn du jetzt die alleinige Schuld den Opfern und ihren Angehörigen zuschiebst, machst du es dir zu leicht! Das ist wirklich mies und deiner nicht würdig.« Mit diesen Worten stößt sie sich von dem Stuhl ab und geht zur Tür. »Ich lege mich noch ein paar Minuten hin, bis das Essen so weit ist.« Sie verschwindet im dunklen Flur, dann höre ich die Holzstufen der Treppe knarren.

Ich fühle mich schlecht. Oberflächlich, mies, meiner nicht würdig. Wer hört so etwas schon gern? Gleichzeitig regt sich in mir ein Fünkchen Widerstand. Was habe ich schon groß gesagt? Nichts, was ich nicht bereits seit Jahrzehnten felsenfest glaube.

Und heute? Muss ich meine Einschätzung revidieren, wenn ich bedenke, wie sich mein Bild von Alex in den letzten Tagen verändert hat? Trägt er vielleicht tatsächlich genauso einen Teil der Schuld für seinen Tod wie Silvia für den ihren? Er hat gequält und gestichelt, ich weiß. Mir wird schwindelig, denn ich erinnere mich inzwischen nur zu gut daran, wie er mich manchmal in die Mangel nahm. Wie hilflos ich mich fühlte, klein und minderwertig.

Plötzlich kommen mir die Tränen. Wie gemein Mama gerade zu mir war! Was denkt sie sich eigentlich dabei, mich so anzugehen? Mir fällt wieder ein, dass ich Ron Heimbach schreiben wollte. Bis die Kartoffeln und der Braten fertig sind, dauert es noch eine Viertelstunde. Die werde ich nutzen.

Während ich im Arbeitszimmer den Computer hochfahre, sticht mir ein grauer Briefumschlag ins Auge, der verschlossen auf dem Stapel meiner Papiere thront. Es ist der Brief, den Andreas Baum mitgebracht hat, als er an meiner Tür auftauchte und ich ohnmächtig wurde.

Jannik muss ihn hierhergelegt haben, ich hatte gar nicht mehr an ihn gedacht. Es gelingt mir nicht, auch nur den Ansatz der Überlegung anzustellen, ob ich die Nachricht lesen möchte oder nicht. Meine Finger reißen den Umschlag ganz von allein auf. Ein Blatt fällt heraus. Nur ein einziger Satz prangt auf ihm:

> Glaubst du wirklich, dass das, was mit Silvia Schmitz passiert ist, nichts mit Alex zu tun hat?

Die Entdeckung im Müll

Beim Mittagessen schweigen Mama und ich uns an, während Jannik vergeblich versucht, uns aus der Reserve zu locken. Er prallt auf eine unnachgiebige Mauer aus Sturheit. Irgendwann reicht es ihm, er schiebt seinen halb vollen Teller in die Tischmitte und stößt seinen Stuhl beim Aufstehen so heftig nach hinten, dass die vier Beine geräuschvoll über den Fliesenboden kratzen. Meine Mutter und ich zucken zusammen.

»Ich halt das nicht aus!«, schimpft er. »Ich habe keine Ahnung, was mit euch los ist, aber ich kann nichts dafür! Benehmt euch meinetwegen weiter wie Kinder, ich brauch jetzt frische Luft!« Spricht's und knallt die Küchentür hinter sich zu.

Mutter und ich wechseln schuldbewusste Blicke, können aber immer noch nicht aus unserer Haut und bleiben stumm.

Eine Stunde später ist Jannik zurück und im Dorf die Hölle los. Er erzählt: »Ich ging ziemlich sauer aus dem Haus. Weil ich nicht wusste, wohin, steuerte ich den Spielplatz an. Als ich am Parkplatz und dem Flaschencontainer vorbeilief, hörte ich ein Ächzen und Stöhnen. Der alte Herr Weingart versuchte, die Klappe des Altkleidercontainers aufzustemmen. Man muss sie erst mit beiden Händen nach außen herunterschwenken, um auf der Metallfläche seinen Kleidersack abzulegen. Wenn man die Klappe dann wieder schließt, landet der Sack im Innern, und man kann den nächsten nachschieben.« Jannik hält inne, seine blassen Wangen verfärben sich rosa. »Ich geh also hin und will dem Alten helfen. Sind ja sauschwer, diese Klappen, und oft klemmen sie. Gemeinsam ziehen und zerren wir, ich mit meinem ganzen Gewicht. Mit einem Mal gibt das Ding nach und kracht mit voller Wucht nach vorn. Der Weingart wird zur Seite geschleudert, aber ich halte den Griff eisern fest und sehe, was die Öffnung des Containers verstopft.« Er atmet schwer, und sein Blick gleitet ins Nichts. »Den Anblick werde ich nie im Leben vergessen! Ein großer blauer Müllsack steckt in der Öffnung fest. Oben ist er nicht richtig verschlossen. Zwischen dem Klebeband erkenne ich graue Haare und ein Ohr, lappig, faltig … und dann starrt mich auch noch ein Auge an, blassblau, wächsern, fast ohne Wimpern. Ich denke noch, ich kenne dieses Auge, da wird mir ganz schummerig. Alles verschwimmt, aber ich klammere mich noch immer an dem Griff fest. Meine Hand ist wie festgefroren. In dem Moment höre ich die brüchige Stimme vom alten Weingart. ›Meine Güte, das ist doch Eva-Maria Schmitz!‹ In meinen Ohren wird ein Piepen immer lauter, plötzlich sehe ich gar nichts mehr und bin weg.« Jannik wischt sich mit zitternder Hand eine Haarsträhne aus der Stirn und blickt meine Mutter und mich abwechselnd an. »Wie kann jemand so was tun? Erst einen Menschen umbringen und ihn dann wie Müll entsorgen? Die arme Frau war so mager, klein und verschrumpelt, dass sie in die Containeröffnung passte.« Jetzt hat er Tränen in den Augen.

Ich würde Jannik gern trösten, aber ich traue mich nicht, seinen Redefluss zu unterbrechen.

»Als ich wieder zu mir kam, waren die Polizei und der Notarzt schon vor Ort«, erzählt er tapfer weiter. »Gott sei Dank hatte mich der Weingart aufgefangen, bevor ich auf den Boden knallen konnte. Er hat mich mit dem Rücken an den Altglascontainer gelehnt, und von dort habe ich genau mitgekriegt, wie die Kripoleute was von ›Würgemalen am Hals‹ gesagt haben. Kurz darauf hat mich eine Beamtin zum Rettungswagen geführt. Ein Arzt hat mich untersucht und mich dann nach Hause geschickt. Allerdings soll ich später im Kommissariat noch eine Aussage machen – zusammen mit dem Weingart.« Jannik atmet aus und lässt sich auf einen Küchenstuhl sinken.

Meine Mutter bringt ihm ein Gläschen Holunderschnaps. Es ist der einzige hochprozentige Alkohol im Haus. »Trink«, befiehlt sie energisch, »das tut Leib und Seele gut.«

»So einen könnte ich jetzt auch gebrauchen«, rutscht es mir heraus, und wenige Minuten später sitzen wir zu dritt am Tisch und kippen einen Holunderschnaps nach dem anderen. Mein

Zorn auf Mama ist verflogen und ihrer auf mich offensichtlich auch. Stattdessen regt sich mein schlechtes Gewissen. Wie gemein ich vorhin noch über Silvias Mutter geredet habe, während sie längst brutal ermordet im Altkleidercontainer steckte!

Nur Tod und Verderben um mich herum, sickert es in mein benebeltes Hirn. Zugleich tanzen die Buchstaben von Andreas' letztem Brief Samba auf meiner Netzhaut. *Glaubst du wirklich, dass das, was mit Silvia Schmitz passiert ist, nichts mit Alex zu tun hat?*

Ich stöhne auf, als ich begreife, was dieser Satz bedeutet. Andreas hat mit ihm einen weiteren Mord gestanden: den an meiner alten Schulfreundin! Hatte ihre Mutter eine Ahnung und musste deshalb sterben? Natürlich, so muss es sein! Ich atme hektisch ein und aus, bin aber dank des Schnapskonsums nicht mehr in der Lage, meinen Verdacht für Jannik und Mama in Worte zu kleiden. »Ich brauch 'nen Kaffee«, murmele ich undeutlich.

»Und ich muss mich ein Stündchen hinlegen«, sagt meine Mutter.

Jannik erhebt sich und marschiert zur Haustür. »Dann werde ich jetzt beim Weingart vorbeigehen«, sagt er. »Wir sollten die Aussage schnell hinter uns bringen.«

Seltsam, dass mein Sohn gar nicht betrunken klingt. Die Jugend, wabert es durch mein alkoholisiertes Hirn, die hält einfach mehr aus.

Drei Kaffee später geht es mir besser, und mir fällt Ron Heimbach wieder ein. Ich wollte ihm doch schreiben. Zugeben, dass ich Alex lange Zeit tatsächlich auf einen Sockel gestellt habe, auf den er nicht gehörte. Dass ich meinen toten Bruder nun mit klarem Blick sehe. Alex war ein Mensch mit Ecken und Kanten und Fehlern. Ja, Herr Heimbach, Sie hatten recht. Ich gehe nach oben und setze mich an den Rechner.

Bald fließen die Antworten auf seine Fragen aus mir heraus. Vieles hat sich verändert, aber mein Verhältnis zu Alex' Mörder ist immer noch dasselbe. Ich hasse ihn genauso wie vor ein paar

Tagen. Und ehe ich mich zurückhalten kann, habe ich unter den Fragenkatalog meinen ungeheuerlichen Verdacht gegen ihn geschrieben. Als Beweise führe ich seinen letzten Brief an mich sowie Eva-Maria Schmitz' gewaltsamen Tod an. Jetzt muss doch auch Heimbach endlich erkennen, welchem Monster mein Bruder und meine beste Freundin zum Opfer gefallen sind. Damit kann er sich seine Theorie, dass mal wieder ein Unschuldiger in den Knast gesteckt wurde, endgültig an den Hut stecken. Sehr zufrieden und mit mir im Reinen schicke ich die E-Mail ab.

Eine Stunde später klingelt das Telefon. Ein Mann, der sich mit »Benjamin Behnke, Hauptkommissar« vorstellt, ist dran. Seine Stimme klingt jung, fast wie die eines Abiturienten.

»Wäre es Ihnen möglich, Ihren Sohn Jannik im Präsidium abzuholen? Ein kleiner Schwächeanfall. Der andere Zeuge möchte mit dem Auto nach Wuppertal zu seiner Tochter fahren und kann ihn deshalb nicht mitnehmen.«

Ich bin besorgt. »Ein Schwächeanfall?«

»Ja, aber nichts Ernstes. Er ist schon wieder auf den Beinen. Hat etwas von Holunderschnaps gesagt, den er vielleicht nicht vertragen hat. Ich denke, es ist besser, Sie holen ihn mit dem Wagen ab.«

»Natürlich.« Ich frage mich gar nicht erst, ob ich mit dem Restalkohol im Blut schon wieder fahren darf. Jannik braucht mich, basta. Dafür schießt mir ein anderer Gedanke durch den Kopf. Jetzt ist die Gelegenheit! Hastig berichte ich dem fremden Kommissar von meinem Verdacht. »Andreas Baum müsste bereits wieder in der JVA Willich sein. Aber gestern Nachmittag war er gewiss noch draußen und könnte doch –«

»Danke. Wir werden das überprüfen«, unterbricht Behnke mich unwirsch. Er mag es wohl nicht, wenn sich jemand in seine Ermittlungen einmischt. »Bringen Sie den besagten Brief mit und vermeiden Sie unnötige Fingerabdrücke. Wir werden Ihren Bedenken dann nachgehen.«

Auf dem Rückweg vom Kommissariat nach Hause bin ich zornig wie nie. Behnke hat mir auf den Kopf zugesagt, dass mein Verdacht unhaltbar sei. Nach dem Telefongespräch mit mir habe er direkt in der JVA angerufen, und dort hätte ihm jemand mitgeteilt, dass Andreas Baum schon seit vorgestern wieder einsitzt. Pünktlich um achtzehn Uhr habe er sich an der Pforte zurückgemeldet, also könne er mit dem Mord an Eva-Maria Schmitz nichts zu tun haben. Behnke hat den Brief behalten und lässt die Handschrift jetzt mit der von Andi vergleichen. Immerhin. Allerdings war er mir gegenüber ziemlich unfreundlich und kurz angebunden. Ich glaube, er hält mich für eine neugierige alte Schachtel vom Land, die sich ständig in fremde Angelegenheiten einmischt.

Und anschließend musste ich mich auch noch über Jannik ärgern. Er war überhaupt nicht dankbar, dass ich ihn abholte, sondern regte sich über meine Bemutterung auf.

»Es wäre doch kein Problem für mich gewesen, mit der Bahn zu fahren. Ich bin erwachsen, Mama! Außerdem hast du bestimmt noch zu viel Promille im Blut! Unverantwortlich, sich in deinem Zustand hinters Steuer zu setzen«, schimpfte er mich aus.

Und jetzt im Wagen fängt er wieder mit Andi an. »Warum willst du nicht einsehen, dass sich der Mann geändert hat? Dreieinhalb Jahrzehnte hinter Gittern gehen an niemandem spurlos vorbei. Du hast ihn doch gesehen. Er ist ein gebrochener Mensch, der verzweifelt versucht, etwas wiedergutzumachen. Denk an die Blumen auf Onkel Alexanders Grab und an den Besuch bei dir. Du musst ihm ja nicht verzeihen, keiner verlangt das, aber hör auf, ihn zu verteufeln. Als würde der sofort losziehen, um irgendwelche wildfremden Frauen abzuschlachten und in Altkleidercontainer zu stopfen. Und du hast ja selbst gehört, dass er zur Tatzeit in seiner Zelle hockte! Lass ihn sagen, was er zu sagen hat. Vielleicht hilft dir das ja dabei, endlich aus deinem Schneckenhaus rauszukommen.«

Wütend kneife ich die Lippen zusammen und lasse den Sermon über mich ergehen. Jannik ist ein Gutmensch durch und durch.

Schon von klein auf hat er mit jedem Idioten Mitleid gehabt und wollte die Welt retten. Er will einfach nicht kapieren, dass es auch menschlichen Abschaum gibt, bei dem Hopfen und Malz verloren ist.

»Ich möchte nicht weiter darüber reden«, sage ich bestimmt, und mein resoluter Tonfall lässt ihn tatsächlich verstummen. Schon bekomme ich wieder ein schlechtes Gewissen. Ich weiß ja, dass Jannik es nur gut mit mir meint. Und trotzdem. In mir regt sich der leise Wunsch, er möge bald abreisen. Ich will meine Ruhe. Warum nur versteht das niemand?

Zu Hause wechsele ich die Schuhe. Jetzt sind dicke Winterstiefel angesagt. Obwohl es schon dunkel ist, will ich noch auf den Friedhof. Ich muss dorthin. Mir egal, was Mama und Jannik in der Zeit machen. Ein Stündchen werden sie wohl ohne mich auskommen. »Ich gehe noch eine Runde spazieren!«, rufe ich vom Flur aus Richtung Wohnzimmer, während ich die Handschuhe anziehe und nach dem Schlüsselbund greife.

Draußen atme ich tief durch. Endlich allein!

Selbst jetzt, in der Dunkelheit, ist der Frühling schon greifbar. Die Luft ist milder und feuchter als an den vergangenen Tagen, man kann die Erde riechen. Die Feldwege sind matschig. Traurigkeit überkommt mich. Warum kann es nicht immer Winter bleiben? Seufzend stiefele ich den schnurgeraden Weg entlang. Wie oft bin ich ihn in meinem Leben schon gegangen? Mehr als tausend Mal? Ich weiß es nicht. Mit Zahlen bin ich schlecht.

Bald erreiche ich die Friedhofshecke, betrete das Gelände und betrachte staunend die vielen roten Lichtpunkte zwischen den Grabsteinen und Bepflanzungen. Die flackernden Grableuchten machen den Friedhof zu einem feierlichen, fast heimeligen Ort. Anstatt der Unruhe, die mich sonst hier überfällt, legt sich tatsächlich ein friedliches Gefühl über mich. Auf den schmalen Wegen wandere ich zwischen den Gräbern entlang, und zum ersten Mal zieht es mich direkt zu meinem Bruder hin. Wer bist du gewesen?, frage ich ihn stumm.

Ich biege um die letzte Ecke und traue meinen Augen nicht.

Vor Alex' und Papas Grab steht jemand! Ein dunkler Schatten. Die Person kehrt mir den Rücken zu, ich kann sie nicht erkennen.

Andi, schießt es mir durch den Kopf. Wer auch sonst. Und gerade als ich den Mund öffne, um ihn anzusprechen, dreht sich der Schatten um. Ich höre ein Keuchen und weiß nicht, ob es von mir oder der Gestalt kommt, dann geht alles ganz schnell. Der Schatten stürzt sich auf mich. Reflexartig reiße ich die Arme hoch, um mich zu schützen, als mich etwas hart an der Stirn trifft. Gleißender Schmerz explodiert in meinem Schädel, und ich taumele zurück. Gleichzeitig wird mir schwarz vor Augen, und ich falle und falle und falle. Dann ist Ruhe. Aus.

Jemand rüttelt an meinem Arm.

»Hallo! Hören Sie mich? Alles in Ordnung?«

Nein, nichts ist in Ordnung. Benommen öffne ich die Augen einen Spaltbreit. Mein Kopf tut höllisch weh. Und mir ist kalt. Schrecklich kalt. Ich blinzele. Die Helligkeit lässt mich zusammenzucken. Helligkeit? Wie kann das sein? Gerade war es doch noch früher Abend. Verschwommen erkenne ich eine alte Frau mit Kopftuch, die sich über mich beugt. Sie hält eine Taschenlampe in der Hand.

»Ach, Frau Bongartz, Sie sind et«, stößt sie heiser aus. »Isch hätt Se beinahe jaar nich erkannt, mit dem janzen Blut ...«

Blut? Was ist passiert? Ich versuche mich aufzurichten, aber mir schwindelt.

»Ohjottohjottohjott!«, jammert die Alte, und da fällt mir auch wieder ihr Name ein. Wilms, ja genau, Käthe Wilms aus Vorst, die Witwe des alten Metzgers.

»Schon gut«, nuschele ich angestrengt. »Es geht schon wieder.«

»Isch hol Hilfe!«

Und weg ist sie und lässt mich ganz allein – ich schaue mich verwirrt um – auf dem Vorster Friedhof sitzen. Direkt vor mir ragt Papas Grabstein auf. »Georg Bongartz, 1935–2005, Er ruhe in Frieden«. Daneben Alex' Stein. Jetzt fällt mir auch wieder ein, was geschehen ist.

Jannik sieht verheult aus, Mamas Gesicht ist wie versteinert. Nachdem der Notarzt gekommen ist, mich ins Neusser Lukaskrankenhaus verfrachtet hat, die Platzwunde gereinigt und genäht wurde, liege ich mit Medikamenten vollgestopft unter reinweißen dicken Decken in einem Krankenhausbett.

»Paps kommt auch gleich«, erklärt Jannik, hockt sich auf die Bettkante und greift nach meiner immer noch kalten Hand.

Meine Mutter räuspert sich und zieht sich einen Stuhl heran. »Die Polizei wurde ebenfalls verständigt. Es war ja wohl kein Sturz, sondern ein tätlicher Angriff. Sie müssen natürlich ermitteln.«

»Andi Baum«, flüstere ich, aber Jannik schüttelt müde den Kopf.

»Du weißt, dass das unmöglich ist.«

»Wer sonst?«, begehre ich eigensinnig auf.

»Kind. Komm erst mal zu Kräften, bevor du dich wieder aufregst«, sagt meine Mutter. »Du ahnst nicht, welch schreckliche Sorgen wir uns um dich gemacht haben. Einfach so allein am Abend loszumarschieren, ohne einer Menschenseele zu sagen, wohin. Ohne Handy.«

Sie klingt erschöpft.

Ihr Vorwurf hallt blechern in meinen Ohren, aber ich bin zu schwach, um zu widersprechen.

»Ist doch alles halb so schlimm«, versuche ich sie zu beschwichtigen.

»Na ja«, meine Mutter taxiert mich kritisch und presst die Lippen zusammen, »das hätte auch noch böser ausgehen können. Du hättest erfrieren können, die halbe Nacht allein in der Kälte.«

»Bin ich aber nicht. Außerdem kommt der Frühling.«

In dem Moment öffnet sich die Tür, und der arrogante Schnösel von Kommissar Behnke marschiert herein.

Die Befragung ist mühsam. Nein, ich habe nicht erkennen können, wer mich niedergeschlagen hat. Meiner Meinung nach kann es sowieso nur Andreas Baum gewesen sein, aber Behnke wischt meine Vermutung beiseite.

»Dann eben nicht«, grummle ich. »Aber schminken Sie sich

ab, dass ich Ihnen weiterhelfe, wenn Sie das Offensichtliche nicht hören wollen.«

Jannik verdreht genervt die Augen. In dem Moment betritt Dirk das Krankenzimmer. Sein Gesichtsausdruck gleicht dem eines Beagles: zutiefst besorgt, treu, unterwürfig. Ich möchte ihn nicht sehen.

»Nina!« Er eilt an mein Bett. »Was machst du nur für Sachen? Wer hat das getan?«

Ich drehe den Kopf weg, und sofort dröhnt es wieder hinter der Schädeldecke. »Geh!«, sage ich. »Du wirst es mir ja auch nicht glauben.«

»Frau Bongartz.« In Behnkes Tonfall schwingen Mitleid und Ungeduld mit. »Andreas Baum sitzt nachweislich hinter Schloss und Riegel. Ihre haltlosen Anschuldigungen bringen uns nicht weiter. Was wir von Ihnen brauchen, ist eine Personenbeschreibung. Wie groß war der Täter?«

Ich wende mich dem Kripobeamten zu. »Es war dunkel«, verteidige ich mich, »stockdunkel. Ich habe nichts erkennen können.« Gleichzeitig steigt die Erinnerung in mir hoch. Die Gestalt war kleiner als ich. Klein und gedrungen, nicht hoch aufgeschossen wie Andi. »Lassen Sie mich jetzt bitte in Ruhe«, flüstere ich. »Ich kann nicht mehr. Bitte, geht. Alle.« Ich schließe die Augen. Sie füllen sich mit Tränen.

Sie reden auf mich ein, aber ich antworte nicht mehr. Irgendwer streichelt schließlich meine Hand, ich höre Schritte, die sich entfernen, dann das Klappen der Tür.

Endlich bin ich allein. Ich blinzele kurz. Das Licht haben sie auch gelöscht, gut. Ich drehe mich zur Wand und versuche, an nichts mehr zu denken. Schlafen möchte ich, einfach nur schlafen. Aber der Schatten vom Friedhof lässt mich nicht zur Ruhe kommen. Wer stand vor Alex' Grab? Und warum hat er mich niedergeschlagen, als ich ihn ansprechen wollte? Andi Baums Gesicht kommt mir in den Sinn. Seine resignierte Miene, die toten Augen. Ja, so kamen sie mir tatsächlich vor – leblos. Aber warum erfüllt mich die Erinnerung daran nicht mit Befriedigung?

Ich denke an Eva-Maria, die jemand umgebracht und wie ein Bündel Altkleider weggeworfen hat. Die alte Hexe hat mir seit Jahrzehnten das Leben schwer gemacht, hat mir ein schlechtes Gewissen einreden wollen, weil ich damals nicht zusammen mit Silvia auf dem Fahrrad nach Hause gefahren bin. Aber fest steht doch inzwischen, dass meine Freundin unbeschadet Driesch erreichte. Damit bin ich raus aus der Nummer, oder? Aber wo steckte Silvia, als ich die Nase voll vom Schützenfest hatte und mein Fahrrad aufschloss? Ich lasse den Abend Revue passieren.

Ein lauer Septembertag, der Herbst schien noch weit entfernt zu sein. Wir waren Raupe und Autoscooter gefahren, und Silvia hatte jede Menge Bier in sich hineingeschüttet, während ich mich an Cola hielt. Ich war genervt von meiner Freundin, die ihre Bluse fast bis zum Bauchnabel aufgeknöpft hatte, sodass man ihren pinkfarbenen BH sehen konnte, und deren hautenge Jeans im Schritt kniff.

Sie sah schrecklich billig aus und benahm sich dementsprechend. Mit jedem Typen, der einigermaßen passabel wirkte, flirtete sie ungehemmt. Ihr Verhalten widerte mich immer stärker an. Warum bloß waren mein Bruder, Frank, Dirk und Andi nicht hier? Mit ihnen hätte ich mich wenigstens gut unterhalten können. Wir hätten uns über das Schützenwesen lustig gemacht und unseren Spaß gehabt. Silvia war mir einfach zu anstrengend.

Ich suchte nach einer Gelegenheit, mich unauffällig zu verdünnisieren, aber meine Freundin klebte an mir wie Kaugummi. Als ich dringend pinkeln musste, ging ich zum Toilettenwagen, vor dem sich eine lange Schlange gebildet hatte. Silvia wollte zum Bierpavillon, um sich noch etwas zu trinken zu kaufen, und danach zu mir stoßen.

Aber sie kam nicht. Nicht, während ich eine gefühlte Ewigkeit in der Schlange wartete, und auch nicht, als ich den Toilettenwagen mit frisch gewaschenen Händen verließ. Silvia tauchte einfach nicht auf. Verwirrt drehte ich eine Runde über den Kirmesplatz, fand sie aber nicht. Nirgendwo war ihr wippender Pferdeschwanz zu sehen, von nirgendwoher hörte ich ihr kreischendes Lachen. Ich weiß noch, wie sauer ich wurde.

Selbst schuld, sagte ich mir schließlich, dann fahr ich eben allein nach Hause. Nachdem ich den Entschluss gefasst hatte, fühlte ich mich erleichtert. Ich beeilte mich geradezu, zu meinem Fahrrad zu kommen. Silvia hätte in ihrem Zustand bestimmt Mühe gehabt, beim Radfahren überhaupt das Gleichgewicht zu halten. Für den knappen Kilometer bis nach Driesch hätten wir viel länger gebraucht als sonst. In meinen Augen vergeudete Zeit. Also machte ich, dass ich nach Hause kam.

Heute, allein mit meinen Gedanken in meinem Krankenzimmer, wird mir auf einmal mulmig. Die alte Hexe hat recht gehabt, gestehe ich mir zum ersten Mal ein. Ich hätte auf Silvia aufpassen müssen. Sie war sternhagelvoll, aber das habe ich damals bei der Befragung durch die Meerbuscher Kripo nicht verraten. Das war Ehrensache gewesen. Niemals hätte ich gepetzt, dass Silvia verbotenerweise Alkohol getrunken hatte, geschweige denn völlig besoffen gewesen war. Davon durften Silvias Eltern nichts erfahren. Aber indem ich schwieg, blendete auch ich schließlich ihren Zustand in meiner Erinnerung aus.

Jetzt wird mir klar, dass es tatsächlich in meiner Verantwortung gelegen hätte, meine beste Freundin sicher nach Hause zu geleiten. Dazu kommt die Erkenntnis, dass Silvia, betrunken, wie sie gewesen war, die Strecke nach Hause mit dem Rad niemals allein bewältigt haben konnte. Aber wie war ihr Wölkchenfahrrad dann in den Kellerschacht der »Marianne« geraten? Hatte sie es geschoben?

Ich bin so verwirrt, dass ich mich trotz meines dröhnenden Kopfes und meiner Erschöpfung unruhig hin und her wälze. Wo hatte Silvia gesteckt, als ich nach ihr suchte? Der Kirmesplatz war klein und übersichtlich gewesen, ich hätte sie finden müssen. Zumal sie sich nicht im Schützenzelt aufgehalten haben konnte, da wir dafür keine Karten hatten.

Silvia. Ich habe meine Freundin im Stich gelassen. Wieder füllen sich meine Augen mit Tränen. Bin ich schuld, dass sie sterben musste? Bin ich schuld? Es dauert lange, bis ich einschlafen kann.

Die Verbindung

Ich wache auf und kann nur an eines denken. An ein Blatt Papier mit den hingekritzelten Worten: *Glaubst du wirklich, dass das, was mit Silvia Schmitz passiert ist, nichts mit Alex zu tun hat?*

Schlagartig bin ich hellwach, und mein Schädel fängt an zu brummen. Die Wirkung der Schmerzmittel hat nachgelassen. Ich knipse meine Nachttischlampe an und quäle mich aus dem Bett und auf die Toilette. Hinter den dünnen Vorhängen vor dem Fenster ist es noch stockdunkel. Als ich wieder im Bett liege, schaue ich auf meine Armbanduhr, die auf dem Nachttisch liegt. Fünf Uhr dreizehn.

Viel zu früh. Ich kuschele mich in die Decke, betaste meinen Kopfverband und versuche, das Dröhnen und Hämmern hinter meiner Stirn zu ignorieren. Bitte, lieber Gott, bete ich, lass mich noch ein bisschen schlafen.

Dabei ist mir durchaus bewusst, dass ich schon lange nicht mehr an einen Gott glaube. Nach Alex' Ermordung war Schluss mit religiösen Gefühlen. Wenn es einen Gott gäbe, hätte er das grausame Verbrechen doch nicht zugelassen. Davon war ich schon als Jugendliche überzeugt. Der Glaube an Gott steht für die Annahme einer Sinnhaftigkeit hinter allem, was geschieht. Und da ich mir etwas Sinnloseres als den brutalen Mord an meinem Bruder noch immer nicht vorstellen kann, kann Gott auch nicht existieren. Basta.

Wieder sehe ich Andi Baums geschriebene Worte vor mir. Hängen Silvias und Alex' Tod tatsächlich miteinander zusammen? Steckt doch ein – wenngleich abartiger – Sinn hinter beiden Geschehnissen?

Eigentlich weigere ich mich, daran zu glauben, indem ich generell alles in Frage stelle, was der Mörder meines Bruders behauptet, aber heute Morgen kann ich nicht anders, als ernsthaft über seine Worte nachzudenken.

Silvia verschwand im September, und offensichtlich war es nicht der Lolitamörder, der sich an ihr verging und sie umbrachte. Aber was soll mein Bruder mit Silvias Verschwinden zu tun haben? Er und seine Freunde waren doch gar nicht auf der Vorster Kirmes, auch Andi nicht. Die merkwürdige Behauptung, die er mit diesem einen Satz in seinem Brief aufgestellt hat, muss einen anderen Hintergrund haben.

Alex, Ute, Dirk, Andi und Frank waren mit Dirks Ford Taunus in die Düsseldorfer Altstadt gefahren, das erzählte mir Alex am nächsten Tag gegen Mittag, denn vorher hatte mein Bruder geschlafen wie ein Stein. Das war noch, bevor wir von Silvias Verschwinden erfuhren. Eva-Maria Schmitz klingelte erst zwei Stunden später an unserer Haustür, um nervös nachzufragen, ob ihre Tochter eventuell bei uns übernachtet habe.

Alex und ich begegneten uns in der Küche, wo ich das schmutzige Geschirr vom Mittagessen spülte.

Er kam mit wirren Haaren und nur in Unterhose und T-Shirt hereingeschlurft und war total verkatert. Er peilte den Kühlschrank an, holte ein Tetrapak Orangensaft heraus und trank direkt aus dem Behälter. »Oh Mann, war das eine Nacht«, nuschelte er zwischen zwei Schlucken. »Es war brechend voll in der Altstadt. Und wir haben ganz schön zugeschlagen, Schwesterchen.«

Ich drehte mich zu ihm herum. Meine Finger waren mit dem Schaum des Spülmittels bedeckt, also trocknete ich sie an einem Geschirrhandtuch ab und lehnte mich gegen die Küchenarbeitsplatte. »Kann ich mir vorstellen, so wie du aussiehst«, sagte ich lächelnd. »Konnte Dirk denn noch fahren?«

»Klar, der ist nüchtern geblieben. Wenigstens halbwegs.« Alex grinste. »Am besoffensten war Ute. Vor dem ›Schumacher Alt‹ haben wir uns ganz schön gestritten. Keine Ahnung, wie die blöde Kuh nach Hause gekommen ist. Ist mir aber auch egal. Unsere Nacht war zu dem Zeitpunkt jedenfalls noch lange nicht zu Ende. Waren die Alten sauer, dass ich nicht zum Mittagessen runtergekommen bin?«

»Nö.« Ich wandte mich wieder dem Geschirr und dem Spülbecken zu. »Die haben es doch schon lange aufgegeben, dich am Wochenende zu wecken.«

»Vernünftig.« Ich hörte, wie Alex die leere Orangensaftpackung zusammenknüllte, sie in den Mülleimer warf und dann wieder nach oben schlurfte. »Oh Scheiße, hab ich Kopping«, stöhnte er im Rausgehen.

Ich muss schlucken, so furchtbar lebendig klingt Alex' Stimme in meinem malträtierten Kopf. Es kommt mir nicht so vor, als wäre das alles vor dreieinhalb Jahrzehnten passiert. Meine Gefühle von damals sind mir noch immer präsent. Bei seinem kurzen Bericht über die nächtliche Tour durch die Altstadt war ich neidisch geworden. In Düsseldorf wartete die große weite Welt, während ich meinen Abend auf einer Dorfkirmes verplempert hatte. Andererseits billigte ich den übermäßigen Alkoholkonsum meines Bruders natürlich nicht. Also gönnte ich ihm seinen Kater von ganzem Herzen. Wer so über die Stränge schlug und dann bis mittags schlief, ohne sich die Bohne dafür zu interessieren, dass der Rest der Familie nicht nur gefrühstückt, sondern auch schon zu Mittag gegessen und den Haushalt auf Vordermann gebracht hatte – ich hatte schon das gesamte Erdgeschoss saugen müssen –, der sollte der Gerechtigkeit halber wenigstens von heftigen Kopfschmerzen geplagt werden.

Heute beschäftigt mich vor allem ein Satz, den Alex mir hinwarf: *Unsere Nacht war zu dem Zeitpunkt jedenfalls noch lange nicht zu Ende.* Sind Alex und seine Freunde später vielleicht noch zur Vorster Kirmes gefahren? Ich weiß doch, wie mein Bruder tickte. Nach der Zankerei mit Ute hätte es ihm bestimmt gefallen, die Lokalität zu wechseln. Andererseits war davon nie die Rede gewesen, und weder Alex noch Dirk, Andi oder Frank hatten je erwähnt, in der Nacht dort gewesen zu sein. Und Dirk war immerhin fast zwanzig Jahre lang mein Ehemann, irgendwann hätte ich doch bestimmt davon erfahren. Fange ich an, Gespenster zu sehen? Ich schüttele den Kopf. Natürlich sehe ich Gespenster, seit fünfunddreißig Jahren schon.

Mit einem Mal reicht es mir. Es muss endlich Schluss sein. Ich möchte einfach nur mein Leben leben und die gute Erinnerung an meinen Bruder in meinem Herzen tragen, doch stattdessen redet mir alle Welt ein, er sei ein Satansbraten gewesen. Dann noch Andis Andeutung, Silvias Verschwinden und Alex' Tod hingen zusammen! Und zu allem Überfluss fange ich jetzt auch noch selbst an, das in Erwägung zu ziehen.

Außerdem will ich wissen, wer mich auf dem Vorster Friedhof niedergeschlagen hat, wenn es Andi nicht gewesen sein kann.

Ich halte es im Bett nicht mehr aus. Leise stehe ich auf und beginne mich anzuziehen. Das klappt ganz gut, bis ich meinen Pullover über den Kopf ziehen will. Egal, ich versuche, das Dröhnen und Pochen und ebenso den leichten Schwindelanfall in Kombination mit der aufkommenden Übelkeit zu ignorieren.

Schnell schlüpfe ich in meine Schuhe und in den Wintermantel. Über den leeren, von Neonröhren beschienenen Gang schleiche ich mich ins Treppenhaus. Gottlob sind dort weder Schwestern noch Pfleger oder Ärzte zu sehen. Nicht einmal die Dame unten an der Anmeldung bemerkt mich.

Dann stehe ich draußen. Die kalte Luft schlägt mir ins Gesicht. Ich wickle meinen Mantel fester um mich und eile zum Taxistand.

Es ist erst kurz nach sechs Uhr, als ich an Dirks Tür Sturm klingele, aber er öffnet sofort. Er ist bereits angezogen. Stimmt, fällt es mir ein, er muss ja immer früh aus dem Haus. Seine Augen weiten sich erstaunt, als er mich sieht.

»Würdest du bitte das Taxi für mich bezahlen?« Es ist eine rhetorische Frage. Ich zeige auf den cremefarbenen Wagen.

»Klar, aber …«

Ich drängele mich an ihm vorbei ins Haus und lasse mich in der offenen Küche auf einen Stuhl plumpsen. Meine Beine zittern. Die Glaskanne auf der Wärmeplatte der Kaffeemaschine ist halb voll. Gierig schnappe ich mir Dirks benutzten Becher und schenke mir ein. Ich schlürfe zufrieden den heißen Kaffee, als mein Exmann mit äußerst besorgtem Gesichtsausdruck den Raum betritt.

»Nina, was machst du für Sachen?«

»Blitzentlassung«, kontere ich.

»Deine Stirnwunde musste genäht werden, und du hast eine Gehirnerschütterung.« Dirk ist ziemlich aufgebracht. »Du gehörst ins Bett, und zwar in ein Krankenhausbett.«

»Ach was.« Ich lehne mich zurück und nehme noch einen Schluck. Das Koffein weckt meine Lebensgeister. »Es geht schon wieder. Und heute Vormittag hätten sie mich bestimmt eh entlassen. Ich konnte einfach nicht mehr schlafen. Mir geht zu viel im Kopf herum.«

»Stimmt, genau das ist dein Problem. Aber nicht erst seit heute Morgen.« Dirk seufzt, nimmt eine frische Tasse aus dem Küchenschrank und schenkt sich den Rest Kaffee aus der Kanne ein.

Ich ärgere mich. Jeder will mir weismachen, dass ich ein Problem habe, dessen Ursprung in mir selbst zu suchen ist. Dabei sind es Andreas Baum und der Fremde auf dem Friedhof, die mich quälen. Und natürlich die Ungereimtheiten von Silvias Verschwinden. Wen wundert es, dass ich nicht zur Ruhe komme?

Ich hole tief Luft. »Damals, in der Nacht, als Silvia sich in Luft auflöste, wart ihr da noch auf der Vorster Kirmes? Nach eurem Saufgelage in der Düsseldorfer Altstadt, meine ich.« Mein Tonfall ist schneidend.

Dirk blinzelt irritiert. »Ich verstehe nicht … Wovon sprichst du?«

»September 1980. Silvia Schmitz. Samstagnacht. Die Nacht ihres Verschwindens.« Wut steigt in mir hoch. Warum sind eigentlich alle Menschen, mit denen ich zu tun habe, dermaßen schwer von Begriff?

»Ach so, das.« Dirk fährt sich mit der Hand über die Stirnglatze und schüttelt den Kopf. »Nein, wir waren die ganze Zeit in der Altstadt. Alex, Ute, Frank, Andi und ich. Alex hatte dann diesen Riesenstreit mit Ute, weil er mal wieder mit allem geflirtet hat, was nicht bei drei auf den Bäumen war. Sie ist sauer geworden, abgehauen, und er hat sich die Kante gegeben, so wie die anderen auch. Bis auf mich, denn ich war der Fahrer.« Er lacht freudlos auf. »Hör doch endlich auf, in der Vergangenheit rumzuwühlen. Die ganze Geschichte ist ewig her. Wieso willst du das eigentlich wissen?«

»Weil Andi Baum behauptet, dass Silvias Verschwinden und Alex' Tod zusammenhängen. Dirk, seit Ewigkeiten muss ich mich mit dem Mörder meines Bruders rumschlagen, weil er mir diese unsäglichen Briefe schreibt. Und seit er Ausgang bekommt und seine Post anscheinend nicht mehr überprüft wird, werden die Anspielungen immer konkreter. Du kannst dir sicher vorstellen, dass mich das umtreibt. Und dann schlägt mich auch noch jemand an Alex' Grab nieder, was soll ich denn da denken?«

»Aber Andi kann es nicht gewesen sein.« Dirk ist inzwischen ganz grau im Gesicht. »Die Kripo hat das doch überprüft.«

»Aber wer war es dann? Und warum hat jemand die alte Schmitz umgebracht und in einen Altkleidercontainer gestopft? Das alles schreit doch förmlich danach, dass damals nichts so war, wie es lange schien. Der Lolitamörder hat Silvia jedenfalls nicht auf dem Gewissen. Wer also dann? Und was sollen Andis Andeutungen?«

»Woher soll ich das wissen? Sprich doch endlich mit ihm, vielleicht hilft das ja!« Seine Stimme wird lauter.

»Mit diesem Schwein werde ich nie auch nur ein Wort wechseln«, gebe ich durch zusammengebissene Zähne zurück. »Wie kannst du so was von mir erwarten? Der Typ ist der letzte Dreck, er widert mich an. Ich wünschte, er wäre im Knast verreckt!«

Dirk schaut mich an, als sei ich ein Alien, und steht auf. »Mach doch, was du willst, aber lass mich damit in Ruhe«, sagt er. »Ich muss jetzt jedenfalls zur Arbeit. Soll ich dich zurück ins Krankenhaus bringen?«

»Nein«, erwidere ich tonlos. »Setz mich zu Hause ab. Ich sage denen in der Klinik dann Bescheid, wo ich bin.«

Zu Hause ist alles gespenstisch ruhig. Mama und Jannik schlafen wohl noch. Ich schleiche mich in mein Bett. Das Krankenhaus werde ich später verständigen. Erst als ich unter der Bettdecke liege und in die Dunkelheit meines Schlafzimmers starre, komme ich zu dem Schluss, dass es nur einen einzigen sinnvollen Zusammenhang zwischen Alex' Tod und Silvias Verschwinden geben kann: Andi hat sie beide umgebracht. Auch wenn niemand anders das so sehen will.

Aber so muss es gewesen sein. Dieses Dreckschwein! Und jetzt treibt ihn ein innerer Drang dazu, mir die Tat zu gestehen. Aber warum? Weil ihn seine Schuld nicht loslässt oder weil es ihn aufgeilt, jemanden daran Anteil nehmen zu lassen? Und dieser Jemand bin ich, dem beide Opfer nahestanden. Ich presse Ober- und Unterkiefer aufeinander und schließe die Augen. Ich muss ein bisschen schlafen. Mein Kopf bringt mich fast um. Ich werde mich später mit meiner Erkenntnis beschäftigen. Später.

Ein Geräusch reißt mich unsanft aus dem Schlaf, grelles Licht fällt auf mein Gesicht. Die Tür zum Schlafzimmer wurde so heftig aufgerissen, dass sie gegen die Wand gekracht ist. Erschrocken fahre ich hoch. Neben meinem Bett steht meine Mutter, weiß wie die Wand, das Telefon in der Hand.

»Ja, sie ist hier«, sagt sie jetzt. Ihre Stimme bebt vor unterdrückter Wut. »Offenbar wohlbehalten. – Ja, ich weiß, dass das im höchsten Maße unvernünftig ist. Ich verspreche Ihnen, dass sie sich nachher meldet. – Entschuldigen Sie bitte noch einmal die ganze Aufregung. Auf Wiederhören.« Sie lässt den Arm sinken und sieht mich kopfschüttelnd an. »Hast du jetzt völlig den Verstand verloren, Nina?« Dann verlässt sie den Raum.

Ruhe im Haus

Die Zeitungen sind voll mit Artikeln zum Mord an Eva-Maria Schmitz. Ich sitze in der Küche und durchstöbere die »NGZ«, die »WZ« und den »Kaarster Stadtanzeiger«, die Jannik vom Brötchenholen mitgebracht hat. Mama hat seit dem Anruf des Krankenhauses kein Wort mit mir geredet, während Jannik mich schon ein paarmal gedrängt hat, mich wieder in ärztliche Obhut zu begeben. Aber seine Worte prallen an mir ab. In mir hallt nur mein Verdacht wider, von dem ich garantiert niemandem erzählen werde. Alle würden mich für verrückt halten – wenn sie es nicht sowieso schon tun.

Gegen Mittag eröffnet mir meine Mutter in knappen Worten, dass sie nach Hause fahren wird. »Bei Wim bin ich besser aufgehoben als hier. Ich brauche Ruhe. Außerdem müssen wir besprechen, ob ich mich nicht doch operieren lasse.«

Ich widerspreche nicht. Was gäbe es auch zu sagen?

Jannik fährt meine Mutter mit meinem Auto zum Bahnhof. Währenddessen telefoniere ich mit der JVA in Willich und mache einen Besuchstermin aus. Ich habe spontan entschieden, dass ich mit dem Mörder meines Bruders sprechen werde, die Unterhaltung aber eines geschützten Rahmens bedarf. Und wo wäre ich besser geschützt als unter den wachsamen Augen von geschulten Justizvollzugsbeamten, umgeben von Gittern und Mauern?

Auch Jannik lässt mich allein. Am Nachmittag erzählt er mir, dass er nach Köln zurückfahren möchte.

»Lisa hat sich gemeldet. Sie will sich heute Nachmittag mit mir treffen.«

Seine Ex. Ich schaue in das sensible Gesicht meines Sohnes, in dem Schmerz und Hoffnung blank liegen, und begreife zum allerersten Mal wirklich, wie wenig er mit Alex gemein hat.

»Kann ich dich auch wirklich allein lassen, Mama?«, erkundigt er sich voller Besorgnis und schlechtem Gewissen.

Ich nicke heftig und versuche, das Dröhnen in meinem Kopf zu ignorieren. »Mir geht es schon viel besser. Natürlich fährst du. Aber pass auf dich auf.«

Jannik wirkt immens erleichtert. »Du auch, Mama«, sagt er und umarmt mich fest. »Du auch. Und ruf an, wenn du mich brauchst, versprochen?«

Ich bin also wieder allein. Allein mit meinen Gedanken, allein mit meinem Leben. Nachdem ich eine Schmerztablette genommen habe, mache ich einen Spaziergang über die Felder. Den Kopfverband verstecke ich unter einer Pudelmütze.

Der Anblick der geraden Linien und die kühle, klare Luft entspannen mich. Ich kann wieder durchatmen, meine Schritte werden raumgreifender. Schon am Mittwoch werde ich Andreas im Knast besuchen und muss mir dafür noch eine Strategie überlegen. Ich darf kein Mitleid mit ihm haben. Als ich ihn vor meiner Haustür gesehen habe, wäre mir das fast passiert, aber Mitleid hat bei dieser Begegnung nichts zu suchen. Andreas ist ein brutaler Mörder, und daran wird sich nichts ändern. Und wenn sich meine Theorie bewahrheitet, hat er nicht nur einen, sondern sogar zwei Menschen auf dem Gewissen. Ich werde innerlich steinhart, als ich mir das vor Augen führe. Ja, mit dieser Einstellung fühle ich mich wohl und wieder wie ich selbst. Meine Schritte federn, meine Lebensenergie kehrt zurück.

Hohe Mauern

Schon an der Pforte der JVA beschleicht mich ein mulmiges Gefühl. Ich lege Ausweis, Handy und Schlüsselbund in das Fach unterhalb der Scheibe und gebe damit quasi meine Existenz ab. Ich fühle mich nackt und ausgeliefert. Der Justizvollzugsbeamte nimmt alles an sich und betätigt den Öffner der ersten Tür.

Der Warteraum ist bis auf eine junge Mutter mit ihrem Kleinkind leer. Ich setze mich auf einen der Kunststoffstühle, die in Reih und Glied an der Wand befestigt sind, und schaue mich um. An der Decke entdecke ich eine Überwachungskamera.

Dem Kind ist offenbar langweilig. Es wirft seinen Schnuller auf den Boden und krabbelt auf dem Linoleumboden zur nächsten Steckdose. Als die Mutter es hochnimmt, fängt es an zu quengeln. Rotz läuft aus seiner Nase.

Die Glastür zur Pforte öffnet sich, und ein weiterer Besucher betritt den Raum. Er ist Mitte dreißig, hat schwarze Haare und Bartstoppeln und trägt einen grauen Jogginganzug. Meine Güte, so ein schäbiges Ding habe ich seit den achtziger Jahren nicht mehr gesehen. Als er grüßt, entblößt er schiefe gelbe Zähne. Er setzt sich nicht weit von mir entfernt hin, und ich komme nicht umhin, die Tätowierung an seinem Hals zu bestaunen: einen grinsenden Totenschädel. Seine Zähne sehen genauso furchtbar aus wie die des Mannes, der jetzt anfängt, mit einem Bein nervös zu wippen. Mit den Händen fährt er sich durch das Haar. Dann fasst er sich in den Schritt und rückt gerade, was offenbar schief lag.

Mich schaudert es. Was für ein Prolet! Wahrscheinlich ein ehemaliger Insasse. Und die junge Frau? Ihre weiße Leggins und das pinkfarbene Oberteil wirken billig und sehen aus, als habe sie sie zu oft gewaschen. Das Kleinkind ist in seiner Jeanslatzhose und dem gestreiften Pullover hingegen ordentlich gekleidet, aber die Hose ist inzwischen mit Rotze verschmiert. Igitt.

Ich atme tief durch und distanziere mich von dem Pack um

mich herum. Ich bin anders, ich besuche hier keinen Angehörigen. Das wäre ja noch schöner.

Als ich endlich weitergelassen werde, muss ich mich der demütigenden Prozedur des Durchleuchtet- und Durchsuchtwerdens unterziehen. Ich komme mir vor wie eine Kriminelle. Und auch der wohl freundlich gemeinte Satz der Justizvollzugsbeamtin, die mich abtastet, ist nicht dazu geeignet, dass ich mich besser fühle: »Da wird sich Herr Baum aber freuen, dass Sie ihn besuchen.«

Ich schweige, indem ich meine Lippen fest aufeinanderpresse.

Anschließend werde ich durch einen langen Flur geschleust und lande im nächsten Warteraum, wo mich die Mutter mit dem Kleinkind, das auf ihrem Schoß eingeschlafen ist, schon erwartet. Mein Gott, ist das ein umständlicher Prozess. Schon wieder Plastikstühle, schon wieder eine Kamera an der Decke. Meine Haut kribbelt vor Unbehagen, hinter meiner Stirn pocht es unangenehm. Meine Kopfwunde heilt zwar gut, aber die Wundränder jucken. Ich bin so nervös, dass ich kalten Schweiß unter meinen Achseln spüre.

Nun hat auch der Exknacki im Jogginganzug die letzte Hürde genommen und pflanzt sich auf einen der Stühle. Sein Blick ist düster. Er verschränkt die Arme vor der Brust und legt einen Fuß aufs Knie. Vermutlich weiß er, dass das hier noch etwas dauern kann. Ich lehne mich ebenfalls zurück und versuche schon einmal, mich für den Anblick von Andreas zu wappnen. Elend sah er vor meiner Tür aus. Ein Schatten des jungen Mannes, den ich in Erinnerung habe.

Es kommt Bewegung in die Szene. Ein blau uniformierter Beamter steht in der Tür und weist uns den Weg zum Besuchsraum. Schon als ich das Zimmer betrete, schaue ich direkt in Andis braune Indianeraugen. Er steht neben einem der Tische, trägt Jeans, die ihm viel zu weit sind, und ein verwaschenes blaues Sweatshirt mit ausgeleiertem Halsausschnitt. Anstaltskleidung, begreife ich, denn die beiden anderen Gefangenen, die Besuch bekommen, sind genauso angezogen.

Andi lächelt vorsichtig. »Hallo, Nina«, sagt er mit weicher Stimme.

Meine Miene gefriert zur Maske. Ich nicke kurz, und wir setzen uns. Er mir gegenüber. Der Tisch ist tiefer als normale Tische, sodass der Abstand zwischen uns groß ist. Und das ist gut so.

»Wie geht es dir?«, fragt mich der Mörder meines Bruders. Seine Hände liegen ineinander verschränkt auf dem Tisch. Seine Fingerknöchel sind weiß vor Anspannung, die lange Narbe auf seinem rechten Handrücken lässt sich nicht übersehen. Die Ärmel seines Sweatshirts sind hochgerutscht und entblößen verblasste, dilettantisch gestochene Tätowierungen. Er folgt meinem Blick und schluckt. »Das ist hier so üblich«, sagt er. »Wer dazugehören will, passt sich besser an.«

»Und du wolltest dazugehören?«, rutscht es mir heraus.

»Wenn man nicht untergehen will, tut man gut daran«, antwortet er. »Ansonsten machen sie dir im Knast das Leben zur Hölle. Aber ich werde mir die Tattoos entfernen lassen, sobald ich draußen bin.«

Das Blut rauscht laut in meinem Kopf. Ich werde so zornig, dass ich das Bedürfnis habe, zu schreien. »Es ist ein Skandal, dass sie dich rauslassen«, sage ich stattdessen mühsam beherrscht.

Andi nickt langsam. Er sieht grau aus, die Wangen sind eingefallen, die Tränensäcke unter seinen Augen lila verfärbt. »Ich verstehe, dass du das so siehst. Aber ich war eine Ewigkeit eingesperrt und habe alle Therapien gemacht, die möglich waren. Ich habe Ausgänge hinter mir und bereits eine Wohnung und Arbeit in Freiheit. Nichts Besonderes, nur einen Job als Hilfsarbeiter in einem Möbellager, aber immerhin. Lange war ich fest davon überzeugt, dass ich im Knast sterben würde. Dann kam«, er schluckt und sieht mir voll ins Gesicht, »ein Freund. Er hat mich regelmäßig besucht und unterstützt, wo er nur konnte. Irgendwann habe ich zu hoffen gewagt. Und diese Hoffnung lasse ich mir von niemandem kaputtmachen, auch nicht von dir.«

Den letzten Satz stößt er so heftig aus, dass ich zusammenzucke. Mein Blick flieht hilfesuchend zum Glaskasten, in dem zwei Uniformierte sitzen, die den Besuchsraum nicht aus den Augen lassen.

»Entschuldigung«, sagt Andi zerknirscht. Seine Hände liegen jetzt flach auf dem Tisch. »Ich wollte dich nicht erschrecken.«

»Du bist ein Mörder«, zische ich. »Alex liegt seit fast vierzig Jahren unter der Erde, weil du ihn brutal abgestochen hast. Wie kannst du es wagen, auch nur auf irgendetwas zu hoffen. Und dann all die Briefe …«

Er fährt sich mit dem linken Zeigefinger über die Narbe auf dem rechten Handrücken. »Ich habe genug gebüßt«, sagt er trotzig, »und ich habe lange genug geschwiegen. Ich dachte, du wärst gekommen, um endlich die Wahrheit zu hören.«

»Damit hast du sogar recht. Genau darum bin ich hier.« Ich rücke mit meinem Stuhl ein Stück nach hinten. Der Mörder meines Bruders soll mir nicht zu nahe kommen. »Warum hast du Silvia und die alte Schmitz getötet?«

Andi starrt mich ungläubig an. »Jetzt hab ich's kapiert.« Er nickt langsam. »Du willst mir etwas anhängen, damit ich ja nicht rauskomme. Sag mir eins: Warum hätte ich Silvias Mutter umbringen sollen? Und wie hätte ich das anstellen sollen, wo ich zu dem Zeitpunkt doch im Bau saß? Die Kripo war hier, sie ist längst im Bilde.« Er schüttelt den Kopf. »Und wie kommst du auf Silvia? Ich hätte es wissen müssen«, murmelt er. »Aber ich dachte, du wärst wegen Alex hier.«

»Nimm den Namen meines Bruders nie wieder in den Mund, du Dreckstück!«, zische ich.

Andis Gesicht wird emotionslos. »Wenn das so ist, sollten wir den Besuch an dieser Stelle abbrechen«, sagt er und schaut zum Glaskasten hinüber.

Damit habe ich nicht gerechnet.

Er gibt den Beamten ein Handsignal, aber sie sehen es nicht, weil sie sich unterhalten.

»Nein«, entfährt es mir. »Ich meine … wo ich doch schon einmal hier bin.«

Ungläubig sieht Andi mich an. »Du willst also doch die Wahrheit hören?«

»Warum hast du Alex getötet? Und was hat sein Tod mit Silvias Verschwinden zu tun, wie du behauptest? Das kann doch nur bedeuten, dass du sie beide auf dem Gewissen hast!« Meine Stimme ist schrill. Die junge Mutter und ihr Mann am Nebentisch sind schon aufmerksam auf uns geworden.

»Nein. Natürlich nicht.«

»Natürlich nicht? Andi, du bist ein Mörder, so oder so. Vielleicht hat ja alles mit Silvia angefangen. Du hast sie umgebracht – warum auch immer –, und Alex ist dahintergekommen. Deshalb musste auch er sterben.«

»Du biegst dir die Realität mal wieder so zurecht, wie du sie gern hättest.« Andis Stimme trieft vor Spott. »So wie immer schon. Alex war dein strahlender Held, dein Ritter ohne Furcht und Tadel. Ist dir eigentlich klar, wie oft er sich über dich lustig gemacht hat? Über die ›spießige kleine Klette‹, wie er dich genannt hat? Und auch an Silvia hat er kein gutes Haar gelassen, nachdem er einmal über sie drübergerutscht war, als sie von der Klassenfahrt zurückkam. Erinnerst du dich? Du hattest Grippe, musstest früher abgeholt werden und lagst tagelang im Bett.«

»Bitte?« Mir wird schwindelig.

»›Titten wie Kuheuter, aber 'ne Trockenpflaume‹, so hat er über sie gelästert.«

»Hör auf!«

»Ach ja? Die schmutzige Wahrheit über deinen Bruder kannst du wohl nicht verkraften, wie?«

»Ich weiß, dass er kein Engel war. Er konnte fies und gemein sein.« Jetzt ist es mir schon wieder rausgerutscht, das Zugeständnis an die anderen. Ich habe keine Ahnung, was mit mir los ist. Meine Hände fangen an zu zittern. »Aber auch das rechtfertigt keinen Mord.«

Andi sieht mich lange an, bevor er weiterspricht. »Damit hast du recht. Und ich … ich hasse mich deswegen. Ich weiß, dass ich nichts wert bin. Ich habe schwere Schuld auf mich geladen und werde es nie wiedergutmachen können.« In seinen Augen glitzert es verdächtig. Er wird doch wohl nicht anfangen zu heulen? Das könnte ich nicht ertragen. »Alex … er hat mich gequält. Er hat mich …« Er bricht den Satz ab. »Es hat doch keinen Sinn«, sagt er schließlich. »Ich kann mit dir nicht darüber sprechen. Ich dachte, es ginge vielleicht, aber es geht nicht. Wenn ich draußen bin, werde ich dir schreiben.«

»Und damit willst du mich jetzt abspeisen?« Ich werde wieder wütend. »Nach all den Andeutungen in den vergangenen Jahren soll das hier heute alles gewesen sein?«

»Ich kann einfach nicht.« Andi steht auf, und sofort klopft ein Uniformierter warnend an die Scheibe des Glaskastens.

»Aber wer hat Silvia umgebracht, wenn es nicht der Lolitamörder war? Etwa Alex?« Plötzlich steht der ungeheuerliche Vorwurf im Raum. Ich kann es nicht glauben, dass ich ihn selbst ausgesprochen habe.

Einer der Vollzugsbeamten, ein bulliger Kerl mit Stirnglatze, kommt aus dem Glaskasten und geht auf Andi zu. »Setzen Sie sich wieder hin«, kommandiert er. »Sofort! Oder ich breche den Besuch an dieser Stelle ab.«

Andi ignoriert ihn und richtet seine volle Aufmerksamkeit auf mich. »So ähnlich«, sagt er beschwörend, »so ähnlich.«

Der Vollzugsbeamte baut sich vor Andi auf. »Letzte Warnung, Herr Baum!«, bellt er und fasst ihn grob an der Schulter. Neben ihm wirkt Andi schwach und zart, obwohl er etwas größer ist.

»Ich möchte sowieso gehen«, erwidert er, richtet den Satz aber nicht an den Staatsdiener, sondern an mich.

»Gut. So ein Benehmen möchte ich nicht noch einmal erleben, sonst gibt es nur noch Trennscheibenbesuche wie früher. Außerdem gefährden Sie durch Ihr Verhalten die geplante bedingte Entlassung.«

»Ist ja schon gut.« Andi wird abgeführt. An der Glastür zum Flur dreht er sich noch mal um. »Danke, dass du gekommen bist, Nina«, sagt er. »Das bedeutet mir sehr viel.«

Ein Durchbruch

Die nächsten Tage stürze ich mich in die Arbeit. Das lenkt ab. Im Büro bin ich schweigsam und fleißig, zu Hause räume ich auf und putze. Frühjahrsputz. Ich blende alles aus, was mit Alex, Silvia und der alten Schmitz zu tun hat. Es tut mir nicht gut, mich mit den Geschichten der Vergangenheit zu beschäftigen.

Der Besuch beim Mörder meines Bruders hat mir das deutlich vor Augen geführt. Als ich nach Hause kam, war ich wie in einer Schockstarre und keines klaren Gedankens mehr fähig. Aber irgendwann riss ich mich wieder zusammen und besann mich auf die Gegenwart. Ich telefonierte mit Mama, es war ein langes Gespräch. Wim und sie haben sich gegen OP und Chemo entschieden und suchen stattdessen jetzt regelmäßig einen holländischen Wunderheiler auf. Natürlich bin ich damit nicht einverstanden, aber mir fehlte die Kraft, meine Mutter umzustimmen. Sie muss selbst wissen, was sie tut.

Jannik ist wieder mit Lisa zusammen. Sie versuchen es noch einmal. Er klingt optimistisch, obwohl er mir gegenüber doch behauptet hatte, dass es endgültig vorbei sei, weil Lisa ihn nicht mehr liebe. Ich selbst glaube nicht an das Aufwärmen von Liebesgeschichten. Ein Knacks, der einmal da ist, lässt sich nicht mehr kitten. Das habe ich in meinem Leben gelernt, aber Jannik muss seine eigenen Erfahrungen machen. Ich mische mich nicht ein.

Frank habe ich auch angerufen. Es tat gut, seine samtige Stimme zu hören. Am nächsten Mittwoch ist sein Konzert im Albert-Einstein-Forum. Ich werde allein hingehen, Jannik ist eh mit anderen Dingen beschäftigt und hat den Termin bestimmt längst vergessen.

Von Ron Heimbach habe ich nichts mehr gehört, und das ist mir recht so. Was soll das Ganze auch? Die Beziehung zu meinem Bruder geht ihn nichts an. Ich muss mich ihm gegenüber nicht rechtfertigen und intime Dinge offenlegen. Er ist ein sensationsgeiler Schreiberling, und noch dazu einer, der sich auf die Seite der Täter schlägt.

Der Fahrradfund und der Mord an der alten Schmitz haben die Atmosphäre im Dorf verändert. Es kommt mir so vor, als würden mich meine Nachbarn seither misstrauisch beäugen. Also vermeide ich es, mich in Driesch blicken zu lassen. Wenn ich wegmuss, steige ich schnell in mein Auto, und sobald ich zurück bin, verschwinde ich umgehend im Haus. Meine Einkäufe habe ich in den letzten Tagen nicht in Vorst, sondern außerhalb des Kaarster Stadtgebietes erledigt, in Kleinenbroich oder Neuss. Dort laufe ich weniger Gefahr, bekannten Gesichtern zu begegnen.

Heute, am Samstagvormittag, ist schönstes Wetter. Der Frühling ist nicht mehr aufzuhalten. Schon strecken Krokusse und Schneeglöckchen ihre Blüten ins Sonnenlicht. Ich bekomme Lust, im Garten zu arbeiten. Gut, dass er hinter dem Haus liegt und rechts und links von einer Backsteinmauer umschlossen wird, vor der dicht an dicht Büsche und Bäume stehen. Niemand kann hineinschauen.

Ich schlüpfe in einen dicken Pulli und Gartenschuhe, schnappe mir Besen und Kehrschaufel und trete auf die Terrasse, die aus uralten rötlichen und grauen Steinplatten besteht, zwischen denen das Moos wuchert. Ich will sie gründlich von altem Laub und Schmutz befreien. Rhythmisch schabt der Besen über die Steine, über mir strahlt ein eisblauer Himmel. Die Sonne wärmt meinen Rücken, und ich beginne mich zu entspannen.

Auf den Markt werde ich heute nicht fahren. Mir ist weder nach Gesellschaft noch nach Small Talk mit den Freundinnen. Lieber arbeite ich konzentriert weiter. Ich spüre, wie das Blut in meinem Körper zirkuliert und mir warm wird. Als ich mit dem Fegen fertig bin, bringe ich das Laub zum Komposthaufen. Dafür muss ich an dem Beet vorbeigehen, an dessen Platz früher der Anbau stand.

Ich versuche, nicht daran zu denken, was hier einmal geschehen ist, aber es funktioniert nicht. Vor meinem inneren

Auge sehe ich meinen Bruder in der riesigen Blutlache liegen. Wieder durchlebe ich den Schock und das, was mich stets am meisten angeekelt hat: den kurzen Moment der Erleichterung, die ich plötzlich empfand. Ja, ich war beim Anblick meines toten Bruders tatsächlich erleichtert.

Heute kann ich dieses Gefühl tatsächlich für Sekunden zulassen. Zum ersten Mal. Ich weiß noch, wie mich meine völlig unangebrachte Gefühlsregung am Tatort aus der Bahn geworfen hat. Sie widerte mich an, und auch wenn ich sie nur für einen kurzen Augenblick gespürt hatte, war sie mir unerklärlich. Wenn ein Mensch, den man über alles liebt, brutal ermordet wird, hat man um nichts in der Welt Erleichterung zu verspüren, sondern ausschließlich tiefste Trauer, nachdem der Schock abgeklungen ist.

Nach all den Erkenntnissen der letzten Tage erlaube ich es mir inzwischen, neben Alex' Licht- auch seine Schattenseiten zu sehen, aber das Gefühl der Erleichterung von damals lässt sich noch immer nicht rechtfertigen. War am Tattag etwas geschehen, was mich dermaßen aufgeregt hatte, dass ich insgeheim froh war, Alex los zu sein? Laubhaufen um Laubhaufen trage ich auf dem Kehrblech zum Kompost, und jedes Mal wenn ich am Kirschbaum vorbeigehe, stelle ich mir die gleiche Frage.

Mit einem Mal fällt es mir wie Schuppen von den Augen. Ich sehe Franks Gesicht ganz nah vor mir. Seine Lippen liebkosen meine, seine Hand streichelt mir sanft über den Rücken, schleicht sich über die Schulter nach vorn und erreicht eine meiner Brustwarzen, die sich unter dem Bustier aufstellen. Ein Schauder schüttelt mich, aber es fühlt sich gut an. Zwischen den Beinen wird mir ganz warm, und ich kuschele mich an ihn. Wir sitzen nebeneinander auf dem Hocker am Klavier, blasses Licht der Novembersonne fällt durch die Spalten der Fenstervorhänge in den Raum. Die Luft im Proberaum steht vor kaltem Rauch. Mich friert, und ich drücke mich noch enger an Frank. Mein Herz pocht wild in meiner Brust, und ich realisiere verschwommen, dass meine geheimsten Träume gerade wahr werden. Frank ist genauso verliebt in mich wie ich in ihn. Ich kann mein Glück kaum fassen. Als seine Zunge meine Lippen öffnet, stöhne ich auf. Es ist der erste Kuss meines Lebens, und ich erwidere ihn mit Inbrunst. Es fühlt sich wunderbar an. Franks Lippen sind so weich. Er presst sich an mich, seine Hände scheinen überall zu sein. Ein Schauder nach dem anderen jagt über meine Haut, und ich genieße seine Zärtlichkeiten mit geschlossenen Augen.

Plötzlich wird die Tür aufgerissen. Noch bevor ich die Augen öffnen kann, höre ich Alex' Stimme. Erst klingt sie verblüfft, dann zunehmend sauer. »Frank … Nina. Was soll …? Sag mal, Frank, bist du verrückt geworden? Das da ist meine kleine Schwester. Bist du etwa ein Kinderficker? Sie ist erst vierzehn. Soll das jetzt zur Regel werden?«

Frank schreckt hoch und fährt sich mit den Fingern durch die Locken. Er räuspert sich und wirkt peinlich berührt. Auch ich springe auf und halte mich am Klavier fest. Die Röte ist mir ins Gesicht geschossen. Ich traue mich nicht, meinem Bruder in die Augen zu schauen, und warte darauf, dass Frank die Situation rettet. Dass er Alex seine Liebe zu mir gesteht oder etwas in der Art. Aber er schweigt, schnappt sich seine Lederjacke, die er über einen Notenständer gehängt hat, und verlässt mit gesenktem Kopf den Proberaum. Durch die offene Tür sehe ich, wie er auf sein Fahrrad springt, und weg ist er.

Mein Bruder und ich stehen uns gegenüber. Ich zittere, aber das liegt nicht an der Herbstluft, die in den Raum dringt, sondern an seinem frostigen Blick. »Meine Schwester ist also eine kleine Schlampe. Vom Groupie zur Schlampe.« Er mustert mich verächtlich von oben bis unten. »Schwesterchen, Schwesterchen, ich habe dir ja viel zugetraut, aber das nicht. Und dann auch noch mit Frank, der ist doch hässlich wie die Nacht.« Er schüttelt sich theatralisch. »Immerhin konnte ich das Schlimmste verhindern.« Er schlendert zum Verstärker, stellt ihn an und fummelt dann am Mischpult herum. Als er mir dabei den Rücken zudreht, nutze ich die Chance und fliehe. Raus aus dem Proberaum, rüber zum Haus, hoch die Treppen, rauf in mein Zimmer. Hastig drehe ich den Schlüssel im Schloss um und werfe mich bäuchlings aufs Bett. Erst jetzt kommen die Tränen. Ich schluchze auf und überlasse mich ganz der Scham und dem Schmerz.

Wie konnte ich all das nur vergessen?, frage ich mich heute. Mit der leeren Kehrschaufel in der Hand stehe ich auf meiner Terrasse und fixiere die Stelle, an der früher der Anbau stand. Das alles ist am selben Tag passiert wie der Mord an Alex, mittags nach der Schule. Auf einmal erinnere ich mich genau. Ich kam nach Hause, stellte mein Fahrrad in den Hof und hörte Gitarrenakkorde aus dem Proberaum. Ich weiß noch, wie ich mich freute, Frank zu sehen. Wir setzten uns nebeneinander auf den Klavierhocker, er auf die Kante. Ich spielte Klavier, er Gitarre, und wir improvisierten drauflos. Es hörte sich richtig gut an. Es war ein ganz besonderer Moment, es knisterte zwischen uns. Als wir das Stück beendeten, gab Frank mir ein Küsschen auf die Wange. Aber dabei blieb es nicht. Er stellte die Gitarre zur Seite und schmiegte sich an mich.

Nachdem Alex alles versaut hatte, fühlte ich mich schlecht und schmutzig. Aber ich war auch wütend auf meinen Bruder, zunächst jedenfalls, bis ich mich fragte, ob er mich einfach nur hatte schützen wollen. Vielleicht verdächtigte er Frank, mich auszunutzen. Die beiden waren immerhin gute Freunde. Alex musste wissen, wie Frank tickte.

Soll das jetzt zur Regel werden?, kommt mir Alex' Satz von damals wieder in den Sinn. Was hat er damit gemeint? Hatte Frank schon des Öfteren Interesse an jüngeren Mädchen gezeigt?

Verwirrt gehe ich zum Haus zurück. Besen und Kehrschaufel lehne ich an die Wand neben der Terrassentür.

Zumindest glaube ich nun zu wissen, warum ich beim Anblick meines toten Bruders im allerersten Moment Erleichterung empfand. Alex hatte Frank und mich in einer prekären Situation erwischt, und ich traute ihm durchaus zu, mit seinem Wissen hausieren zu gehen und mich vor seinen Freunden lächerlich zu machen. Ja, damit war zu rechnen. Doch nun konnte er nichts mehr preisgeben. Mit seinem Tod gab es keinen Zeugen mehr, der die Knutschszene zwischen Frank und mir beobachtet hatte.

Ich schüttele den Kopf über mich selbst und meine groteske Reaktion und gehe in die Küche, um mir die Hände zu waschen und einen Kaffee aufzusetzen.

Kurze Zeit später sitze ich mit Silvias Tagebuch in den Händen auf dem Sofa. Der Kaffee steht vor mir auf dem Couchtisch. Ich muss daran denken, was Andi bei meinem Besuch in der JVA gesagt hat: dass Alex über Silvia »drübergerutscht« sei. Zuerst habe ich das für eine Lüge gehalten, doch inzwischen bin ich mir nicht mehr so sicher. Es wäre Alex durchaus zuzutrauen gewesen. Seine Reaktion, als er Frank und mich im Proberaum erwischte, war so schäbig gewesen.

Ich lese die Einträge von Juni bis Ende August 1980. Wieder wird mir klar, wie sehr Silvia sich verändert und von mir entfernt hatte. Sie redete viel von Jungs, Mode, Stars und Sex. Es waren hauptsächlich Schwärmereien, und was sie über Petting und Sex schrieb, hörte sich noch sehr theoretisch an. Sie stellte sich wilde Knutschereien mit Bobby Ewing aus »Dallas« alias Patrick Duffy vor beziehungsweise mit Falco oder Johnny Logan, der gerade zum ersten Mal den »Grand Prix Eurovision« gewonnen hatte. Oder sie zitierte Passagen aus Leserbriefen an Dr. Sommer in der »Bravo«, um sich entweder darüber lustig zu machen oder sich zu fragen, wie realistisch die Beschreibungen und Tipps waren. Ich muss über ihre Naivität lächeln, aber die Unbeschwertheit, die aus den Zeilen spricht, schmerzt auch. Kurz darauf wurde Silvia ermordet. Man hat ihr die strahlende Zukunft genommen, von der sie in ihrem Tagebuch noch träumte.

In einem Eintrag vom August 1980 ist ihr Tonfall jedoch ein anderer. Wie kann es sein, dass ich das nicht schon früher bemerkt habe?

> 20.8.1980
> Warum stehen Jungs auf Mädchen? Und Mädchen auf Jungs? Eigentlich passen wir doch gar nicht zusammen.

Was wir uns wünschen und erträumen, sind ganz verschiedene Dinge. In Kinofilmen ist immer alles so romantisch, wenn zwei ineinander verknallt sind. Im echten Leben ist es doch eher ein Krampf. Weil Jungs Sex wollen und Mädchen kuscheln. Na ja, vielleicht muss man das als Mädchen einfach akzeptieren. Augen zu und durch. Ich lasse mir davon jedenfalls nicht die Laune verderben. Ich bin Silvia, das kann mir keiner nehmen.
Ich glaube, Nina ist ernsthaft in Frank verliebt. Die wird schon merken, was sie davon hat. Der Typ ist doch echt ekelig. Wenn man sich jemandem hingibt, dann muss das schon ein toller Typ sein, so wie Patrick Duffy. Aber das wird sie hoffentlich auch noch schnallen. Ich glaube auch nicht, dass Frank sie toll findet. Für ihn ist sie bloß ein kleines Mädchen. Hat ja noch nicht mal Holz vor der Hütte. Und das ist doch eins der wichtigsten Dinge, die Jungs an Mädchen anturnen. Obwohl ich selbst nicht kapiere, was an Titten so toll sein soll. Schwer sind die, und die Träger vom bh oder vom Bikinioberteil schneiden ins Fleisch, dass es wehtut.
Gestern war ich mit ein paar Leuten an den »Sieben Seen« zwischen Kaarst und Meerbusch. Nina ist nach der Grippe noch zu schwach und durfte nicht mit. An den »Sieben Seen« kann man oben ohne schwimmen, ohne dass einer meckert. Die Bagger auf der anderen Seite des Ufers stören nicht weiter. Ich glaube, die sind gar nicht mehr in Betrieb. So super fand ich es aber dann doch nicht, denn die Jungs haben mir nur auf die Tüten gestarrt, bis auf den einen, bei dem ich es gern gehabt hätte. Nina hätte es wahrscheinlich auch nicht gefallen. Niemals hätte die sich oben ohne in den Sand gelegt!
Die Jungs sind dann mit dem Schlauch eines Lkw-Reifens auf den See raus und haben über mich abgelästert. Sie dachten, ich höre sie nicht, aber das Wasser trägt die Stimmen weit, und ich habe jedes Wort verstanden. Ich hab mich angezogen und bin allein nach Hause geradelt.

Die können mich mal! Ich bin Silvia. Wer mit mir nicht klarkommt, ist selbst schuld.

Immerhin bin ich braun geworden, auch am Busen. Sehe so echt schön aus, fast wie Brooke Shields in »Die blaue Lagune«. Nur dass die dünner ist als ich … und hübscher natürlich. Ihren Partner in dem Film, den Christopher Atkins, den könnte man mir allerdings schenken. Nicht mein Typ, wirklich nicht …

Und so geht es weiter, seitenlang. Ich lese den ersten Absatz noch einmal. Kritische Worte wie diese passen nicht zu der Silvia, die ich in Erinnerung habe. Was war geschehen, dass aus ihren sonst so naiven Schwärmereien für Jungs handfeste Zweifel wurden? Sogar von »Krampf« in Bezug auf das Miteinander der Geschlechter schrieb sie. Und natürlich frage ich mich jetzt, ob zu diesem Zeitpunkt Alex eventuell tatsächlich bereits »über sie drübergerutscht« war, wie Andi es formuliert hat. Hatten sie miteinander geschlafen, während ich krank im Bett lag und nichts mitbekam, Silvia hatte sich mehr erhofft und war maßlos enttäuscht gewesen? Und um welche Jungs handelte es sich, mit denen sie zusammen bei den »Sieben Seen« schwimmen gewesen war? Etwa um meinen Bruder und seine Clique? Oder um diesen Sascha mit seinen Freunden von der Realschule? Silvia hat tatsächlich vieles vor mir verheimlicht, gestehe ich mir ein. Aber wieso? Weil unaussprechlich war, was mein Bruder mit ihr getan hatte? Oder weil es mich zu dem Zeitpunkt kaum noch interessierte, wie es Silvia ging? Hatte sie gespürt, wie sehr sie mich manchmal nervte, und sich deshalb von mir zurückgezogen?

Ich werde traurig. Die kindliche Schrift verschwimmt vor meinen Augen. Arme Silvia. Wie allein sie letztendlich gewesen sein muss! Hängen ihr Tod und der meines Bruders wirklich zusammen, wie Andi behauptet hat? Ich stöhne auf. Silvia war meine beste Freundin, aber ich habe sie vernachlässigt, und der Schock über Alex' Tod und die Lücke, die er riss, bewirkten, dass ich kaum um sie trauerte, als sie tot war.

Bin ich es ihr nicht heute wenigstens schuldig, herauszufinden, was ihr damals wirklich zugestoßen ist? Zwar tut mir das Herumwühlen in der Vergangenheit nicht gut, aber vielleicht geht es diesmal ausnahmsweise einmal nicht um mich und auch nicht in erster Linie um Alex, sondern um Silvia, meine allererste richtige und beste Freundin.

Ich klappe das orangefarbene Tagebuch zu und schaue auf meine Wohnzimmerwand mit den Fotos. Kein einziges Bild von Silvia hängt dort. Das werde ich ändern. Auf dem Dachboden liegen mehrere Alben voll mit Fotos von früher. Bestimmt finde ich eines, auf dem Silvia und ich zu sehen sind. Ich stehe auf und gehe in den Flur zur Treppe. Meine Finger berühren schon den Handlauf des alten Holzgeländers, als es an der Tür klingelt.

Entscheidungen

Ich öffne und sehe mich Ron Heimbach gegenüber. Mein Herz flattert, automatisch lächele ich ihn an. Ich kann nichts dafür, dass der Journalist solche Gefühle in mir auslöst. Ich stehe da wie ein verknallter Teenager und spüre zu allem Überfluss, wie ich erröte. »Kommen Sie doch herein«, hauche ich.

Eine halbe Stunde später habe ich ihm alles erzählt, was seit meiner letzten Mail an ihn geschehen ist und was ich in Erfahrung gebracht habe. Meine Offenheit erstaunt mich selbst, denn noch vor Kurzem war ich felsenfest der Meinung gewesen, Heimbach ginge nichts davon etwas an. Er lässt mich reden, lächelt zwischendurch aufmunternd, und einmal legt er mir sogar kurz seine Hand aufs Knie. Immerhin habe ich vor Aufregung nicht vergessen, ihm auch einen Kaffee anzubieten. Seine Tasse ist längst leer.

Ich teile ihm meinen Entschluss mit, herauszufinden, was mit Silvia geschehen ist, und will gerade den Mund schließen, als mir noch etwas einfällt. Hastig schildere ich ihm meinen kurzen Anflug von Erleichterung, der mich beim Anblick meines toten Bruders kalt erwischte, sowie meine Erinnerung an die Knutschszene mit Frank, in die Alex hereinplatzte. »Ich weiß nicht, warum ich das so lange verdrängt habe«, gestehe ich.

»Für mich liegt der Grund klar auf der Hand.« Ron Heimbach sieht mich mitfühlend an. »Unsere Psyche ist ein sehr empfindlicher Apparat. Die gesamte Wahrnehmung untersteht ihm. Was nicht passt, wird passend gemacht. Deshalb sollte man auch gar nicht versuchen, Erinnerungen mit der Realität oder gar der Wahrheit gleichzusetzen. Meiner Meinung nach wollten Sie einfach weiterhin die bedingungslos liebende kleine Schwester sein. Alex' Reaktion auf Ihr Schmusen mit diesem Frank passte nicht in Ihr Bild von ihm, also musste auch die Szene selbst verdrängt werden. Umso interessanter ist es, dass sie Ihnen jetzt wieder eingefallen ist. Es zeigt, dass Sie die dunkleren Facetten des Charakters Ihres Bruders mehr und mehr akzeptieren. Auch in Ihrer letzten E-Mail ist diese Entwicklung schon deutlich geworden. Wer weiß, welche Erinnerungen Sie demnächst noch zulassen können. Sie werden Ihr Bild der Vergangenheit komplettieren und sicherlich radikal verändern.« Sein Blick wird nachdenklich, dann grinst er plötzlich jungenhaft. »Und damit kommen Sie just in dem Moment um die Ecke, in dem ich Ihnen vorschlagen wollte, den Artikel über Sie und Ihren Bruder um ein paar Monate zu verschieben.« Ich gucke wohl dermaßen verblüfft, dass er sich beeilt zu erklären: »›Horizonte‹ ist ein seriöses Magazin. Mit den reißerischen Printmedien, die zurzeit den alten Fall vom Verschwinden der Silvia Schmitz ausschlachten, möchten wir nichts gemein haben. Der Fund des Fahrrads Ihrer Schulfreundin stellt eine Verbindung zu Ihnen her. Würde zeitgleich auch der geplante Artikel bei uns erscheinen, wären Sie nicht mehr sicher vor Reportern, die Ihre Haustür belagern.«

Ich nicke langsam. »Wenn Sie es so sehen. Das wäre mir tatsächlich sehr unangenehm.«

»Aber in journalistischer und psychologischer Hinsicht ist es schon sehr interessant, was Sie mir eben offenbart haben.« Er zögert. »Trotzdem kommt ein Bericht für ›Horizonte‹ in der nächsten Zeit nicht in Frage. Darin ist sich die Redaktion einig.« Er steht auf und schaut unsicher auf mich hinunter.

Mir rutscht das Herz in die Hose. Er ist so ein schöner Mann! Schnell stelle ich mich ebenfalls hin und blicke direkt in seine grünen Augen. »Der Artikel hat für mich sowieso keine Priorität, Herr Heimbach. Ich will nur rausfinden, was meiner besten Freundin zugestoßen ist, denn ich habe das Gefühl, es ihr schuldig zu sein. Viel zu lange sind meine Gedanken nur um das Schicksal meines Bruders gekreist. Wer weiß, vielleicht werde ich mich bald tatsächlich an weitere Erlebnisse aus meiner Jugend erinnern, die ich aus irgendeinem Grund verdrängt habe. Und womöglich wird es mir Hinweise auf das liefern, was zu Silvias Verschwinden und ihrem Tod geführt hat. Aber das wird mit Sicherheit nicht reichen. Und selbst wenn Andi Baum mir schreibt, in welchem Zusammenhang Alex' und Silvias Tod seiner Meinung nach miteinander stehen, werde ich ihm das wohl nicht so ohne Weiteres glauben können. Er ist ein Mörder und Lügner und will um alles in der Welt erreichen, dass ich ihm verzeihe.« Ich schlucke und fahre fort. »Sie dagegen sind ein Unbeteiligter und außerdem ein erfahrener Journalist, ein Profi sozusagen. Sie wissen, wie man recherchiert. Hätten Sie vielleicht Lust, mir bei meinen Nachforschungen ein wenig zur Hand zu gehen, mir hier und da einen Tipp zu geben und mich zu korrigieren, falls ich wieder auf mich selbst und meine vorgefassten Meinungen hereinfalle?« Ich atme tief durch. Bin ich zu weit gegangen?

Doch Ron Heimbach sieht mich mit einer Mischung aus Neugier und Anerkennung an. »Gute Idee.« Er nickt. »Ich werde Ihnen gern behilflich sein, auch wenn es für mich sicher sehr schwer werden wird, Recherchen anzustellen. Die Vorfälle liegen ja schon fünfunddreißig Jahre zurück. Aber ich bin dabei. Und ich bewundere Ihren Mut! Vor mir steht nicht mehr die verbitterte und verschlossene Frau, die Sie bei meinem ersten Besuch waren. Wie wäre es, wenn wir uns endlich duzen würden? Ich bin Ron.«

Mein Herz hüpft vor Freude bei diesem Vorschlag. Impliziert er nicht gleichzeitig, dass Ron mich mag? »Und ich bin Nina«, sage ich mit einem Lächeln.

Ron bestätigt mir noch einmal, dass es für mich nur gut sein kann, endlich zu wissen, was sich damals abgespielt hat. »Knüpfe bei den Menschen an, die zuletzt Kontakt mit Silvia hatten«, rät er mir. »Wer hat sie auf dieser Dorfkirmes gesehen, mit wem hat sie gesprochen?«

»Ich weiß es nicht. Es heißt, nach einundzwanzig Uhr sei sie wie vom Erdboden verschluckt gewesen.«

»Und wann bist du nach Hause geradelt?«

»Circa eine Stunde vorher. Ja, ungefähr um acht.« Ich bin mir ziemlich sicher. »Ich hatte sie ja noch gesucht. Und weil ich sie nicht finden konnte, bin ich los.« Das schlechte Gewissen presst meine Eingeweide zusammen. »Ehrlich gesagt habe ich nur ziemlich oberflächlich nach ihr gesucht. Ich war froh darüber, sie nicht entdeckt zu haben.«

»Aber gab es Zeugen, die sie später gesehen haben?«, bohrt Ron nach.

»Nicht wirklich«, muss ich zugeben. »Sascha aus der Realschule, der sie so toll fand, hat sie in der Menge wohl von hinten gesehen. Er konnte ihren Pferdeschwanz, die pinke Bluse und die Jeans beschreiben. Er war sich sicher, dass sie es war, ist aber nicht zu ihr gegangen, weil es zu voll war. Dann hat er sie aus den Augen verloren.«

»Auf so einer Winzlings-Kirmes?« Ron reagiert erstaunt. »Wie viele Fahrgeschäfte gab es dort?«

»Du meinst, er hätte sie treffen müssen? Ja, da hast du wohl recht. Moment mal.« Ich sause in mein Arbeitszimmer und kehre mit einem Stapel Druckerpapier und einem Kugelschreiber zum Couchtisch zurück, an den wir uns inzwischen wieder gesetzt haben. Ich überlege kurz, dann zeichne ich mit flotten Strichen eine Aufsicht des Vorster Kirmesplatzes, so wie ich ihn von damals in Erinnerung habe. In der Mitte befand sich der Autoscooter, die anderen Fahrgeschäfte wie Raupe und Kinderkarussell, das Ponyreiten sowie die Fress- und Bierbuden waren in einem Außenring angeordnet. Dazwischen flanierte man auf einer Art breitem Gang, bis man am einen Ende des Platzes zum Toilettenwagen und zum Festzelt gelangte. Die Vorster Kirmes war tatsächlich sehr überschaubar gewesen. Schnell markiere ich noch die Stelle, wo wir – und viele andere Kirmesbesucher – unsere Fahrräder abgestellt hatten: links vom Zelt.

Ron nimmt das Blatt in die Hand und betrachtet es genau. »Auf dem Gelände will Sascha sie nur einmal, und das bloß von hinten, gesehen haben?« Er runzelt die Stirn. »Du sagst, er war in sie verliebt?«

»Ob wirklich verliebt, das weiß ich natürlich nicht.« Ich zucke mit den Achseln. »Aber er hatte sich in sie verguckt. Sie war eins der Mädchen, die Jungs auf den ersten Blick sexy finden. Wegen ihrer Kurven und ihrer Art, sich zu kleiden.«

»Aha.« Ron verzieht vielsagend das Gesicht. »Und das als Vierzehnjährige? Nun ja, deine Silvia scheint ja ziemlich frühreif gewesen zu sein. Freizügig und mit allen Wassern gewaschen, was?«

»Mmm.« Plötzlich will ich das so nicht stehen lassen. Zwar habe ich meiner Mutter gegenüber noch vor Kurzem die gleiche Meinung geäußert, aber aus Rons Mund hört sie sich völlig daneben an. »Silvia war halt jung und wollte sich ausprobieren. Es hat ihr geschmeichelt, wenn die Jungs sie toll fanden. Ist das in dem Alter nicht normal?«

»Wie auch immer. Jedenfalls kommt es mir unglaubwürdig vor, dass Sascha sie auf der Kirmes so mir nichts, dir nichts aus den Augen verloren haben soll. Entweder war sie es nicht und er hat fälschlicherweise geglaubt, sie in der Menge entdeckt zu haben, oder er weiß mehr. Wohnt er noch in der Gegend? Wenn ich du wäre, würde ich mit den Recherchen bei diesem Typen anfangen.«

Er hat mich zum Abschied umarmt! Auch jetzt, eine Stunde später, kann ich noch seinen warmen Körper spüren und habe den Geruch seines Aftershaves in der Nase. Ron Heimbach weckt in mir Empfindungen, von denen ich dachte, sie seien für immer in mir abgestorben.

Ich habe beschlossen, seinem Rat zu folgen. Sascha Kübler. Ich erinnere mich noch an seinen kompletten Namen und vage auch daran, wie er ausgesehen hat: groß, schlaksig, sommersprossig mit einem etwas dümmlichen Gesichtsausdruck. Aber ob er noch in der Gegend oder gar in Kaarst wohnt? Ich könnte in unserem Einwohnermeldeamt bei meiner Kollegin Miriam nachfragen. Mit der trinke ich manchmal in der Mittagspause einen Kaffee. Diesen kleinen Gefallen wird sie mir wohl tun. Gleich am Montag werde ich zu ihr ins Büro gehen. Ich nicke zufrieden.

Mir fällt wieder ein, dass ich Fotos von Silvia und mir heraussuchen wollte, bevor Ron hereingeschneit ist, und ich gehe die

Treppe hinauf in den Flur des ersten Stocks. Hier ziehe ich mit Hilfe des Stabes, an dessen Ende sich ein Eisenhaken befindet, die hölzerne Dachbodenleiter herab. Eine Staubwolke tanzt im Licht. Ich muss husten. Seit Ewigkeiten war ich nicht mehr dort oben.

Eine Viertelstunde später bin ich zurück im Wohnzimmer. Zwei uralte Fotoalben liegen vor mir auf dem Couchtisch. Noch habe ich mich nicht getraut, auch nur eines von ihnen zu öffnen. Ich weiß, dass sie voll mit Familienfotos aus meiner Kindheit und Jugend sind und von einer Zeit zeugen, in der die Welt noch in Ordnung war. Ob ich so viel Unbeschwertheit ertragen kann? Ich schlucke und schlage entschlossen das erste Buch auf. Volltreffer! Aus kindlichen Augen grinst mir breit mein Bruder entgegen; er ist gerade einmal zehn Jahre alt. Stolz hält er Teile einer Carrera-Bahn in der Hand. Im Hintergrund bin ich zu sehen. Klein, dürr, strahlend. Neben mir sieht man einen mit Lametta geschmückten Christbaum. An dieses Weihnachtsfest kann ich mich noch gut erinnern. Alex und ich haben an den Feiertagen fast rund um die Uhr mit seiner neuen Carrera-Bahn gespielt. Natürlich war er bei den Wettrennen immer schneller als ich und hat sich fürchterlich darüber aufgeregt, wenn mein Auto mal wieder aus der Bahn geflogen ist, aber eigentlich hatten wir viel Spaß zusammen. Ich lächele und blättere weiter. Die transparenten Einlegepapiere zwischen den mit Fotos beklebten Kartonseiten knistern spröde zwischen meinen Fingern. Überall schauen mir der kleine Alexander und ich entgegen. Das Album ist ein einziges Zeitzeugnis von Geschwisterliebe. Mein Mund wird trocken. Ein Bild rührt mich besonders. Es ist ein Schwarz-Weiß-Foto mit dem verschneiten Driesch im Hintergrund. Davor sitzt Klein Nina auf einem Schlitten, den ihr Bruder stolz zieht. Was hatten Alex und ich an diesem Wintertag für einen Spaß! Durch das ganze Dorf hat er mich gezogen, und auf dem Spielplatz haben wir einen Schneemann gebaut. Es war ein Tag voller Harmonie. Streit oder Missstimmungen gab es zwischen uns nicht. Wenn er wollte, konnte mein Bruder ein Sonnenschein sein. Mein Herz schmerzt vor Liebe, als ich daran zurückdenke. Alex war wunderbar. Er fehlt mir so sehr.

Um nicht loszuheulen, zwinge ich mich dazu, mir seine negativen Seiten vor Augen zu führen, aber es will einfach nicht gelingen. Ich sehe sein unschuldiges Lachen im Schneegestöber, während er das Seil des Schlittens hält, und bin todtraurig. Schnell schlage ich das Album zu. Bilder von Silvia werde ich darin sowieso nicht finden. Zu der Zeit, in der die Fotos entstanden, kannten wir uns noch lange nicht.

Ich schnappe mir das zweite Buch. Schon als ich die erste Seite betrachte, weiß ich, dass ich damit mehr Glück haben werde. Das verblasste Farbfoto zeigt Alex und seine Freunde als Teenager in Schlaghosen. Dirk und Andi sitzen auf ihren Mofas, die Haare hängen ihnen über ihre Augen. Im Zentrum steht – nein, posiert – mein großer Bruder. Mit verschränkten Armen und leicht gespreizten Beinen bildet er den Mittelpunkt der Aufnahme. Seine Schönheit ist umwerfend. Hinten links im Bild sind Frank und Andi zu erkennen. Franks Frisur sieht aus wie eine Afro-Perücke, während Andi auch als Indianer à la Winnetou durchgehen könnte. Sein Gesichtsausdruck ist melancholisch, er wirkt, als könne er kein Wässerchen trüben. Bei seinem Anblick kommt mir die Galle hoch, und ich blättere schnell ein paar Seiten weiter.

Da! Silvia lacht mir zusammen mit meinem eigenen jugendlichen Selbst entgegen. Das Foto wurde auf unserer Terrasse aufgenommen. Silvia hat den Arm um meine Hüfte gelegt. Ihre Kurven kommen in dem knappen T-Shirt und den knallengen Jeans gut zur Geltung. Sie sieht sexy aus, ihre Brüste springen dem Betrachter sofort ins Auge. Neben ihr sehe ich aus wie ein Klappergestell. Zum ersten Mal fällt mir auf, wie klein meine Freundin war, bestimmt einen halben Kopf kürzer als ich. Ihre überschäumende Energie und Präsenz haben sie auf mich wohl größer wirken lassen. In ihren Augen blitzt der Schalk, ihre Lippen sind voll und glänzen. Im Vergleich zu ihr bin ich die Unscheinbarkeit in Person.

Ich seufze und löse das Bild vorsichtig von der vergilbten Seite ab. Der uralte Kleber leistet keinen Widerstand. Ich nehme mir vor, es zu rahmen und an meine Wand zu hängen, und schließe schon das Album, als plötzlich ein Foto heraussegelt und unter dem Tisch landet. Ich bücke mich und fische es hervor. Auch auf dieser Farbaufnahme sind Silvia und ich abgebildet, sie scheint im Proberaum gemacht worden zu sein. Beide wirken wir älter als auf dem ersten und sitzen zusammen auf der alten Couch, an die ich mich noch gut erinnere. Sie war dunkelgrün, komplett durchgesessen und mit Flecken und Brandlöchern übersät. Silvia hält eine Zigarette in der Hand und trägt eine gemusterte Bluse, deren obere Knöpfe so weit geöffnet sind, dass der BH zu sehen ist. Ihre Schultern wirken rund und etwas speckig. Sie schaut nicht geradeaus, sondern auf etwas oder jemanden, das oder der sich links neben dem Fotografen befunden haben muss. Ihr Blick ist grüblerisch, alles andere als glücklich. Neben mir wirkt sie schmuddelig und verbraucht. Ich dagegen lächele direkt in die Kamera – mein ovales Gesicht ist zart und symmetrisch, die dunklen Haare hängen lang und seidig bis weit über meine Schultern. Meine Beine in den Jeans sehen auch übereinandergeschlagen lang und wohlgeformt aus – im Gegensatz zu Silvias Stampfern. Verblüfft erkenne ich, wie hübsch ich auf dem Foto bin, unschuldig zwar und noch ziemlich kindlich, aber nichtsdestotrotz attraktiv, fast wie die heutigen Models mit ihren langen Gliedern und der Haarflut. So wie jetzt habe ich mich damals nie wahrgenommen. Ich fand mich potthässlich und reizlos. Nun muss ich feststellen, dass dieses Selbstbild völlig falsch war, und ich kann sogar verstehen, dass Frank Gefallen an mir fand.

Ich betrachte das Foto genauer und erkenne im Hintergrund meinen Bruder. Eine Kippe hängt aus seinem Mundwinkel, er trägt ein ärmelloses T-Shirt und eine enge Lederhose. Sein Blick ist ernst, fast düster, auch er starrt auf etwas neben dem Fotografen. Dann begreife ich, was er und Silvia im Blick hatten. Sie schauten sich gegenseitig im bodentiefen Spiegel an, der links neben dem Eingang des Anbaus an der Wand hing und vor dem die Bandmitglieder des Öfteren für ihre Bühnenauftritte posten.

Alex und Silvia hielten Blickkontakt, als das Foto geschossen wurde. Ich drehe es um. »23.08.1980«, ist auf die Rückseite gestempelt. Nur drei Wochen später wurde Silvia entführt und ermordet.

Die Verbindung zwischen Alex und Silvia ist unübersehbar. Was ist im August zwischen ihnen geschehen? Und warum hat meine Freundin mir nie davon erzählt? Weil es ihr peinlich war, dass mein Bruder »über sie drübergerutscht« war, wie Andi es so plastisch ausgedrückt hat, und dann nichts mehr von ihr wissen wollte? Ich erinnere mich, wie ich Andi im Besucherraum der JVA fragte, ob Alex Silvia umgebracht habe, und er mit »so ähnlich« antwortete. Was soll das bedeuten? Wollte er damit andeuten, dass mein Bruder Silvia emotionale Schmerzen zugefügt hatte? Hatte sie deshalb so sehr gelitten, dass sie von zu Hause abhaute und ihr etwas Furchtbares zustieß?

Ich stelle mir vor, wie sie mit dem Wölkchenfahrrad, an dem schon seit Ewigkeiten das Licht kaputt war, durch die Nacht von Vorst nach Driesch radelte und es im Kellerschacht der »Marianne« versteckte. Ich sehe sie vor mir, wie sie die Zahnspange aus ihrem Mund nahm und dazulegte.

Dann löst sich mein Phantasiebild auf. Nein, so kann es nicht gewesen sein. Für eine dermaßen bedachte Vorgehensweise war sie sicher viel zu betrunken gewesen. Und: Wo hätte sie mitten in der Nacht auch hingewollt? Niemand hat sie auf dem Radweg gesehen. Es muss also sehr spät gewesen sein, sonst wären am Kirmessamstag doch noch Menschen zwischen Vorst und Driesch unterwegs gewesen. Wieder habe ich vor Augen, wie alkoholisiert Silvia schon um zwanzig Uhr war. Es wäre ihr schwergefallen, in dem Zustand noch aufs Rad zu steigen und das Gleichgewicht zu halten. Und bestimmt hatte sie weitergesoffen, nachdem ich fort war. Es hätte nicht zu ihr gepasst, sich zu bemühen, mitten in der Feierlaune nüchtern zu werden. Es sei denn, etwas hatte ihr die Laune verdorben. Aber was?

Es hilft alles nichts, ich muss dringend Sascha aufstöbern. Ich lege die Alben zur Seite und behalte nur die beiden Fotos von Silvia und mir. Draußen hat die Dämmerung eingesetzt. Ich knipse die Stehlampe an, sodass sie die Couchecke meines Wohnzimmers ausleuchtet, und lege die Bilder auf die Kommode.

Es ist still im Raum, nur die Wanduhr tickt. Das Gefühl tiefer Einsamkeit überkommt mich. Ich bin allein und habe diesen Zustand selbst geschaffen. Die Menschen, die wie meine Kinder, meine Mutter und meinetwegen auch Dirk zu mir gehören, halte ich auf Distanz. Der Verlust von Alex und von Silvia hat mir so zugesetzt, dass ich mich lieber gegen zu tiefe Gefühlsregungen abschottete, als Gefahr zu laufen, noch einmal einen solchen Schmerz empfinden zu müssen. Sogar meinen Ehemann habe ich nicht wirklich an mich herangelassen. Auch Steffi und Susanne sind im Grunde nicht mehr als lose Bekanntschaften. Eine Freundin wie Silvia hat es in meinem Leben nicht mehr gegeben.

Ich vermisse sie so sehr. Ihre leichte, unbeschwerte und lebenslustige Art, die damals zumindest ein wenig auf mich abfärbte. Zum Dank habe ich sie im Stich gelassen, und zwar nicht erst an dem Abend, als ich allein von der Kirmes nach Hause fuhr.

Ich wollte nicht wahrhaben, wie sehr sie sich veränderte. Ich verschloss die Augen davor, dass sie wegen irgendetwas oder -wem tief enttäuscht und verletzt war. Sie hätte mein Mitgefühl und meinen Trost gebraucht, stattdessen habe ich mich ihr gegenüber desinteressiert gegeben und ihre Not ignoriert.

Was für eine schlechte Freundin ich ihr war! Plötzlich schäme ich mich. Seit den Katastrophen in meiner Jugend habe ich mich stets als armes und unschuldiges Opfer gefühlt, dem schweres Unrecht zugefügt worden war. Der Gedanke, dass ich womöglich selbst einen Anteil am Verlauf der Geschehnisse gehabt haben könnte, ist mir bislang nie gekommen.

Aber mich jetzt, nach dreieinhalb Jahrzehnten, in Schuldgefühlen zu ergehen, bringt auch niemandem etwas. Ich kann höchstens versuchen, etwas wiedergutzumachen, indem ich am

Ball bleibe und herausfinde, wer Silvia getötet hat. Der Mörder soll für das bezahlen, was er getan hat. Dafür will ich sorgen. Ich schalte den Fernseher an, gehe in die Küche und schenke mir ein Glas Wein ein.

Verdichtungen

Montagmorgen. Nachdem ich einige Papiere vom Ablagestapel sortiert und Daten in den Rechner getippt habe, hole ich mir einen Kaffee in der Rathaus-Cafeteria. Ich schlürfe ihn im Stehen und schaue dabei durch die bodentiefen Fenster in den Stadtpark. Das Wetter präsentiert sich Grau in Grau. Das nackte Geäst der Bäume und Büsche wirkt trist vor dem schmutzigen Grün der Rasenflächen. Im Stadtteich schwimmt Müll. Pappbecher, leere Chipstüten, Flyer für Veranstaltungen. Die Enten scheint das nicht zu stören. Unbeirrt dümpeln sie auf der Wasserfläche dahin und warten auf Passanten, die ihnen verbotenerweise Brotkrumen zuwerfen.

Ich leere meinen Becher und gehe ins Erdgeschoss zum Einwohnermeldeamt. Hier ist heute Morgen nicht viel los. Nur eine Mutter mit Baby im Kinderwagen und ein Rentner warten mit Papiermarken in der Hand in dem langen Flur. Ich klopfe kurz an einer Bürotür, öffne sie und stecke den Kopf hindurch. Miriam ist allein.

Ihr Gesicht verzieht sich zu einem Lächeln, als sie mich erkennt. »Hallo, Frau Kollegin. Langeweile?«

»Morgen, Miriam.« Ich ziehe die Tür hinter mir zu und setze mich auf die Kante des Besucherstuhles. »Nein, eigentlich hätte ich genug zu tun, aber ich wollte dich um einen kleinen Gefallen bitten. Könntest du für mich etwas im Melderegister nachschauen?«

»Aha.« Miriams Augen hinter der Brille blitzen. »Hat dieses Etwas vielleicht mit dem Fahrradfund bei euch in Driesch zu tun? Das Mädchen, das damals verschwand, war doch ungefähr in unserem Alter. Kanntest du sie?«

»Ja.« Miriams Neugier ist mir unangenehm. »Aber deshalb bin ich nicht hier«, lüge ich drauflos. »Ich wollte dich fragen, ob ein Sascha Kübler wieder in Kaarst wohnt. Wir waren als Teenies gut befreundet, bevor er mit seiner Familie fortzog.

Jetzt glaube ich, dass ich ihn letztens bei Edeka vor mir in der Schlange an der Kasse gesehen habe, bin mir aber nicht sicher. Würdest du das für mich überprüfen?«

»Klar.« Miriam nickt, wirkt jedoch enttäuscht. »Sind nur ein paar Klicks. Eigentlich ist die Auskunft gebührenpflichtig, aber für dich als Kollegin natürlich gratis.«

»Danke schön. Echt lieb von dir.«

»Kübler, Sascha, sagtest du?«

»Genau.«

Sie gibt den Namen ein. »Zu Kübler habe ich sieben Einträge im Stadtgebiet Kaarst. Ach, da haben wir ihn ja: Kübler, Sascha und Kübler, Marita, geborene Wessel. Girmes-Kreuz-Straße.« Sie schnappt sich Stift und Notizblock und schreibt mir die komplette Adresse auf. »Hier.«

»Super, danke.« Ich will mich schon verabschieden, als Miriams Stimme mich zurückhält.

»Schrecklich, die Sache mit dem Fahrrad«, sagt sie nachdenklich. »Und dann wird auch noch die Mutter des Mädchens umgebracht. Da fragt man sich schon, warum. Wusste sie etwa mehr über das Schicksal ihrer Tochter, als sie zugegeben hat? Oftmals sind die Täter ja in der eigenen Familie zu finden, und es hat schon genug Eltern gegeben, die ihre Kinder aus Überforderung misshandelt oder gar getötet haben. Oder war der Mörder vielleicht ein Bekannter oder Verwandter? Es könnte doch sein, dass er noch hier in der Gegend lebt. Fünfunddreißig Jahre lang ist das Fahrrad des Mädchens verschwunden geblieben, der Lolitamörder stand als Täter fest, also konnte er sich in Sicherheit wiegen. Aber damit ist es jetzt vorbei. Die Entdeckung muss ihn ganz schön aufgescheucht haben. Er tickte aus und tötete die Mutter seines Opfers von damals, weil die ihn mit ihrem Verdacht konfrontierte, ihre Tochter auf dem Gewissen zu haben.«

Mit dem Zettel in der Hand kehre ich verwirrt in mein Büro zurück. An Miriams Mutmaßungen könnte tatsächlich etwas dran sein. Es ist denkbar, dass Eva-Maria Schmitz wesentlich mehr über Silvias Schicksal wusste, als sie je zugegeben hat. Aber aus welchem Grund hat sie mich dann all die Jahre mit ihrem Hass überschüttet? Das ist doch unlogisch, oder? Andererseits kann Selbstverleugnung immense Ausmaße annehmen, wie ich inzwischen am eigenen Leib erfahren habe.

Allein die Vorstellung, dass Silvias Mörder unbehelligt irgendwo in der Nachbarschaft leben könnte und nun erneut zugeschlagen hat, ist gruselig, jedoch auch von bestechender Logik. Hat etwa er mich auf dem Friedhof niedergestreckt? Aber warum? Meine Hand fährt an meinen Kopf und reibt über die verheilte Wunde. Die ganze Geschichte wird immer mysteriöser.

»Guten Abend, Bongartz mein Name. Ist Ihr Mann zu sprechen?« Mit dem Telefon in der Hand sitze ich auf der zweiten Stufe der alten Holztreppe in meinem Flur. Mit dem Zeigefinger meiner rechten Hand fahre ich über die glatte, dicke Lackschicht.

»Ja, Momentchen bitte. Er ist gerade erst nach Hause gekommen. – Sascha!« Sie ruft laut seinen Namen. Marita Kübler hat eine schrille Stimme. Sie schmerzt in meinem Ohr. »Er kommt schon. Ich reiche Sie weiter, ja?«

»Hallo? Hier Sascha Kübler.«

Plötzlich werde ich unsicher. Womöglich habe ich gerade Silvias Mörder am anderen Ende der Leitung. Alles Quatsch, rufe ich mich zur Ordnung. Das sind doch nur Spekulationen. »Christina Bongartz hier. Wir kennen uns flüchtig aus unserer Jugend.«

»Ach ja?« Seine Reaktion ist abweisend. »Ich habe Ihren Namen noch nie gehört. Sollten Sie auch eine von diesen Zeitungstussis sein, die mich wegen Silvia Schmitz ausquetschen wollen, dann haben Sie sich geschnitten. Ich habe bei der Kripo meine Aussage mit der vom September '80 abgeglichen. An meinem bombensicheren Alibi gibt es nichts zu rütteln. Ich hatte und habe mit dem, was passiert ist, nichts zu tun.« Er redet sich in Rage. Hastig unterbreche ich ihn.

»Ich bin nicht von der Zeitung. Ich bin's, Nina. Ich war

damals Silvias beste Freundin.« Schweigen am anderen Ende der Leitung. Ich höre nur lautes Atmen. »Sascha?«

»An eine Nina erinnere ich mich sogar. Du bist mit Silvia aufs Gymi gegangen, warst so ’ne Lange, Dunkelhaarige. Nervt die Presse dich genauso wie mich?«

»Nein, ehrlich gesagt nicht.« Ich bin selbst darüber erstaunt, doch ich ahne, warum man sich weniger für mich als für ihn interessiert. »Die sind alle hinter Silvias Mörder her und wissen, dass ich aus dem Schneider bin. Ich war schon lange zu Hause, als Silvia noch auf der Vorster Kirmes gesehen wurde.«

»Und zwar von mir.« Sascha Kübler stöhnt auf. »Ja, ich habe sie gesehen, aber nur von Weitem. Sie schwankte wie ’ne Tanne im Sturm, war völlig besoffen. Das habe ich den Bullen aber erst vor ein paar Tagen erzählt, als sie mich nochmals befragt haben. Damals habe ich es verschwiegen, weil ich dachte, sie würde noch leben und von ihrer Alten mächtig Ärger kriegen, wenn ich petze.«

»Das kann ich gut nachvollziehen. Bist du dir denn wirklich sicher, dass es Silvia war, die du gesehen hast?«

»Klar, ihr Arsch war unverkennbar. Der eines Brauereipferds war nichts dagegen.« Er räuspert sich. »’tschuldigung, ist mir so rausgerutscht. Man soll nicht schlecht über die Toten sprechen.«

»Hast du sie später noch einmal gesehen?«

»Nein. Ich war mit zwei Kumpels im Zelt, und wir haben uns mächtig die Kante gegeben. Und ganz ehrlich, selbst wenn ich Silvia gesehen hätte, hätte ich Abstand zu ihr gehalten. Das Mädel nervte mich. Sie hat sich mir förmlich an den Hals geworfen. Ich war also froh, ihr nicht über den Weg zu laufen. Ich konnte ja nicht ahnen, dass ihr etwas Schreckliches zustoßen würde.«

»Nein, das konntest du nicht. Und ich auch nicht.« Ich seufze. Was Sascha sagt, klingt zwar hart, aber ehrlich und überzeugend. Beinahe hätte ich überhört, was er noch erzählt.

»... mich nicht gewundert. Jeder Typ hätte die überreden können, mit ihm zu gehen, notgeil, wie sie war. Auf der Kirmes waren Massen von Leuten unterwegs. Schützen, aber auch andere Besucher. Sie kamen von überall aus der Gegend. Es hätte nur einer mit Auto sein müssen. Ich stell mir das so vor: Die zwei flirten wild rum, sie schließt ihr Fahrradschloss auf, und sie packen das Rad in den Kofferraum von seinem Wagen. Dann fahren sie nach Driesch, um es in dem Lichtschacht zu verstauen. Das Versteck hat Silvia bestimmt schon öfter benutzt, sonst wäre sie im besoffenen Zustand nicht darauf gekommen. Und weil die Zahnspange beim Knutschen störte, hat sie sie gleich mit in das Loch geschmissen. Dann ist sie mit dem Typen mitgefahren. Dass er ein Vergewaltiger und Mörder ist, ist ihr erst aufgegangen, als es schon zu spät war.«

Ja, denke ich, so könnte es sich tatsächlich abgespielt haben.

»Meine Kumpels und ich haben bis morgens um zwei im Zelt gesoffen. Mit Hunderten anderer Leute. Ich hab echt keine Ahnung, wer Silvia abgeschleppt hat, aber leid tut's mir schon, was ihr passiert ist. Obwohl sie mich genervt hat, war sie im Grunde doch ein liebes kleines Ding.«

»Ja, das war sie.« Mein Herz tut mir weh. Das schlechte Gewissen drückt wie eine Faust in meinen Magen.

»In den Wochen davor war sie mies drauf«, ergänzt Sascha. »Ich habe sie häufiger an der Bushaltestelle am Büttger Bahnhof getroffen. In Büttgen bin ich ja aufgewachsen. Zuerst fand ich sie total süß, weil sie so frech war und diese dicken Titten hatte. Aber sie hat mich abblitzen lassen. Sie hätte 'nen anderen Typen, prahlte sie. Dann war sie auf einmal so komisch, hat nicht mehr gelacht und war eher traurig, sah schwer nach Liebeskummer aus. Zu der Zeit fing sie an, mich anzubaggern. Echt abturnend war das, aber ich wollte der Kleinen ja nicht wehtun. Du als beste Freundin weißt bestimmt, wer sie damals so enttäuscht hat. Vielleicht hat der ja etwas mit ihrem Tod zu tun. Vielleicht wurde sie auch ihm lästig. Wenn das einer von der Sorte war, die schnell mal ausrastet, könnte das doch so gewesen sein, oder?«

***

Worte eines Alltagsphilosophen:
Etwa fünfzigtausend Kinder und Jugendliche werden in Deutschland pro Jahr als vermisst gemeldet. Die meisten tauchen nach wenigen Tagen von allein wieder auf; sie sind aus den unterschiedlichsten Gründen von zu Hause fortgelaufen. Nur etwa tausendsiebenhundert bleiben länger als ein Jahr lang vermisst. Das Schicksal vieler davon ist ungewiss.
Auch 1980 liefen Kinder und Jugendliche von zu Hause fort; auch 1980 kehrten die meisten davon freiwillig zurück. Aber auch damals wurden Kinder und Jugendliche entführt, missbraucht und getötet. Silvia Schmitz blieb verschwunden, sie war erst vierzehn Jahre alt. Letztlich stand fest, dass sie nie wiederkehren würde. Ihr Leben war gewalttätig beendet worden. Ein Wölkchenfahrrad, eine Zahnspange, ein paar Fotos und Tagebucheinträge sind das Einzige, was von dem lebenslustigen Mädchen von einst heute noch übrig ist. Es scheint klar auf der Hand zu liegen, dass Silvia ihr Fahrrad und die Zahnspange aus freien Stücken im Kellerschacht der »Marianne« deponierte. Danach verliert sich ihre Spur.
Für ihre Eltern und Freunde muss es fast einer Erlösung gleichgekommen sein, als Albert Wagner den Mord an ihr gestand. Denn nichts ist schlimmer als Ungewissheit. Nichts quält mehr.
Mit der neuesten Entdeckung ist die Ungewissheit zurück, aber mit ihr auch die Chance auf Wahrheitsfindung. Dabei darf man nicht vergessen, dass die Wahrheit von Natur aus geltungssüchtig ist. Sie will gesehen und beachtet werden.
Die Ungewissheit hat gemeinhin einen Begleiter: die Unruhe. Sie legt sich nun auf die Zeugen, auf Silvias damaliges Umfeld und insbesondere auf den Täter.
Fünfunddreißig Jahre lang konnte er oder sie sich in Sicherheit wiegen. Damit ist es nun vorbei. Es gibt keine Sicherheit mehr. Aber Sicherheit ist von jeher sowieso nur eine Illusion.

***

Saschas Spekulationen haben mich in Unruhe versetzt. Ist Alex dafür verantwortlich, dass Silvia damals von zu Hause abgehauen ist? Oder, schlimmer noch: Hat Alex Silvia getötet? Weil sie ihm lästig wurde? Allein den Gedanken zuzulassen, bereitet mir fast körperliche Schmerzen. Ich tigere durchs Haus und weiß nicht, wohin mit mir. Draußen ist es inzwischen stockdunkel. Die Schwärze blickt mir durch alle Fenster entgegen. Schnell lasse ich die Rollos herunter.

Als ich es nicht mehr aushalte, rufe ich Ron an – auf seinem Handy. Er geht sofort ran. Sobald ich seine Stimme höre, fühle ich mich besser. Ich erzähle ihm, dass ich mit Sascha Kübler gesprochen habe, und er schlägt vor, dass wir uns treffen.

»Ich würde dich gern zum Essen einladen. Kennst du ein schönes Lokal in Kaarst?«

Ich empfehle den Griechen im »Alten Dorf«. »Aber mein Essen kann ich schon noch selbst bezahlen«, beeile ich mich einzuwenden, bevor wir das Telefonat beenden.

Ron erwartet mich vor der Tür des griechischen Restaurants. Es war nicht einfach, im »Alten Dorf« einen Parkplatz zu bekommen, daher habe ich mich wenige Minuten verspätet und bin abgehetzt und atemlos. Trotzdem fröstele ich, denn der Abend ist feucht und kalt.

Das »Alte Dorf« zeugt mit seinen liebevoll hergerichteten Fachwerk- und Backsteinhäusern, den historischen Straßenlaternen sowie dem Kopfsteinpflaster noch immer eindrücklich davon, wie Kaarst heute an vielen Stellen aussehen könnte, wäre nicht so mancher Straßenzug der Sanierungs- und Modernisierungswut der siebziger und achtziger Jahre zum Opfer gefallen. Damals setzte man eher auf die sogenannten Center, Blöcke aus Hoch- oder Mehrparteienhäusern, in deren Erdgeschossen sich Geschäfte oder Arztpraxen ansiedeln sollten. Bauernhöfe und andere alte Häuser mussten dafür weichen, sodass Kaarst lange Zeit keinen echten Stadtkern mehr besaß. Stattdessen gab es – dezentral gelegen und auseinandergezogen – das Gilde-, das Martinus- und das Maubiscenter, allesamt keine architektonischen Schönheiten – zumindest aus heutiger Sicht.

Seit den Neunzigern änderte sich das Gesicht der Stadt: In ihrem Kern entstanden die Rathaus-Arkaden, der Neumarkt und das moderne Rathaus aus Glas und Metall mit angrenzendem Teich und Park. Hier gibt es Shopping- und Parkmöglichkeiten, Cafés, Restaurants und Kulturangebote.

Das sogenannte »Alte Dorf« liegt indes im Norden der Kleinstadt, nahe den Autobahnauffahrten gegenüber vom Friedhof. Es besteht aus wenigen Sträßchen, die sich rund um die alte katholische Kirche gruppieren. Ich fühle mich in ein Eifeldorf versetzt.

Ron Heimbach lächelt bei meinem Anblick. Er drückt mich und haucht mir ins Ohr: »Schön, dich zu sehen. Ist ja echt knuffig hier.«

Mein Herz macht einen Sprung. Der Mann fühlt sich einfach gut an, außerdem duftet er verführerisch herb. Etwas wacklig auf den Beinen betrete ich den Gastraum, während Ron mir die Tür aufhält.

Drinnen schlagen uns dunstige Wärme, Essensgerüche und Stimmengewirr entgegen. Wie sich herausstellt, ist tatsächlich nur noch ein Tisch für zwei Personen frei. Er steht in einer Ecke schräg gegenüber vom Kamin, in dem ein Feuer behaglich knistert. Der Tisch ist so klein, dass sich unsere Knie zwangsläufig berühren, als wir Platz nehmen, was mir nicht unangenehm ist. Wir bestellen eine Karaffe Wein und eine Wasserflasche, die wir uns teilen. Der Kellner zündet die Kerze auf unserem Tisch an, was in mir den Eindruck eines privaten Rendezvous noch verstärkt. Auch Rons charmantes Lächeln trägt nicht dazu bei, dieses Bild zu zerstören.

»Ich freue mich, dass wir heute mal in Ruhe zusammensitzen«, sagt er und mustert mich nachdenklich. »Das Gespräch mit diesem Jugendfreund deiner verstorbenen Freundin hat dich ziemlich mitgenommen, stimmt's?«

»Das kannst du laut sagen.« Verlegen drehe ich den Stiel meines Weinglases zwischen den Fingern. »Übrigens hat er Silvia an dem Abend tatsächlich nur von Weitem gesehen. Er hat absichtlich ihre Nähe gemieden, weil sie verknallt in ihn war und ihn nicht in Ruhe ließ.« Ich blicke direkt in Rons Augen, und es kribbelt in meinem Bauch. Wie lange habe ich das nicht mehr gespürt? Es müssen viele Jahre sein. »Was er erzählt hat, war schlüssig und glaubwürdig. Der Mann wirkt auf mich etwas einfach gestrickt. Es ist wohl seine Art, mit nichts hinterm Berg zu halten.«

Ron nickt. »Aber seine Art ist es nicht, die dich so verstört hat.«

»Nein. Er … er hat gesagt, Silvia sei in den letzten Wochen vor ihrem Verschwinden sehr unglücklich gewesen. Er tippt auf Liebeskummer und dachte, ich als beste Freundin hätte doch bestimmt davon gewusst. Habe ich aber nicht! Nichts hat sie mir erzählt, rein gar nichts. Die Tatsache treibt mich um. Was für ein grober Klotz bin ich gewesen, dass ich nichts davon gemerkt habe, dieser ihr fast fremde Typ aber schon.« Ich spüre, dass mir die Tränen kommen, und schweige lieber. Ich sitze mit einem superattraktiven, netten und verständnisvollen Mann zusammen und möchte nicht anfangen zu flennen.

»Vielleicht hat sie ihren Kummer vor dir verborgen, weil sie nicht wollte, dass du etwas mitbekommst«, überlegt Ron.

»Aber warum?« Ich höre selbst, wie verzweifelt ich klinge. Beherrschter füge ich hinzu: »Wir waren doch beste Freundinnen. Ich überlege schon die ganze Zeit, ob es Alex war, der sie so enttäuscht hat. Wenn man Andreas Baum glaubt, dann war mein Bruder mit ihr im Bett. Wenn sie sich damals mehr versprochen, er sie danach aber abserviert hätte, würde alles zusammenpassen.«

»Und es würde erklären, warum sie sich dir nicht anvertraut hat.« Er sieht mich mit weichem Blick an. »Du hast deinen Bruder über alles geliebt. Hättest du Verständnis für Silvias Liebeskummer und eventuell ihren Groll auf Alex aufbringen können, oder hätte dich beides nur in einen Solidaritätskonflikt gestürzt?«

»Wahrscheinlich Letzteres.« Seufzend lehne ich mich zurück.

Der Kellner bringt die kalte Vorspeisenplatte, die wir bestellt haben.

»Es ist ganz natürlich, dass das schwierig für dich gewesen

wäre«, knüpft Ron an das Thema an, nachdem wir die ersten Happen gegessen haben.

»Damit hast du wohl recht. Obwohl es trotzdem nur Spekulation ist, dass Silvia wegen Alex Liebeskummer hatte. Aber das ist noch nicht alles. Sascha hat noch etwas gesagt, was mir gar nicht so abwegig erscheint.«

»Und das dir anscheinend Kopfschmerzen bereitet.« Ron tunkt sein Stück Baguette in Zaziki, um sich anschließend wieder ganz auf mich zu konzentrieren.

»Allerdings.« Schlagartig ist mir der Appetit vergangen. Obwohl die Cremes, Dolmadakia, Oliven und Peperoni auf der Platte appetitlich aussehen, bringe ich nichts davon herunter. »Er meinte, dass mit dem Fahrradfund jetzt klar sei, dass Silvia von zu Hause abhauen wollte. Das Rad und die Spange hat sie seiner Ansicht nach eigenhändig in dem Kellerschacht versteckt. Und dann soll sie freiwillig mit ihrem Mörder mitgegangen sein.«

»So könnte es sich tatsächlich abgespielt haben. Die Vorstellung ist allerdings nicht weniger schrecklich und auch nicht viel anders als die, von der alle Welt fünfunddreißig Jahre lang ausgegangen ist.«

»Aber Sascha vermutet, dass sie mit demjenigen mitgegangen ist, in den sie unglücklich verliebt war, und dass der sie dann getötet hat.« Jetzt ist es raus.

Ron runzelt die Stirn. »Aha, und warum vermutet er das?«

»Weil Silvia ihm lästig wurde. Sascha sagt, sie sei aufdringlich gewesen und habe nicht lockergelassen. Wenn sie sich Alex gegenüber genauso penetrant verhalten hat, war der möglicherweise dermaßen genervt, dass er sie nur noch loswerden wollte.« Ich halte inne, überlege. Plötzlich hört sich das, was ich gerade gesagt habe, weit hergeholt an.

Auch Ron schüttelt den Kopf. »Das wäre wohl eine stark überzogene Reaktion. Nur weil jemand lästig wird, bringt man ihn doch nicht gleich um. Und dein Bruder wäre auch sicher nicht so dumm gewesen, zuzulassen, dass Silvia ihr Fahrrad in seiner direkten Nachbarschaft versteckt. Die Spur hätte ganz schnell zu ihm führen können. Ich würde mir wegen so einer abwegigen Theorie keine Gedanken machen.«

Ich bin so erleichtert über Rons Meinung, dass ich schon wieder Tränen vergießen könnte. Stattdessen schnappe ich mir eine Olive und lächele befreit. Doch als Ron weiterredet, kehrt mein mulmiges Gefühl zurück.

»Um noch mal auf Silvias Liebeskummer zurückzukommen: Für mich liegt klar auf der Hand, dass sie den wegen deines Bruders hatte. Vielleicht hat er sie sogar entjungfert. Stell dir vor, wie groß ihre Enttäuschung gewesen sein muss, wenn von ihrer Seite Gefühle im Spiel waren. Wie dem auch sei, er hat mit ihr geschlafen und wollte danach nichts mehr von ihr wissen. Ich denke nicht, dass Andreas Baum in dieser Hinsicht gelogen hat. Warum hätte er das tun sollen?«

»Um von sich abzulenken«, phantasiere ich drauflos. Ärger steigt in mir auf. »Genauso gut kann er es doch gewesen sein, der Silvia entjungfert hat. Vielleicht war sie nicht in Alex, sondern in ihn unglücklich verliebt. Vielleicht wurde sie ihm lästig? Zu seinem Charakter würde es viel besser passen, auszurasten und sie brutal zu töten – so wie er Alex umgebracht hat. Und schließlich kann auch er ihr Fahrrad in den Kellerschacht geworfen haben.« Wütend nehme ich einen großen Schluck Wein und knalle das Glas auf den Tisch.

»Du bist immer noch voller Hass auf ihn.« Ron sagt das so traurig, dass ich kurz innehalte.

»Ja«, antworte ich schließlich leise, »ich hasse ihn. Er hat Alex ermordet, belästigt mich seit Ewigkeiten und versucht, Abbitte zu leisten, dieser Heuchler! Allein der Gedanke an ihn ist mir unerträglich. Kannst du das nicht verstehen?«

Ron atmet tief durch. »Doch, das kann ich sogar«, gibt er schließlich zu. »Das Unerklärliche ist an Grausamkeit oft nicht zu überbieten. Aber sicherlich hat Andreas Baum deinen Bruder nicht ohne Motiv getötet. Ein kleiner Streit zwischen Bandmitgliedern kann doch unmöglich die Ursache dafür gewesen sein. Hat er in seinen Briefen nie erklärt, was geschah?«

»Geschah?« Mir kommt die Galle hoch. »Es geschah nicht

einfach, dieser Verbrecher hat Alex absichtlich mit unzähligen Messerstichen getötet. Er hat auch dann nicht aufgehört, als mein Bruder längst tot war!«

»Schon gut.« Ron legt seine Hand auf meine. »Entschuldige die unglückliche Wortwahl. Schau mal, der Hauptgang kommt. Lass uns ein wenig entspannen und meinetwegen später noch einmal über das Thema sprechen. Es wäre doch schade, wenn die schöne Stimmung, mit der der Abend begonnen hat, völlig zerstört würde. Ich bin nicht zum Streiten hergekommen, sondern zum Zuhören und um dich besser kennenzulernen.«

»Du hast ja recht. Frieden.« Ich lächele etwas verkrampft und lehne mich zurück, damit der Kellner den Fisch vor mir abstellen kann. »Und der Hauptgang sieht ja auch wirklich lecker aus.«

Wie abgemacht sprechen wir während des Essens über andere, unverfängliche Dinge. Ron fragt mich über meine Kinder aus, und ich erfahre, dass er noch nie verheiratet war und kinderlos ist. Er wohnt in Zons am Rhein, unweit von Dormagen. Ich kenne das pittoreske Städtchen mit der alten Stadtmauer gut, weil Dirk und ich mit Jannik und Maja, als sie noch klein waren, dort des Öfteren die Freilichtbühne besucht haben. Gemeinsam haben wir Märchen wie »Rumpelstilzchen« oder »Der Froschkönig« angeschaut. Danach sind wir meist am Rhein entlanggeschlendert, und Dirk und die Kinder haben flache Kieselsteine übers Wasser flitschen lassen, während ich gemütlich auf einem großen Stein saß und ihnen zuschaute. Es war eine schöne Zeit. Ich war Teil einer Familie und nicht allein wie heute.

Ron erzählt mir von seinem Hund, mit dem er täglich am Rheinufer und in den Auen spazieren geht. »Sie heißt Smilla und ist ein Rhodesian Ridgeback.«

»Dann ist sie bestimmt ganz schön groß«, staune ich.

»Allerdings, aber sie ist genauso lieb wie groß und versteht sich mit fast jedem Hund, den wir treffen. Sie ist schon neun, aber topfit. Ich liebe es, mit ihr durch die Natur zu streifen. Es ist wunderbar, über die Wiesen oder unter den Silberpappeln über den Kies am Rheinufer zu wandern. In solchen Momenten kann ich am besten die Seele baumeln lassen und einfach ich selbst sein.« Ron strahlt.

Automatisch biegen sich auch meine Mundwinkel nach oben. Langsam beginne ich mich zu entspannen.

Nach dem Hauptgang bestellen wir jeder einen Espresso, den obligatorischen Ouzo aufs Haus bekommen wir ebenfalls kredenzt. Ron kippt seinen, ich nippe nur vorsichtig. Ich bin proppenvoll, lehne mich zurück und schaue gedankenverloren in die Kerzenflamme vor mir, sodass mich Rons Worte erst mit ein paar Sekunden Verspätung erreichen.

»Hast du nie wissen wollen, was der Auslöser für Andreas Baums Ausraster war?«

Verwirrt sehe ich ihn an. »Nein, eigentlich nicht«, gestehe ich, über mich selbst erstaunt. Seltsam, warum hat mich das nie wirklich interessiert? Ich suche nach Erklärungen. »Was damals passiert ist, war so unfassbar grauenhaft, dass ich mich mit dem Motiv nicht auch noch beschäftigen wollte. Außerdem hatte er gestanden, und die Spurenlage war mehr als eindeutig. Okay, die Sache mit der Stichwunde in seinem Handrücken kam mir schon merkwürdig vor«, schränke ich sofort ein. Ich muss an die wulstige Narbe denken, die ich beim Besuch in der JVA an Andis rechter Hand gesehen habe. »Aber der Staatsanwalt war der Meinung, er habe sich die Verletzung selbst zugefügt, um zu suggerieren, dass er in Notwehr gehandelt hat.«

»Andreas Baum hat in seinen Aussagen nie den Grund genannt, warum es zum Streit gekommen ist?«

»Nein, nicht wirklich. Er hat etwas davon gefaselt, er hätte Alex nicht mehr leiden können und sei wegen der Auflösung der Band ausgerastet. Aber dieser Entschluss war doch schon am Nachmittag gefallen. Alle Bandmitglieder sind danach nach Hause gegangen, nur Andi ist noch einmal wiedergekommen, um meinen Bruder zu töten.«

»Du meinst, er kehrte schon mit der Absicht dazu zurück in den Proberaum?«

»Sicher. Wie ließe sich sonst das Messer erklären, das er dabeihatte?«

»Das jedoch nicht aus seinem Elternhaus stammte.«

Ich runzele irritiert die Stirn. »Du kennst aber viele Details von dem Prozess.«

Ron zuckt die Achseln. »Google sei Dank. Ist heutzutage eine Kleinigkeit, und wie du selbst gesagt hast: Ich bin ein Profi, was Recherchen angeht.«

»Stimmt.«

Ron sieht mich ernst an. »Ich denke, es würde dir besser gehen, wenn du wüsstest, was genau damals zu dem Streit zwischen Alex und Andreas geführt hat. Und wer weiß: Vielleicht würde sich dadurch auch klären, warum Silvia von zu Hause abgehauen ist.«

»Du bist gut! Und wie soll ich das herausfinden?«

»Ist nicht bald das Konzert von diesem Frank Marquardt, von dem du mir erzählt hast?«

»Ja, übermorgen.« Wieder wundere ich mich, wie gut das Gedächtnis von Ron funktioniert. Bei seiner letzten Stippvisite bei mir zu Hause hatte ich das Konzert und Franks Einladung zum Essen nur kurz erwähnt. Andererseits – vielleicht hat ihn die Verabredung ein wenig eifersüchtig gemacht. Mein Herz schlägt schneller, aber ich bemühe mich, mir nichts anmerken zu lassen. »Du meinst, ich könnte mit ihm über den Tag des Mordes und auch über die Hintergründe der Bandauflösung sprechen? Aber ob mich das weiterbringt?«

»Einen Versuch ist es wert. Da du nicht noch einmal mit Andreas selbst reden willst oder kannst, solltest du die Chance nutzen. Und vergiss nicht: Marquardt kannte auch deine Silvia recht gut. Vielleicht fällt ihm ja etwas ein, was ihr Verschwinden erklärt. Weil man damals erst geglaubt hat, Silvia sei einfach ausgebüxt und würde schon wiederauftauchen, und man anschließend die Tat diesem Lolitamörder zugeordnet hat, sind manche Fragen eventuell gar nicht gestellt worden.«

»Ja, vielleicht.« Plötzlich stört es mich, dass Ron wieder mit der Sache angefangen hat. Eben noch war die Stimmung so schön und intim. Nun habe ich das ungute Gefühl, einem rasenden Reporter gegenüberzusitzen, der aus rein beruflichem Interesse hier ist, und nicht dem Hunde- und Naturliebhaber von vorhin, der sich für mich als Frau interessiert. Plant er eventuell doch, einen Artikel oder gar ein Buch zu schreiben, in dem er Andis Schuld herunterspielt? Mit einem Mal möchte ich nur noch nach Hause. Ich brauche Abstand und Ruhe.

Ein Gedanke, den ich bislang erfolgreich verdrängt habe, taucht in meinem Bewusstsein auf: Irgendwer hat mich brutal an Alex' Grab niedergeschlagen, und jemand – vielleicht dieselbe Person, die auch Silvias Mörder ist – hat Eva-Maria Schmitz erdrosselt und in den Altkleidercontainer gestopft. Bin ich immer noch in Gefahr? Und bin ich stärker gefährdet, wenn ich in den alten Geschichten herumschnüffele? Will jemand verhindern, dass ich die Wahrheit herausfinde? Aber wer, wenn es nicht Andi Baum sein kann?

»Lass uns zahlen. Ich bin müde«, sage ich und würde am liebsten sofort aufspringen.

»Ich lade dich natürlich ein.« Ron zückt sein Portemonnaie.

»Nein, das möchte ich nicht.« Ich beharre darauf, mein Essen selbst zu zahlen, und schließlich gibt sich Ron geschlagen.

»Es wird ja hoffentlich bald schon eine neue Gelegenheit kommen, dich einzuladen.« Kurz legt er seine Hand auf meine, und wieder wird mir ganz warm ums Herz.

Vor dem Restaurant verabschieden wir uns mit einer Umarmung. Obwohl sie nur kurz ist, genieße ich sie.

Es hat zu regnen begonnen, und Wind kommt auf, sodass ich mich schnell ins Auto flüchte. Kurz darauf fahre ich durch den inzwischen prasselnden Regen von Kaarst nach Driesch.

Der Eindringling

Zu Hause mache ich mich sofort bettfertig. Ich will nur noch schlafen. Also schlüpfe ich schnell unter meine Decke, kuschele mich ein und lösche das Licht. Draußen pladdert der Regen gegen die Rollos, ab und an rüttelt der Wind an ihnen. Ich versuche, alle Gedanken abzustellen und nicht ins Grübeln zu verfallen.

Plötzlich bin ich auf einem Radweg und strampele, was das Zeug hält. Vor mir fährt Silvia auf ihrem Wölkchenfahrrad, und ich will unbedingt zu ihr aufschließen. Aber egal, wie sehr ich mich anstrenge, der Abstand zwischen uns wird stetig größer. Ihr dickes Haar fliegt im Wind, und ich bemerke, dass auch sie immer schneller in die Pedalen tritt. Inzwischen ist es dämmrig geworden, sodass ich weit vor mir nur noch ihre Silhouette ausmachen kann. Ich will nach ihr rufen, aber kein Laut dringt aus meiner Kehle. Jetzt sehe ich, dass ein anderer Radfahrer – ein zweiter Schatten – neben ihr aufgetaucht ist. Zusammen nehmen sie noch mehr Tempo auf. Inzwischen trete ich im Stehen, um die Distanz zu ihnen zu verringern. Wind kommt auf und bläst mir entgegen. Mein Rad gerät ins Schwanken. Es ist stockdunkel um mich herum. Wieder will ich nach Silvia rufen, aber mir bleibt die Luft weg. Ich kann nicht mehr atmen.

Mit wild klopfendem Herzen wache ich auf. Das Atmen fällt mir immer noch schwer, außerdem kann ich nichts sehen, so als sei ich plötzlich erblindet. Irgendetwas drückt mich schwer und mit Gewalt aufs Bett.

Und endlich begreife ich, was los ist. Jemand sitzt auf mir und hält mir den Mund zu! Dies ist kein Traum, sondern harte Realität. Aber damit nicht genug: Weicher Stoff bedeckt mein Gesicht! Grenzenlose Panik überfällt mich. Ich will meine Arme bewegen, aber der, der mich in seiner Gewalt hat, fixiert sie mit seinen Knien. Mit aller Kraft will ich mich aufbäumen, schaffe es aber nicht. Auch den Kopf kann ich nicht drehen. Ich werde sterben! Der Gedanke schnürt mir die Kehle zu. Ich bin meinem Widersacher hilflos ausgeliefert. Aber wer ist der Mann? Was geschieht mit mir? Was soll das alles?

»Halt still, du blöde Kuh«, beginnt er plötzlich zu sprechen. »Halt still und hör mir zu.« Seine Stimme ist nicht mehr als ein heiseres Flüstern.

Ich bekomme eine Gänsehaut und verspüre gleichzeitig den starken Drang, zu pinkeln. Der Fremde sitzt auf meiner Blase, und meine Angst ist inzwischen bodenlos.

»Lass die alten Geschichten ruhen. Das hier ist die zweite Warnung. Eine dritte wird es nicht geben. Wenn du weitermachst, werde ich dich töten. Hast du mich verstanden?«

»Ja«, presse ich heraus, aber weil immer noch die Hand auf meinem Mund liegt, den außerdem das Tuch bedeckt, kommt nur ein schwaches Stöhnen heraus. Wer bist du?, will ich ihn fragen, doch meine Lippen lassen sich nicht weit genug öffnen. Noch nie in meinem Leben habe ich mich so hilflos gefühlt. Ich gebe allen Widerstand auf, und mein Körper erschlafft.

»So ist brav«, sagt die Flüsterstimme.

Ich höre die Verachtung in ihr, und Tränen schießen mir in die Augen.

»Vergiss nicht, dass ich es ernst meine. Keine Schnüffeleien mehr, keine Anrufe bei der Kripo, sonst bist du als Nächstes dran. Es gibt noch andere Orte, eine Leiche zu entsorgen, als einen Kleidercontainer, hast du mich verstanden?« Er lockert seinen Griff etwas, sodass es mir möglich ist, zu nicken. »Hör mir genau zu: Ich werde gleich das Zimmer verlassen. Du bewegst dich nicht und lässt das Handtuch über deinem Kopf, bis du die Haustür hörst. Und untersteh dich, die Polizei zu verständigen. Solltest du es doch tun, wirst du es bitter bereuen. Leb lieber dein armseliges Leben in diesem Kaff weiter und sei dankbar dafür.«

Ich wage kaum zu atmen, als ich spüre, dass der Eindringling sein Gewicht verlagert. Der Druck, der auf meinen Armen und meiner Blase lastet, lässt nach. Und plötzlich streift etwas sacht meine Wange unter dem Tuch. Eine Hand?

Ich bin so verwirrt über die Berührung, dass es einige Sekunden dauert, bis ich realisiere, dass niemand mehr auf mir hockt. Die Schlafzimmertür fällt mit einem lauten Krachen ins Schloss, der Schlüssel dreht sich. Schritte poltern die Treppe hinunter, dann schlägt die Haustür zu.

Ich bin allein und immer noch wie erstarrt. Meine Blase entleert sich in die Unterhose und ins Bett. Ich schluchze auf, ziehe endlich das Handtuch vom Gesicht und rolle mich zur Seite, um mich aufzusetzen. Meine Arme schmerzen. Ich schlottere vor Angst und fühle mich zutiefst gedemütigt. Mit langsamen, zähen Bewegungen – schneller geht es einfach nicht – ziehe ich T-Shirt und Unterhose aus und werfe beides auf den Boden.

Ich wanke zur Tür, mache Licht und blinzele in die Helligkeit. Während ich mich umschaue, muss ich feststellen, dass mein Schlafzimmer wie immer aussieht. Bis auf den Urinfleck und das Frotteehandtuch auf dem Laken. Erst als ich die Klinke herunterdrücke, erinnere ich mich daran, dass der Einbrecher mich eingeschlossen hat. Ich sinke auf den Boden, mein Rücken gleitet an der Tür hinab, und ich heule Rotz und Wasser.

Ich weiß nicht, wie lange ich so dagesessen habe, aber irgendwann habe ich keine Tränen mehr. Mit zitternden Beinen rappele ich mich auf. Aus meinem Kleiderschrank greife ich Pulli und Jogginghose und streife beides über. Ich muss hier raus, und zwar sofort!

Hektisch krame ich in meiner Nachttischschublade und finde zwischen Büchern und Tempos einen alten Werbeprospekt, den ich ein Stück weit unter der Tür hindurchschiebe.

Gut, dass sämtliche Türen im Haus alt sind. Keine schließt wirklich perfekt, und die meines Schlafzimmers wurde wohl einst unten am Türblatt gekürzt, weil ein höherer Belag als die jetzigen Dielen den Boden bedeckte. Der Spalt zwischen Tür und Fußboden ist fast fingerbreit. Ich positioniere den Prospekt unterhalb der Klinke und suche nach etwas zum Stochern. Wieder öffne ich meinen Schrank, diesmal dort, wo Kleider und Blusen hängen, und nehme einen leeren Holzbügel von der Stange. Damit müsste es gehen.

Ich biege den Metallhaken auf und stecke ihn ins Schloss, um ihn darin hin und her zu drehen. Endlich klappert etwas jenseits der Tür: Der Schlüssel ist auf den Dielenboden gefallen. Vorsichtig ziehe ich die Zeitung auf meine Seite zurück. Verdammter Mist, kein Schlüssel! Schon wieder könnte ich losheulen. In meinen alten Kinder- und Jugendbüchern wie »Fünf Freunde« oder »Kalle Blomquist« hat der Trick mit der Zeitung immer funktioniert, wenn die kleinen Helden von bösen Verbrechern eingesperrt worden waren.

Böse Verbrecher! Mir wird klar, dass vorhin genau so einer mein Leben bedroht hat. Die Angst ballt sich in meinem Magen zu einem Klumpen zusammen, mir wird kotzübel. Wie komme ich hier bloß raus? Noch nicht einmal mein Handy habe ich bei mir, um damit Hilfe holen zu können. Es liegt zum Aufladen auf der Küchenarbeitsplatte, angeschlossen an die Steckdose.

Ich überlege fieberhaft.

Schließlich habe ich eine Idee. Ich falte den Werbeprospekt einmal ganz auseinander und knicke ihn dann längs so oft, bis er zu einem schmalen, stabilen Stab geworden ist, der gerade noch durch den Türspalt passt. Vorn biege ich ihn um, als wäre er der Griff eines Spazierstocks, aber das Papier will immer wieder in seine ursprüngliche gerade Form zurück. Nach einigen Versuchen bleibt zumindest eine annehmbare Krümmung. Ich lege mich auf den Bauch und spähe unter der Tür hindurch. Der Schlüssel liegt vor mir, vielleicht drei Handbreit von mir entfernt. Vorsichtig schiebe ich meinen Papierstab mit dem Haken durch den Spalt und beginne zu angeln. Endlich befindet sich der Schlüssel in der Biegung des Papiers, und ich ziehe ihn behutsam zu mir heran. Plötzlich entfaltet sich die Zeitung ein wenig. Himmelherrgott! Der Papierstab lässt sich nun nicht mehr so leicht führen, trotzdem gelingt es mir, ihn Zentimeter für Zentimeter auf mich zuzubewegen. Das Papier knistert, aber die Krümmung bleibt. Ich halte den Atem an. Endlich taucht der Bart des Schlüssels unter dem Türblatt auf, und wenige Sekunden später stehe ich im Flur. Jetzt zittern mir die Knie vor Erleichterung. Ich mache Licht.

Es ist zwei Uhr nachts, und inzwischen habe ich den vierten Kaffee intus. An Schlaf war nach dem Überfall nicht zu denken, also habe ich meinen ganzen Mut zusammengenommen und das Haus von oben bis unten durchsucht, die Haustür von innen abgeschlossen, geduscht und dann Kaffee aufgesetzt.

Jetzt sitze ich, Handy und Telefon in Reichweite, am Küchentisch und bin ratlos. Bisher habe ich mich nicht getraut, irgendwen – schon gar nicht die Polizei! – anzurufen, um von dem Einbruch und der Nötigung zu berichten. Zu groß ist meine Angst, das Schwein könnte seine Warnung wahr machen.

Schließlich hat die Person sich schon zum zweiten Mal an mich herangeschlichen, das erste Mal vor ein paar Tagen, auf dem Vorster Friedhof. Und sie war es auch, die Eva-Maria Schmitz umgebracht und in den Altkleidercontainer gestopft hat. Mein Peiniger hat die Tat vorhin selbst zugegeben. Jetzt weiß ich mit hundertprozentiger Sicherheit, dass der Angreifer an Alex' Grab nicht Andi gewesen sein kann. Zum Zeitpunkt des Mordes an Silvias Mutter saß er erwiesenermaßen hinter Schloss und Riegel. Aber vielleicht hat er einen ehemaligen Zellenkollegen, einen brutalen und skrupellosen Berufsverbrecher, angestiftet, erst die Schmitz zu töten und dann mich zu bedrohen und davon abzuhalten, die Wahrheit herauszufinden. Doch halt: Ist Andi nicht im Gegenteil erpicht darauf, dass ich die Wahrheit herausfinde? Aber vielleicht ja nur die, die er mir als Wahrheit verkaufen will.

Ich bin so verwirrt, dass ich nicht mehr weiß, was ich denken oder glauben soll. Und mal wieder bin ich völlig auf mich allein gestellt.

Ein böser Verdacht

Irgendwie habe ich den Dienstag überstanden – ich war im Büro und habe zu Hause geputzt und aufgeräumt. Immer noch habe ich keiner Menschenseele von dem Überfall erzählt. Ich war kurz davor, Ron anzurufen, aber selbst das habe ich mich nicht getraut. Jetzt ist es Abend und draußen wieder dunkel, und die Angst kriecht in mir hoch. Mein ganzer Körper kribbelt bis in die Fingerspitzen, als würden tausend Ameisen über ihn krabbeln.

Wie soll ich nachher einschlafen, wenn ich ständig befürchten muss, dass jemand unbemerkt in mein Haus eindringt? Ich weiß immer noch nicht, wie der Täter ins Haus gelangt ist. Obwohl ich Fenster und Türen überprüft habe, habe ich nirgendwo Einbruchspuren entdecken können.

Ich werde die Nacht durchmachen und im Wohnzimmer sitzen bleiben, beschließe ich. Im Erdgeschoss habe ich ausnahmslos alle Lampen angeknipst, um jede Ecke auszuleuchten, ansonsten würde ich vor Panik verrückt werden. Eine Thermoskanne mit Kaffee und mein Keramikbecher stehen vor mir auf dem Couchtisch, daneben liegen immer noch die beiden alten Fotoalben. Auch das Tagebuch habe ich ins Wohnzimmer geholt. Der Fernseher läuft lautlos, weil ich befürchte, meinen Peiniger nicht zu hören, sollte er mich noch einmal aufsuchen. Kurz habe ich sogar überlegt, mich mit einem Küchenmesser zu bewaffnen, es dann aber nicht über mich gebracht. Seit dem gewaltsamen Tod meines Bruders kostet es mich jedes Mal Überwindung, ein Messer zu benutzen. Selbst bei der Küchenarbeit schiebt sich Alex' geschundener, blutüberströmter Körper vor mein inneres Auge. Ich verwende daher nur sehr kleine, instabile und harmlos aussehende Küchenmesser.

Mit gespitzten Ohren sitze ich da; mein Körper ist angespannt, es ist kaum auszuhalten. Ich könnte Feuer im Kamin anfachen, um mich abzulenken. Die flackernden Flammen haben normalerweise eine beruhigende Wirkung auf mich. Aber nachdem ich zwei der dicken Scheite aus Kirschholz, die mir Wim letztes Jahr geschenkt und ordentlich an der Hauswand aufgeschichtet hat, zum Brennen gebracht habe, merke ich, dass ich einen Fehler begangen habe. Das Knistern und Zischen des Feuers stört mich gewaltig. Es könnte etwaige Einbruchsgeräusche überdecken.

Ach, Blödsinn!, versuche ich mich zu beruhigen. Ich habe mich an seine Anweisungen gehalten, habe weder die Polizei verständigt noch weiter in den alten Geschichten gekramt, warum also sollte der Fremde mich noch einmal heimsuchen? Trotzdem schlägt mir das Herz bis zum Hals, meine Nerven liegen blank. Fast automatisch greifen meine Hände nach den Fotoalben. Halt! Verstoße ich schon damit gegen seine Forderung? Trotz meiner Panik macht mich dieser Gedanke wütend. Es geht niemanden etwas an, wenn ich darin herumblättere.

Bald hat mich der Inhalt des Albums in seinen Bann gezogen. Wer hat damals diese Fotos eingeklebt? Alex selbst? Das gesamte Buch ist ein Zeugnis seiner Persönlichkeit, seiner Freizeit, seines Freundeskreises, seiner Band. Es enthält Bilder von Auftritten in diversen Jugendeinrichtungen und Kneipen, von Badetagen am Kaarster See, von Moped-Ausflügen nach Venlo und Roermond und Momentaufnahmen von den Bandproben. Auf allen Bildern sieht mein Bruder umwerfend aus, strotzend vor Jugend und nahezu makellos. Auf vielen wirft er sich geradezu in Pose und scheint sich seiner Ausstrahlung sehr bewusst zu sein. Ausnahmslos steht er im Fokus der Fotos. Neben ihm wirken Frank, Dirk und sogar Ute, Alex' damalige Freundin, wie Statisten. Erst anhand der im Proberaum aufgenommenen Bilder fällt mir wieder ein, dass Ute für kurze Zeit als Backgroundsängerin bei den »Sons of Shadow« mitgewirkt hat. Auf manchen Fotos hält sie ein Mikrofon in der Hand. Hatte sie überhaupt eine entsprechende Stimme? Ich kann mich nicht mehr erinnern. Jedenfalls sah sie mit ihren überdurchschnittlich langen Beinen, der schmalen Taille, dem üppigen Busen und der wallenden blonden Mähne extrem scharf aus. Wie Barbie, nur rockiger.

Seit wann waren sie und mein Bruder überhaupt ein Paar?, überlege ich. Schon als Silvia verschwand, aber noch nicht lange, ein paar Wochen vielleicht. Ich kann den Liebeskummer meiner Freundin verstehen. Neben Ute wirkte Silvia wie ein fetter Trampel. Sie muss begriffen haben, dass sie gegen diese Konkurrenz chancenlos war. Vor allem, weil sie doch genau wusste, wie mein Bruder tickte. Optik und Prestige gingen ihm über alles.

Seltsam, dass ich kein schlechtes Gewissen mehr verspüre, wenn ich an Alex' negative Eigenschaften denke. Ja, er war oberflächlich, wenn es darum ging, im Mittelpunkt zu stehen. Und ja, er war eitel und egozentrisch.

Lange starre ich die Fotos an und blättere immer wieder vor und zurück, bis mir etwas auffällt, auf das ich zuvor nicht geachtet habe. Auf keinem der Proberaum- oder Freizeitbilder ist Andi zu sehen, lediglich auf den Aufnahmen der Bandauftritte ist er dabei.

Also muss er der Fotograf der vielen privaten Bilder gewesen sein! Nachdenklich betrachte ich die alten gelbstichigen Aufnahmen. Immer und immer wieder hat Andi meinen Bruder wirkungsvoll in Szene gesetzt. Für Andi stand Alex im Mittelpunkt des Geschehens, um ihn drehte sich alles. Nicht mein Bruder selbst war es, der sich durch die Machart der Bilder auf einen Sockel stellte, sondern Andi. Er muss Alex über die Maßen bewundert haben. Ich schlucke bei der Erkenntnis.

Wann ist aus Verehrung Hass geworden?, frage ich mich. Hektisch schlage ich die Albumseiten um, hin und her. Auf den letzten finden sich nur noch Schnappschüsse von Konzerten. Sie müssen von Fans gemacht worden sein, etwa von Jungs und Mädchen aus Alex' Stufe oder von anderen Freunden, die im Zuschauerraum standen.

Das allerletzte Proberaum-Bild, das in dem Album eingeklebt war und sich von selbst gelöst hat, ist das mit Silvia und mir. Das, auf dem sie und Alex sich über den Spiegel ansehen. War

Andi auch auf dem Foto? Schnell laufe ich zur Anrichte, wo ich das Bild deponiert habe. Ja, Andi hat diesen wehmütigen Blick, als könne er kein Wässerchen trüben, stattdessen fehlt Ute. Vielleicht hat sie an dem Tag das Foto gemacht.

Ich resümiere: Ab Mitte August 1980 verlor Andi offensichtlich das Interesse, Alex im Kreise der Freunde zu fotografieren. Zu diesem Zeitpunkt muss es zu einem Bruch zwischen den beiden gekommen sein – zumindest von Andis Seite aus. Ist diese Vermutung zu weit hergeholt? Nein, das finde ich nicht. Aber was genau ist im August geschehen?

Das Telefon klingelt und reißt mich brutal aus meinen Grübeleien.

»Hallo, Nina, Dirk hier.«

»Oh, hallo.« Ich bin noch gar nicht wieder richtig in der Gegenwart angekommen, presse mir den Hörer ans Ohr, gehe zur Sitzecke zurück und lasse mich aufs Sofa sinken.

»Ich wollte dir nur Bescheid sagen, dass Andi draußen ist. Er hat mich heute Mittag angerufen.« Dirks Stimme klingt leicht verwischt. Musste er sich Mut antrinken, um mir die Neuigkeit zu verkünden?

»Er kommt nach fünfunddreißig Jahren aus dem Knast und hat nichts Besseres zu tun, als dich umgehend zu kontaktieren?«, frage ich schneidend. »Ihr scheint ja immer noch richtig dicke zu sein.«

»Was soll das, Nina? Ich dachte nur, es interessiert dich.«

Dirk hört sich sauer an, was mir völlig egal ist. Die Angst, die ich vorhin noch hatte, schlägt in Ärger um. Es tut gut, wütend zu sein.

»Im Übrigen weiß ich nicht, ob er mich umgehend angerufen hat. Er hat nichts davon gesagt, wie lange er schon in Freiheit ist. Theoretisch könnte seine Entlassung also bereits Tage her sein.«

»Ach?« Ich schlucke und kann meinen Herzschlag in meinem Hals spüren. Also hätte auch Andi nachts in mein Haus eindringen und mich bedrohen können.

»Theoretisch. Er hat mich noch einmal um ein Treffen gebeten. Geradezu angefleht hat er mich. Das ist der eigentliche Grund, warum ich dich anrufe.«

»Und jetzt will er, dass ich bei dem Tête-à-Tête dabei bin?« Meine Stimme trieft vor Sarkasmus.

Am anderen Ende der Leitung stöhnt Dirk auf. »Nein, natürlich nicht. Was habe ich dir eigentlich getan, Nina? Ich wollte dir nur davon erzählen, damit du nicht auf den Gedanken kommst, ich würde dich hintergehen. Ich hatte dir versprochen, mir zu überlegen, ob ich mich mit ihm treffe.«

»Und du bist zu dem Schluss gekommen, dass dir die Gefühle deiner Ex und Mutter deiner Kinder scheißegal sind und du lieber dem Wunsch des Mörders ihres Bruders nachkommst. Das hast du doch vor, oder? Du bist ein Verräter, Dirk! Gegen dich war Judas ein Unschuldslamm!«

»Jetzt reicht's aber!« Er wird laut.

Ich zucke zusammen.

»Meinst du nicht, dass es langsam mal gut ist, Nina? Andi hat Jahrzehnte für seine Schuld gesühnt. Und wer weiß, was er mir zu sagen hat? Vielleicht brauche ich genau das, um endlich Frieden zu finden. Kapierst du nicht, dass Alex' Tod auch mich noch mitnimmt, dass auch ich Fragen dazu habe? Du hast Trauer und Wut nicht für dich allein gepachtet, auch wenn es dein Bruder, für mich aber *nur* mein Freund war, der damals sein Leben lassen musste! Jedenfalls treffen Andi und ich uns morgen. Und damit basta. Dir noch einen schönen Abend.«

Klack. Dirk hat aufgelegt. Sprachlos werfe ich den toten Hörer auf den Couchtisch und schaue wie paralysiert ins Feuer. Die Flammen züngeln und zucken in Rot, Gelb und Lila. Mein Hirn ist leer.

Die Information muss ich erst mal verdauen. Dirk trifft sich mit dem Schwein, obwohl ich ihn auf Knien gebeten habe, es nicht zu tun. Dirk sagt, er leide unter Alex' Tod. *Du hast Trauer und Wut nicht für dich allein gepachtet.* Ich atme tief durch, und mein Blick fällt auf das aufgeschlagene Fotoalbum. Dirk hat recht, muss ich schließlich zugeben, als ich mir die Schar der jungen

Menschen vor Augen führe, aus deren Mitte mein Bruder brutal herausgerissen wurde. Einige von ihnen leiden wahrscheinlich bis heute unter dem Trauma, und Dirk ist nur einer davon. Frank gehört genauso dazu und bestimmt auch Ute.

Plötzlich weiß ich, dass ich meinem Peiniger von gestern Nacht nicht gehorchen kann und werde. Ich muss herausfinden, was vor fünfunddreißig Jahren passiert ist, Mitte August, als Andi Baum aufgehört hat, meinen Bruder zu bewundern. Kurz bevor Silvia verschwand. Als die Katastrophen ihren Lauf nahmen.

Es muss doch möglich sein, die Wahrheit rauszukriegen! *Nur mit der Wahrheit lässt es sich wahrhaftig leben*, fällt mir der Satz meiner Mutter ein. Wie recht du hast, Mama. Die Ungewissheit macht mich fertig. Also werde ich die Wahrheit in Erfahrung bringen.

Eine halbe Stunde später wähle ich Utes Handynummer. Es ist lächerlich einfach gewesen, sie herauszufinden. Mir war Utes Familienname Grünberg eingefallen und dass sie mit ihren Eltern im Kaarster Zentrum wohnte. Sogar an die Straße konnte ich mich erinnern: Lange Hecke. Alex hatte einmal zu meinen Eltern gesagt: »Ich begreife echt nicht, wie ihr in diesem toten Kaff leben könnt. Dagegen wirkt selbst die Lange Hecke, wo Ute wohnt, fast wie Manhattan.«

Also habe ich im Online-Telefonbuch nach den Grünbergs gesucht und bei ihnen angerufen. Es war zwar schon einundzwanzig Uhr und damit etwas spät, um alte Leute von der Couch oder womöglich aus dem Bett aufzuscheuchen, aber das war mir gleichgültig. Ich wollte einfach nur Licht ins Dunkel bringen. Utes Mutter habe ich etwas von einem Klassentreffen erzählt, das ich plane. Ohne zu zögern hat sie mir daraufhin die Handynummer ihrer Tochter gegeben, nachdem sie mich zuvor noch mit der Information versorgt hat, dass Ute mit Mann und Kindern in Frankfurt lebt.

»Hallo?« Es ist unverkennbar Utes Stimme, die mir entgegenschallt, und plötzlich fällt mir wieder ein, dass sie sehr gut singen konnte. Fast wie ein Profi und viel besser als Alex. Sie war ein Gewinn für die Band, aber wie so vieles aus der damaligen Zeit habe ich auch dieses Detail bis eben verdrängt.

»Hallo, hier ist Christina Bongartz.«

Schweigen am anderen Ende der Leitung. »Nina?«, stammelt Ute dann.

»Ja.«

»Mein Gott!« Sie atmet schwer. »Dass du dich nach so langer Zeit meldest. Und gerade jetzt. Was für ein Zufall!«

»Gerade jetzt?« Nun bin ich es, die verblüfft ist.

»Stell dir vor, vor ein paar Minuten habe ich eine alte Tonbandaufnahme der ›Sons of Shadow‹ gehört, die mir im Keller in die Finger geraten ist. ›*Life is not love, life is pain …*‹« Sie singt die englischen Zeilen leise, trifft aber dennoch jeden Ton.

Mir läuft es kalt den Rücken herunter.

»Ich hatte Gänsehaut, als ich Alex' Stimme gehört habe. Er kam mir so lebendig vor.«

Wehmut und Bedauern schlagen mir entgegen, und mir kommen die Tränen. *Du hast Trauer und Wut nicht allein für dich gepachtet.* Nein, das habe ich wirklich nicht. »Ist er aber nicht«, sage ich leise. »Seit fünfunddreißig Jahren liegt er unter der Erde.«

»Die Traurigkeit hört niemals auf, oder? Ich muss in letzter Zeit wieder ständig an ihn denken. Vielleicht auch, weil vor ein paar Tagen das Fahrrad von dieser Silvia gefunden wurde. Haben mir meine Eltern erzählt. Das alles ist im gleichen Jahr passiert. Die Entdeckung wühlt die Erinnerung an die Geschehnisse aus unserer Jugend wieder auf, nicht wahr?«

»Stimmt. Und sie stellt vieles von dem, was damals angenommen wurde, in Frage.«

»Tut sie das?«, fragt Ute erstaunt. »Aber tot ist noch immer tot, das gilt für Alex und für das Mädchen.«

»Was ist damals in der Band zwischen Andi und Alex vorgefallen, Ute?« Ich werde ungeduldig.

»Du weißt doch, dass die ›Sons of Shadow‹ sich auflösten und Andi und dein Bruder später am Tag in Streit gerieten.«

»Aber irgendetwas muss schon wesentlich früher passiert sein«, insistiere ich. »Mitte August 1980. Warum hat Andi sich plötzlich von Alex distanziert? Denn das hat er doch, oder?«

»Du weißt davon?«

»Sicher, ich habe nur keine Ahnung, wieso.«

Lange herrscht Stille in der Leitung. Dann sagt Ute abwehrend: »Was soll das, Nina? Lass die Vergangenheit ruhen.«

»Haben dir deine Eltern auch erzählt, dass vor einigen Tagen in Driesch eine alte Frau tot aufgefunden wurde?«

»Nein, haben sie nicht. Warum auch?«

»Die Tote war Silvias Mutter. Jemand hat sie erwürgt und im Altkleidercontainer am Spielplatz entsorgt.«

»Oh Gott!« Ute ist schockiert. »Das ist ja schrecklich!« Ich höre sie schwer atmen. »Aber was soll diese Sache damit zu tun haben, dass Alex gedacht hat, Andi wäre schwul?«

»Wie bitte?« Habe ich mich verhört?

»Deshalb war Andi so sauer auf Alex. Dein Bruder hatte das Gerücht in die Welt gesetzt, Andi sei von der anderen Seite. Und du kanntest Alex ja: Wenn er mal den wunden Punkt von jemandem herausgefunden hatte oder zumindest geglaubt hatte, ihn herausgefunden zu haben, kannte er keine Gnade. ›Schwuchtel‹ ist noch einer seiner harmlosen Beinamen für Andi gewesen.« Ute verstummt, um nach einer Weile kleinlaut hinzuzufügen: »Entschuldige, Nina. Ich wollte Alex nicht schlechtmachen.«

»Schon gut, er war mein Bruder, und ich weiß, dass er nicht nur ein Sonnenschein war.«

»Das stimmt.« Ute lacht erleichtert auf. »Auf ihn passte der Bandname ›Sons of Shadow‹ besser als auf alle anderen Mitglieder. Manchmal wurde er richtig fies. Dabei war gar nicht erwiesen, dass Andi wirklich auf Jungs stand, er hat es immer abgestritten. Aber Alex behauptete steif und fest, ihn in flagranti mit ’nem anderen Typen im Bett erwischt zu haben. Andi hat unter den Gerüchten schrecklich gelitten. Früher war Homosexualität ja gesellschaftlich nicht so anerkannt wie heute. Den meisten Jungs machte es Angst, wenn es hieß, dass einer vom anderen Ufer war. Dirk und Frank hat es jedenfalls total verunsichert, dass Alex ständig davon anfing. Die beiden zogen sich immer mehr von Andi zurück, der die Situation kaum ertragen konnte. Du weißt bestimmt noch, was für ein Seelchen er war. Die Stimmung in der Band ging den Bach runter. Aber dann verschwand Silvia, alle standen unter Schock, und das Thema wurde nicht mehr angeschnitten.«

»Warum habe ich von dem Gerücht nie etwas mitgekriegt?«

»Alex piesackte Andi am liebsten bei den internen Proben, wenn nur die Band dabei war. Er hatte seinen Spaß daran, wenn Andi sich auf dem Keyboard verspielte, eifersüchtig, wie dein Bruder war. Er konnte es nicht ertragen, wenn jemand begabter war als er. Du solltest davon nichts mitbekommen. Dich hat er immer glauben lassen, er sei ein Menschenfreund. Vor dir wollte er im besten Licht dastehen. Das war ihm sehr wichtig.«

Ich muss das Gehörte erst einmal verdauen. Alex wollte vor mir seine Schattenseiten verbergen. Das ist ihm gut gelungen. Bewundernswert, wirklich. Fünfunddreißig Jahre über seinen Tod hinaus. Dass ich trotzdem inzwischen herausgefunden habe, wie er tickte, macht ihn posthum zwar nicht sympathischer, aber dafür wesentlich menschlicher. Es tut mir gut, dass Ute kein Blatt vor den Mund nimmt, wenn sie über Alex' Charakter spricht.

»Ich hätte ihn auch geliebt, wenn ich gewusst hätte, wie er wirklich war«, sage ich leise. »So wie du.«

»Er war trotz allem wunderbar.« Utes Stimme wird ganz weich. »Charmant, lustig und manchmal so süß. Ich mochte seine verletzliche Seite. Leider haben wir uns oft tierisch in die Haare gekriegt. So wie in der Nacht in der Düsseldorfer Altstadt vor der ›Brauerei Schumacher‹, als Alex, Dirk, Andi und Frank mich einfach haben stehen lassen. Es schien, als wären sie alle froh, mich los zu sein. Ich war ihnen beim Feiern wohl ein Klotz am Bein. Sie sind einfach in Dirks ollen Taunus gesprungen, und weg waren sie. Was war ich sauer! Später bin ich mit einem Taxi nach Kaarst zurückgefahren. Vierzig Mark hat mich das gekostet, das weiß ich noch wie heute.«

Mein Herz schlägt schneller. Ute spricht von der Samstagnacht 1980, in der Silvia nach der Vorster Kirmes verschwand. »Weißt du, was die vier vorhatten?«

»Keine Ahnung, aber sie wirkten nicht so, als wollten sie nach Hause. Allerdings haben sie genau das später erzählt: Dass keiner mehr Bock auf Party gehabt hätte und sie brav in ihre Bettchen gekrochen wären. Ist nicht in derselben Nacht deine Freundin entführt worden, als sie mit dem Fahrrad nach Hause geradelt ist?«

»Genau.«

»Steht es nicht fest, dass dieser Lolitamörder sie in die Finger gekriegt und wie die anderen Mädchen ermordet hat?«

»Die Polizei schließt das inzwischen wohl aus. Es heißt, er hätte das Fahrrad niemals in dem Kellerschacht verstecken können, weil er nicht die dafür notwendige Ortskenntnis besaß. Bei allen anderen Fällen wählte er Verstecke in den Rheinauen.«

»Aber wer war es dann?«

Ja, wer? Mir drängt sich ein Bild auf. Ein Ford Taunus hält am Vorster Kirmesplatz. Alex steigt aus und begegnet wenig später einer betrunkenen Silvia, die all ihre Reize ausspielt. Mein Mund wird trocken. Nein, bis hierher und nicht weiter.

»Glaubst du etwa, dass Alex …?« Ute scheint meine Gedanken lesen zu können. »Niemals, Nina. Es stimmt zwar, dass dieses kleine Biest auf meinen Alex stand, aber er doch nicht auf sie. Schlag dir deine Theorie aus dem Kopf! So einer war dein Bruder nicht. Eine wie Silvia hatte er gar nicht nötig.«

Ihre Worte sind Balsam auf meiner Seele. Nein, so einer war mein Bruder nicht. Er hatte doch Ute, die sexy Ute. Der kleine Zank in der Altstadt war nicht das Ende ihrer Beziehung gewesen.

»Hast du mich deshalb angerufen, Nina? Weil du dachtest, Alex könnte etwas mit Silvias Ermordung zu tun haben? Das ist doch ausgemachter Blödsinn, wirklich.«

Ich traue mich nicht, ins Bett zu gehen. Im Schlafzimmer lauert die Gefahr. Ich will nicht an die letzte Nacht denken, tue es aber unwillkürlich doch. Ich koche mir eine Kanne starken Kaffee und schlürfe einen Becher nach dem anderen. Lieber mache ich auch in dieser Nacht kein Auge zu, als noch einmal im Schlaf von dieser Bestie überrascht zu werden. Ob es tatsächlich Andi war?

Langsam realisiere ich, wie dumm es von mir war, wegen des Einbruchs und der Nötigung nicht die Polizei zu verständigen. Aber diese Erkenntnis nützt mir nichts mehr. Es ist zu spät für eine Anzeige. Niemand würde mir glauben, schon gar nicht Kommissar Behnke. Ich würde mich nur lächerlich machen. Nervös schalte ich den Fernseher an.

Die Spätnachrichten sind nicht dazu geeignet, mich abzulenken. Die ganze Welt scheint aus den Fugen geraten zu sein. Die Griechenland-Krise, die Bedrohung durch den Islamischen Staat, dazu die Wetterkatastrophen. Das alles ist so deprimierend, dass ich bald kaum noch hinhöre. Erst bei den inländischen Nachrichten horche ich auf und sehe auf den Bildschirm. Zu meinem Schrecken ist im Hintergrund des Nachrichtensprechers der Altkleidercontainer zu sehen, in dem mein Sohn Eva-Maria Schmitz' Leiche gefunden hat.

> »Im Fall der ermordeten neunundsiebzigjährigen Frau aus Kaarst am Niederrhein gibt es keine neue Spur. Es konnten zwar fremde DNA-Spuren und Fingerabdrücke am Hals der Toten sichergestellt werden, aber diese sind in der Datenbank der Kriminalpolizei nicht registriert. Auch ein Raubmord ist auszuschließen, denn die Ermordete trug ihren Haustürschlüssel sowie ein Portemonnaie mit fünfhundert Euro Bargeld bei sich, und niemand ist in ihre Wohnung eingedrungen. Was war die Motivation des Täters? Steht der Mord tatsächlich im Zusammenhang mit dem vor wenigen Tagen aufgefundenen Jugendfahrrad der Tochter der Toten, die 1980 im Alter von vierzehn Jahren spurlos verschwand? Der alte Fall soll neu aufgerollt, die Zeugen von damals ein weiteres Mal befragt werden. Silvia S. galt nach einem Kirmesbesuch in der Kleinstadt

Kaarst bei Neuss als vermisst. Der sogenannte Lolitamörder vom Niederrhein, der damals mindestens neun junge Mädchen vergewaltigte und tötete und auch den Mord an Silvia S. gestand, scheidet nach aktuellen Erkenntnissen als Täter aus. Zudem konnten an der Zahnspange der Jugendlichen, die man neben dem Fahrrad fand, DNA-Spuren sichergestellt werden, die weder dem Opfer noch Albert Wagner, dem in Haft verstorbenen Lolitamörder, zuzuordnen sind. Das Verschwinden der Silvia S. bleibt also rätselhaft. Ist es vielleicht sogar denkbar, dass sie noch lebt?«

Mir sträuben sich die Nackenhaare. Die Spekulation des Nachrichtensprechers ist völliger Blödsinn, aber allein der Gedanke wühlt mich auf. Mein Puls beginnt zu rasen. Oder ist es doch möglich, dass Silvia gar nicht tot ist? Dass sie vielleicht aus eigenem Antrieb von zu Hause abgehauen ist und seitdem irgendwo unter anderem Namen glücklich und zufrieden lebt? Ach, Quatsch. Wie und warum hätte eine Vierzehnjährige das bewerkstelligen sollen? Silvias Familie war vielleicht nicht das Abbild einer heilen Welt, aber auch keine Katastrophe. Warum hätte sie fortlaufen sollen?

Ich muss an den Fall der Österreicherin denken, die als Kind von einem Perversen entführt und viele Jahre von ihm gequält und erniedrigt worden war, bis sie fliehen konnte. Ist etwas Ähnliches womöglich auch Silvia widerfahren? Das will ich mir gar nicht vorstellen. Trotzdem fühlt sich dieser Gedanke wesentlich realer an als die Vorstellung, dass sie sich als Jugendliche mir nichts, dir nichts eine neue Existenz aufgebaut haben und nun irgendwo munter mit Mann und Kindern leben soll. Nein, das klingt gar zu absurd. Außerdem hätte sie irgendwer doch bestimmt früher oder später erkannt.

Ich schüttele meinen Kopf und zappe mich durchs nächtliche Fernsehprogramm. Trotz literweisem Kaffeekonsum bin ich inzwischen todmüde.

Licht im Dunkel

Völlig zerschlagen wache ich auf. Ich bin auf dem Sofa eingenickt, der Fernseher läuft noch. Frühstücksfernsehen, wie passend. Ein Blick auf die Wanduhr verrät mir, dass es Punkt sieben Uhr ist. Mein innerer Wecker funktioniert trotz all dem Chaos, das um mich herum wütet.

Ich denke an Mama, und meine Finger fangen an zu kribbeln. Sie wird sterben. Ich muss sie unbedingt anrufen, mich erkundigen, wie es ihr geht. Wieder fühle ich mich unzulänglich und schuldig. Ich bin eine schlechte Tochter und eine miserable Mutter.

Aber vielleicht gelingt es mir wenigstens nach Jahrzehnten der Verleugnung, eine gute Schwester und Freundin zu sein. Wenn ich wüsste, was 1980 geschehen ist, könnte ich die Vergangenheit hinter mir lassen und – wenn auch reichlich verspätet und mit viel Glück – in der Gegenwart ankommen. *Nur mit der Wahrheit lässt es sich wahrhaftig leben.*

Seufzend reibe ich mir die Augen. Es nützt alles nichts, ich muss unter die Dusche und dann zur Arbeit.

Im Büro kann ich mich kaum konzentrieren. Mein Zustand ist den wenigen Stunden Schlaf und der Aussicht auf heute Abend geschuldet. Dann werde ich Frank Marquardt wiedersehen, den ersten Jungen, in den ich als Teenie bis über beide Ohren verknallt war. Von den Konzertplakaten an den Rathausfensterfronten und den Wänden im Erdgeschoss weiß ich, dass er sich kaum verändert hat. Seine Lockenpracht ist zwar grau meliert, und er trägt sie heute kürzer, aber sein Gesichtsausdruck ist noch derselbe wie früher: weich, verschmitzt, jungenhaft. Andererseits lassen sich heutzutage dank Photoshop Falten und schlaffe Haut problemlos wegretuschieren. Vielleicht werde ich doch negativ überrascht sein, wenn ich Frank sehe.

Aber zunächst werde ich ihn vor allem hören. Ich freue

mich auf seinen Auftritt. Nur er und die Gitarre mit eigenen deutschen und englischen Songs, so ist er berühmt geworden. Während seiner diesjährigen Deutschlandtournee hat er schon überall gespielt: in Düsseldorf, in Berlin, Frankfurt, Essen, München. Stets waren seine Konzerte ausverkauft. Es ist eine Ehre für uns Kaarster, dass er nun auch hier auftreten wird, alte Heimat hin oder her. Nötig hätte er unser Provinzkaff nicht. Ich verliere mich in Tagträumereien und schaue dabei aus dem großen Fenster meines Büros, als sich mein Handy in der Handtasche meldet. Hektisch krame ich es hervor.

»Hallo?«, frage ich atemlos in den Hörer. Ich führe ungern Privatgespräche während der Arbeit. Sie sind mir immer ein wenig peinlich, auch wenn ich wie jetzt nichts dafür kann. »Frau Bongartz?«

»Ja?«

»Hauptkommissar Behnke hier.«

Ich stöhne auf. Was will der denn jetzt von mir? Dann aber krampft sich mein Magen nervös zusammen. Das ist die Gelegenheit, dem Kripobeamten doch noch von dem Einbruch zu erzählen. Soll ich? Soll ich nicht? Ich zögere zu lange, und schon ist die Chance vertan.

»Ich möchte Sie bitten, mir noch einige Fragen zu beantworten. Wenn Sie möchten, kommen eine Kollegin und ich gern bei Ihnen vorbei. Wann hätten Sie heute Nachmittag Zeit?«

»Heute noch? Worum geht es denn?«

»Das können Sie sich sicher denken. Wir müssen zwei Mordfälle aufklären, die offenkundig ursächlich zusammenhängen: das Verbrechen an Ihrer Jugendfreundin von 1980 sowie den gewaltsamen Tod von deren Mutter. Ihnen muss doch klar sein, dass Sie für uns eine Schlüsselrolle spielen. Und dann noch der Überfall auf Sie auf dem Friedhof … Also, wann können wir miteinander sprechen?«

»Heute ist es ganz schlecht«, stoße ich hervor. »Ich bin bei der Arbeit und habe später eine Verabredung.«

»Ihnen scheint der Ernst der Lage wohl nicht bewusst zu sein.«

Hauptkommissar Behnke wirkt ungehalten, und ich werde nervös. Der Ernst der Lage, mit der Formulierung hat der Kripobeamte voll ins Schwarze getroffen. Und trotzdem verhalte ich mich leichtsinnig und bringe mich womöglich noch mehr in Gefahr, indem ich über den Einbruch und die Vorfälle in meinem Schlafzimmer vor zwei Nächten schweige. Ich öffne den Mund, aber es kommt kein Ton heraus.

Stattdessen redet Behnke selbstbewusst weiter. »Sie arbeiten doch in der Kaarster Stadtverwaltung und haben um zwölf Uhr Mittagspause?«

»Das ist korrekt.«

»Dann kommen wir zur Kaarster Polizeiwache. Dort können wir uns ungestört unterhalten, und vom Rathaus sind es bis dahin nur ein paar Schritte. Sagen wir, spätestens um zehn nach zwölf? Ich verspreche, dass wir Sie nicht länger als nötig aufhalten werden.«

Sein Tonfall duldet keine Widerrede, also bleibt mir nichts anderes übrig, als ihm zuzustimmen.

Mit einem mulmigen Gefühl mache ich mich wieder an die Arbeit. Behnke hat mit mir wie mit einer Tatverdächtigen gesprochen. Eine Unverschämtheit! Ich habe meiner Freundin damals nichts zuleide getan, und schon gar nicht ihrer Mutter. Trotzdem habe ich mich schuldig gemacht. Ein diffuses Schuldgefühl lässt mich schon seit Wochen nicht mehr los. Ich kann mich noch gut an den Spätsommerabend erinnern, an dem ich Silvia sich selbst überlassen habe.

Ich radelte auf dem Radweg an Rübenäckern und abgeernteten Weizenfeldern vorbei. Auf dem Grünstreifen zwischen Straße und Radweg wuchsen Gräser, Disteln und Schafgarbe. Die untergehende blutrote Sonne färbte die wenigen Wolken am Horizont violett, lila und purpur. Über meine nackten Oberarme strich ein laues Lüftchen, und ich fühlte mich frei und glücklich. Ich war froh, der angeschickerten Silvia nicht weiter Gesellschaft leisten zu müssen, und sagte mir, dass ich nichts dafürkönne, sie nicht gefunden zu haben.

Bei der Erinnerung daran muss ich schlucken. Wäre ich bei ihr geblieben, würde sie heute noch leben. Ich stelle mir Silvia als pummelige Frau mit massigem Oberkörper vor, in den ihre BH-Träger schneiden. In meiner Phantasie trägt sie die inzwischen blondierten Haare schulterlang.

Ich entsinne mich, wie Silvia und ich uns als Vierzehnjährige gegenseitig Dauerwellen verpassten – mit einer Billigpackung aus dem Drogeriemarkt. Nachdem wir uns die Chemiepampe auf die Haare aufgetragen hatten, drehten wir sie auf Lockenwickler in Rosa, Mint und Hellblau und stülpten uns eine Plastiktüte über die Pracht. Es war August und heiß. Ich weiß noch, wie wir es uns auf unserer Terrasse bequem machten.

Aus dem Anbau drangen schräge Töne und Beats. Die »Sons of Shadow« probten. Auch Ute war mit von der Partie, wir konnten ihre glasklare Stimme aus den Lautsprechern hören. Seltsam, dass mir dieser Sommertag kurz vor dem Verschwinden meiner Freundin erst jetzt wieder in den Sinn kommt. Er muss circa zwei Wochen vor der Vorster Kirmes gewesen sein. Mit einem Mal sehe ich alles ganz deutlich vor mir, sogar die Limoflaschen, aus denen wir mit Strohhalmen tranken, und die Wespen, die uns umschwirrten.

Silvia redete von der Zukunft, aber was sie von sich gab, war für mich so fernab von jeder Realität, dass ich gar nicht richtig hinhörte. Sie erzählte von ihrer Tante, der jüngeren Schwester ihres echten Vaters, zu der sie vor Kurzem Kontakt aufgenommen hatte. »Elke ist echt cool«, sagte sie mit verträumter Miene. »Mama findet es zwar blöd, dass ich mich mit ihr treffe, aber sie ist doch meine Tante, und ich bin echt froh darüber, dass sie mir zum Geburtstag geschrieben hat. Mama hat ihr vor zig Jahren mal gesteckt, dass ich das Kind von ihrem Bruder bin. Elke musste ihr hoch und heilig versprechen, ihm nie von mir zu erzählen, und sie hat Wort gehalten. Mein echter Papa hätte wohl auch kein Interesse daran, mich kennenzulernen. Er ist verheiratet und hat selbst drei Töchter, eine davon ist sogar älter als ich. Aber das ist schon okay. Der Typ ist mir schnuppe. Ich habe einen Vater, der mich lieb hat, das reicht doch. Aber das mit Elke ist schon was anderes …«

Sie schwärmte mir von dieser Tante vor, die mit knapp dreißig Jahren in einem besetzten Haus auf der Kiefernstraße in Düsseldorf lebte und der Punkszene angehörte. »An die bunten Haare und Springerstiefel musste ich mich erst mal gewöhnen. Und an die Sicherheitsnadel, die sie sich durch die Wange gestochen hat, auch. Echt stark. Aber Elke ist astrein in Ordnung. Am Wochenende kellnert sie in der Altstadt, ansonsten lebt sie mit ihren Freunden in den Tag hinein. Sie trinken Bier und feiern, wann immer sie wollen. Und sie halten zusammen. Das mit denen ist schon was ganz anderes als mit Alex und seiner Band.« Sie zeigte mit ihrem Finger Richtung Anbau. »Die tun nur cool, sind es aber nicht. Und ehrlich sind sie auch nicht. Das ist nicht mehr meine Welt.«

Ich ärgerte mich, weil sie über meinen Bruder und seine Freunde lästerte und doch keine Gelegenheit ausschlug, ihnen hinterherzulaufen. »Ach, du findest es also erstrebenswert, wie die Asozialen in Abrisshäusern zu leben?«, fragte ich bissig.

Silvia sah mich schräg von der Seite an und antwortete trocken: »Asozial sind Menschen, die sich asozial verhalten, egoistisch, verlogen, rücksichtslos, die über Leichen gehen. So sind Elke und ihre Freunde nicht. Die teilen ihr letztes Hemd mit dir, wenn du frierst. Bei denen hast du nicht das Gefühl, ausgenutzt, sondern respektiert zu werden. Wenn ich studiere, gehe ich weg aus diesem Kaff. Elke kann das gut verstehen. Sie sagt, bei uns auf dem Land sei man doch lebendig begraben.«

Ich wollte gerade widersprechen, als mein Blick auf meine Armbanduhr fiel. »Die Wickler müssen raus!«, rief ich, und schon stürzten wir ins Bad. Unter viel Gekicher und Geplansche wuschen wir uns gegenseitig das klebrige, stinkende Zeug aus den Haaren und lachten anschließend über unsere Korkenzieherlocken, mit denen wir aussahen wie Pudel. Erst nachdem wir die Haare geföhnt hatten, war das Ergebnis überzeugend. Wellen umschmeichelten unsere Gesichter. Leider war die selbst gemachte Dauerwelle nicht von Dauer. Nach der zweiten Haarwäsche war nichts mehr von ihr übrig. Über Silvias Tante Elke und ihre verrückten Zukunftspläne sprachen wir an dem Tag nicht mehr, stattdessen radelten wir nach Büttgen und kauften uns in der Eisdiele am Rathausplatz ein Eis.

Heute frage ich mich, was wohl aus jener Elke geworden ist. Ein paar Tage nach unserem Gespräch auf der Terrasse erzählte Silvia mir ganz betrübt, dass sie nach Westberlin gezogen sei. Die Punkszene dort sei cooler und größer als die in Düsseldorf, habe sie geschwärmt. Silvia war enttäuscht, denn Berlin erschien uns Jugendlichen damals unerreichbar – eine von einer Mauer umgebene Insel mitten in der DDR, abgeschottet vom Rest der Bundesrepublik. Silvia glaubte, dass der Kontakt zu ihrer neu entdeckten Tante zwangsläufig abbrechen würde. Ich teilte ihre Einschätzung, aber mich erfüllte sie mit Erleichterung. Elke und ihr Lebenswandel waren mir unheimlich gewesen. In so einer Szene konnte jemand wie meine naive Freundin doch nur unter die Räder kommen. Diese Gefahr schien mit Elkes Wegzug gebannt zu sein.

Ich erinnere mich, dass die Kripo nach Silvias Verschwinden auch Tante Elke in Berlin nach dem Verbleib ihrer Nichte befragte. Heraus kam nichts, der Kontakt zwischen ihr und Silvia war ihren Angaben zufolge nach ihrem Wegzug wirklich komplett abgebrochen. Aber wer weiß, ob Elke damals die Wahrheit gesagt hat? Vielleicht ist sie noch einmal zurückgekehrt und hat Silvia verschleppt. Aber warum hätte sie das tun sollen? Außerdem hätte die Kripo das doch mühelos recherchieren können. In den Achtzigern reiste man nicht ohne Weiteres von Westberlin durch die DDR in die BRD und zurück. An den Grenzen wurde scharf kontrolliert.

Damals nahm ich Silvia sofort ab, dass sie nichts mehr von ihrer Tante aus der Punkszene gehört hatte. Es war typisch für sie, Elkes Existenz von einem Tag auf den anderen zu vergessen. Silvia war sprunghaft, sie konnte sich schnell für Neues begeistern. Das, wofür sie vorher geschwärmt hatte, war dann schlagartig unwichtig. Aus den Augen, aus dem Sinn. Doch ihre

Freundschaft zu mir hielt, und lange auch ihre Begeisterung für meinen Bruder – obwohl sie zwischendurch Andi und am Schluss sogar den sommersprossigen Sascha toll fand.

Ich schenke mir einen weiteren Kaffee aus der Maschine in meinem Büro ein. Er schmeckt sehr bitter, weil die Glaskanne zu lange auf der Warmhalteplatte gestanden hat, aber das ist mir gleich. Mit einem Schuss Milch lässt er sich runterspülen.

Punkt zwölf verlasse ich das Büro und eile durch den Nieselregen über den Neumarkt. Die Jacke habe ich über dem dicken Wollschal bis zum Hals geschlossen, meine Hände sind in den Jackentaschen vergraben, trotzdem ist mir kalt. Mit schnellen Schritten passiere ich das Maubiscenter und seine Geschäfte und biege dahinter links ab.

Wenige Minuten später erreiche ich die Kaarster Polizeiwache. Das Gebäude hat es 1980 noch nicht gegeben. Ich habe es noch nie in meinem Leben betreten. Nach Silvias Verschwinden und nach Alex' Ermordung haben mich die Kommissare und der Staatsanwalt stets zu Hause befragt, während meine Eltern nach der schrecklichen Bluttat im Proberaum einige Male nach Meerbusch zur Kriminalpolizei gefahren sind. Die Kaarster Dienststelle war für Kapital- und Gewaltverbrechen nicht zuständig.

Beklommen betrete ich die Wache. Einerseits wehrt sich alles in mir dagegen, hier zu sein, andererseits will ich das Gespräch einfach nur hinter mich bringen. An der Pforte lasse ich mich ankündigen, und eine junge, uniformierte Polizistin mit blonder Kurzhaarfrisur begleitet mich die Treppe hinauf durch verwinkelte Korridore zu einem Zimmer im ersten Stock.

Hauptkommissar Behnke und seine Begleiterin, die sich mir als Kommissarin Groß vorstellt, aber allerhöchstens eins sechzig misst, warten bereits in einem kleinen Konferenzraum, der außer zwei Trapeztischen, die zu einem Sechseck zusammengeschoben sind, und einigen unbequem aussehenden Metallstühlen mit anthrazitfarbener Kunststofffläche leer ist. Immerhin stehen eine

Thermoskanne, Kantinenkaffeegeschirr, Zucker und Milch bereit.

»Setzen Sie sich doch bitte, Frau Bongartz.« Behnke zeigt auf einen Stuhl. Seine Kollegin und er nehmen mir gegenüber Platz. »Kaffee?«

»Gern.«

Frau Groß schenkt uns dreien ein und reicht mir meine volle Tasse.

Ich stelle sie vor mir ab, um mich anschließend aus Jacke und Schal zu pellen. Im Zimmer ist es extrem warm. Trockene Heizungsluft und Neonlicht, dazu das ungemütliche, kahle Ambiente. Mein Gott, mehr Klischees gehen nicht.

»Kommen wir direkt zur Sache.« Behnke sieht mich verkniffen aus blassen Augen hinter der modischen Brille an, und wieder spüre ich, dass dieser Mann mich nicht mag. »Wie Sie aus der Presse und dem Fernsehen erfahren konnten, haben wir den Fall Silvia Schmitz aus dem Jahr 1980 wieder aufgerollt. Durch den Fund des Fahrrads und der Zahnspange sowie das Tötungsdelikt an Frau Schmitz senior hat er eine völlig neue Brisanz bekommen.«

Während er redet, beobachte ich, wie seine kleine, mollige Kollegin einen Block samt Kugelschreiber zückt und auf ihren Einsatz wartet. Offensichtlich ist es ihre Aufgabe, meine Aussage zu protokollieren. Ich nehme einen Schluck Kaffee, der nach nichts schmeckt, und warte ab.

»Frau Bongartz, Silvia Schmitz war Ihre Schulfreundin. Sie sind eine der letzten Personen, die sie lebend gesehen haben.«

Das ist ja mal was ganz Neues! »Gibt es denn jemanden, der sie tot gesehen hat?« Es gelingt mir nicht, mir die spitze Frage zu verkneifen. Der Mann regt mich einfach nur auf. Ich kann ihn ebenso wenig ausstehen wie er mich.

Behnke guckt indigniert. »Einer der letzten Menschen, die sie überhaupt an diesem Tag gesehen haben«, korrigiert er sich mit schmalem Mund.

»Bis auf die unzähligen Besucher und Schützen auf der Vorster Kirmes, meinen Sie sicher.« Mit Todesverachtung exe ich die geschmacksneutrale Plörre und stelle die leere Tasse unsanft zurück auf die Untertasse.

Frau Groß schaut mich unverwandt an, bisher hat sie noch kein Wort notiert.

»Von denen sich niemand an das Mädchen erinnern konnte.« Behnke lehnt sich zurück und verschränkt die Arme vor der Brust. »Einzige Ausnahme ist Herr Sascha Kübler, ein damals sechzehnjähriger Schüler, der Silvia Schmitz aber auch nur von Weitem und hinten gesehen haben will.«

»Gegen einundzwanzig Uhr, wenn mich nicht alles täuscht. Zu dem Zeitpunkt war ich längst zu Hause. Was wollen Sie also von mir?«

»Momentan sammeln wir lediglich Informationen und versuchen damit, das nachzuholen, was im September 1980 versäumt wurde.« Der Kommissar runzelt die Stirn, während die kleine Frau Groß jetzt eifrig in ihren Block kritzelt. »Dazu befragen wir alle Zeugen von damals, und Sie sind sicherlich mit mir einer Meinung, dass Sie aufgrund Ihrer engen Verbindung zu dem Opfer mit die wichtigste Zeugin darstellen.«

Ich bringe es lediglich über mich, zu nicken, und frage mich sofort boshaft, was Frau Groß notieren wird. »Frau Bongartz erklärt sich nickend einverstanden«? »Ich kann Ihnen nicht mehr erzählen, als ich im September 1980 zu Protokoll gegeben habe. Ich bin gegen zwanzig Uhr mit dem Rad nach Hause gefahren, habe in meinem Zimmer noch ein wenig Musik gehört und bin dann schlafen gegangen. Meine Eltern konnten dies bezeugen.«

»In welcher Verfassung war Ihre Freundin, als Sie sich entschlossen, heimzufahren?«, will Behnke wissen.

»Keine Ahnung. Ich habe mich nicht von ihr verabschiedet, weil ich sie im Gewühl nicht finden konnte.« Ich gebe mir einen Ruck. »Aber davor war sie ziemlich betrunken. Ich ging zur Toilette und habe danach vergeblich nach ihr gesucht. Irgendwann reichte es mir, und ich fuhr nach Hause.«

»Sie war betrunken? Davon steht nichts in der Akte.« Behnke lehnt sich vor und spießt mich mit seinem Blick geradezu auf.

»Darüber habe ich damals geschwiegen. Wir beide waren

zu dem Zeitpunkt erst vierzehn Jahre alt. Silvias Eltern durften nicht wissen, dass sie trank, und zum Zeitpunkt der Befragung dachte ich ja noch, dass sie bald wohlbehalten wiederauftauchen würde. Ich wollte sie nicht reinreiten. Ihre Mutter war ziemlich streng, Silvia hätte eine Menge Ärger bekommen.« Nervös rutsche ich auf meinem Stuhl hin und her, denn ich habe nur die halbe Wahrheit gesagt. Behnke durchschaut mich sofort, was ihn mir noch unsympathischer macht.

»Außerdem wollten Sie damals nicht zugeben, Ihre betrunkene Freundin wehrlos auf dem Schützenfest zurückgelassen zu haben. Und mit ›betrunken‹ meinen Sie mehr als nur ein bisschen angeheitert, oder?«

Behnkes Fragen prasseln auf mich nieder wie Hagelkörner. »Hätte sie in ihrem Zustand die Strecke von eins Komma fünf Kilometern mit dem Rad bewältigen können?«, ist nur der Auftakt, gefolgt von: »Sicherlich waren noch andere Jugendliche auf der Kirmes, die Sie von der Schule oder aus anderen Zusammenhängen kannten. Mit wem könnte sich Silvia Schmitz später noch unterhalten haben?«

Bald schwirrt mir der Kopf. Natürlich waren auf dem Schützenfest auch Gleichaltrige, die wir kannten, aber niemand, mit dem wir tatsächlich näher zu tun gehabt hätten. Ich weiß wirklich nicht, mit wem Silvia den Abend verbracht haben könnte, aber da sie alles andere als schüchtern und mit dem Alkohol im Blut sicherlich zusätzlich enthemmt war, hat sie bestimmt nicht lange allein dagestanden. Das sage ich Behnke auch.

Er nimmt es kommentarlos zur Kenntnis, um mir plötzlich und unerwartet den Todesstoß zu versetzen. »Wir haben übrigens Herrn Baum zu dem Brief befragt, den Sie mir ausgehändigt haben, und eine Schriftprobe von ihm genommen – er stammt eindeutig nicht von ihm. Ich muss Sie deshalb bitten, uns denselben Satz für die Handschriftanalyse aufzuschreiben.«

»Sie glauben, dass *ich* den Satz geschrieben habe?« Ich bin schockiert. »Warum hätte ich das tun sollen?«

Behnke lächelt fies. »Um Herrn Baum des Mordes an Ihrer Schulfreundin bezichtigen zu können. Aus demselben Grund, aus dem Sie den Angriff auf sich auf dem Vorster Friedhof vorgetäuscht haben. Ich bin davon überzeugt, dass Sie sich den Schlag auf den Kopf selbst zugefügt haben, Frau Bongartz. Sie kämpfen mit allen Mitteln darum, Herrn Baum wieder hinter Schloss und Riegel zu bringen. Sie können es nicht ertragen, dass er aus der Haft entlassen wurde. Mir ist allerdings nicht ganz klar, was Ihr Motiv ist. Sind Sie als Angehörige der Meinung, der Mord an Ihrem Bruder wäre noch nicht genug gesühnt worden? Das wäre eine relativ normale und menschliche Empfindung, doch Ihr Engagement, das Sie diesbezüglich an den Tag legen, ist unverhältnismäßig groß. Oder steckt etwas anderes dahinter? Haben Sie mehr mit dem Verschwinden von Silvia Schmitz zu tun, als Sie uns weismachen wollen? Dann wären Sie für uns gleichzeitig eine Tatverdächtige für den Mord an Eva-Maria Schmitz. Wie auch immer, jetzt benötigen wir jedenfalls diese Schriftprobe von Ihnen, außerdem werden wir Ihnen einen Speichelabstrich sowie Ihre Fingerabdrücke abnehmen. Damit wären wir für heute fertig. Es sei denn, Sie haben uns noch etwas zu sagen.«

Mit offenem Mund sitze ich da. Das kann doch nicht sein Ernst sein, denke ich dumpf. Der will mir den Schwarzen Peter zuschieben. Ich schüttele meinen Kopf, bin zu keiner anderen Reaktion mehr fähig.

»Gut, dann schreiben Sie bitte: ›Glaubst du wirklich, dass das, was mit Silvia Schmitz passiert ist, nichts mit Alex zu tun hat?‹« Behnke schiebt mir ein weißes DIN-A4-Blatt und einen Kugelschreiber hin.

Ich tue, was er sagt, und werde zornig, während der Stift über das Papier gleitet. »Hier!« Ich knalle ihn auf den Tisch und springe auf. »Sie werden schnell feststellen, dass ich diesen Brief nicht gefälscht habe. Warum auch? Herr Kommissar, ich bin ein Opfer, kein Täter! Man hat mir in Jugendjahren meine beste Freundin und meinen Bruder genommen. Seitdem ist mein Leben ein Trümmerfeld. Und damit nicht genug: Seit vielen Jahren erhalte ich in unregelmäßigen Abständen Briefe vom Mörder meines Bruders, in denen er um Vergebung bettelt. Jetzt ist er sogar wieder auf freiem Fuß. Von ihm stammt der Hinweis, dass Silvias und Alex' Tod zusammenhängen, ob er den Wisch nun selbst verfasst hat oder hat schreiben lassen! Sie haben inzwischen herausgefunden, dass derjenige, der Silvias Fahrrad im Kellerschacht der ›Marianne‹ versteckt hat, über Ortskenntnisse verfügte. Das trifft auf Andreas Baum zu hundert Prozent zu. Wieso gehen Sie diesem Hinweis nicht nach? Der Mann ist ein brutaler Gewalttäter und psychisch gestört. Er kann auch schon vor der Sache mit Alex gemordet haben. Liegt das nicht nahe? Worauf warten Sie eigentlich noch?«

»Frau Bongartz, wir gehen sämtlichen Spuren nach und ermitteln in verschiedene Richtungen, aber fest steht, dass das Schreiben definitiv nicht von Andreas Baum stammt. Auch Eva-Maria Schmitz kann er nicht getötet haben, ebenso wenig, wie er Sie auf dem Friedhof angegriffen haben kann. Zu den fraglichen Tatzeiten verfügt er über das beste Alibi und die verlässlichsten Zeugen, die man sich vorstellen kann, bestehend aus den Mauern und Gittern der JVA sowie etlichen Justizvollzugsbeamten. Und welches Motiv soll er gehabt haben, im September 1980 Ihre Freundin zu entführen, womöglich zu vergewaltigen und zu töten? Andreas Baum ist homosexuell. Er hat sich noch nie für Mädchen interessiert.«

Sprachlos sehe ich Behnke an und sinke zurück auf meinen Stuhl. Also hat Alex doch recht gehabt, trotzdem weigere ich mich, dem Kommissar zu glauben. Homosexualität passt nicht in mein Bild, das ich von Andi, dem Mörder, habe. »Woher wollen Sie das wissen?«

Behnke seufzt genervt. »Weil wir lange Gespräche mit Herrn Baum geführt haben, vor und – ganz aktuell – nach seiner Entlassung aus der Haftanstalt. Außerdem stehen wir in Kontakt mit der Anstaltsleitung, den Abteilungsbeamten sowie dem Psychologen des Hauses, die Herrn Baum über etliche Jahre kennen. Er hat seit einigen Jahren einen Lebenspartner, der ihn nun auch in seiner Wohnung aufgenommen hat. Der Mann steht mit beiden Beinen fest im Leben und sogar beruflich in der Öffentlichkeit, was Herrn Baums vorzeitige Entlassung begünstigt beziehungsweise überhaupt ermöglicht hat. Er ist in ein Umfeld entlassen worden, das eine günstige Sozialprognose zulässt. Es steht völlig außer Zweifel, dass Herr Baum homosexuell ist und er diese Neigung schon in frühester Jugend erkannt und gelebt hat.« Der Hauptkommissar macht eine kurze, bedeutungsvolle Pause. »Und da ist noch etwas. Ich müsste Ihnen das nicht verraten, aber unsere neuesten Untersuchungen haben zweifelsfrei ergeben, dass Silvia Schmitz vor ihrem Verschwinden beziehungsweise ihrem Tod Oralsex hatte – und nicht mit Andreas Baum.«

Kommissar Behnkes Kollegin scheint es nicht zu gefallen, dass er mir dieses Detail verraten hat. Sie rutscht nervös auf ihrem Stuhl hin und her und wirft ihm warnende Blicke zu.

»Woher wollen Sie das plötzlich wissen? Hat man etwa Silvias Leiche gefunden?« Mir schießt das Bild eines gelblichen Skeletts mit Stofffetzen an den Knochen, das ebenfalls im Kellerschacht der »Marianne« entdeckt wurde und das man der Öffentlichkeit bisher tunlichst verschwiegen hat, durch den Kopf. Doch im selben Moment begreife ich. »Die Zahnspange«, flüstere ich tonlos. »Die DNA-Anhaftungen daran stammen nicht von Speichel, sondern von Sperma. Aber wie kann man das nach dreieinhalb Jahrzehnten noch nachweisen?«

»Die Spange befand sich in der dazugehörigen Dose«, erklärt mir Behnke und ignoriert Frau Groß' entrüstetes Schnauben. »In einer orangefarbenen, u-förmigen Kunststoffdose, die absolut unbeschädigt ist.«

»Aber dann«, meine Gedanken rotieren, »begreife ich erst recht nicht, warum Sie mich verdächtigen. Deuten die neuen Hinweise nicht darauf hin, dass der Täter ein Mann ist?«

Jetzt reicht es Frau Groß offensichtlich. »Mein Kollege sagte Ihnen ja schon, dass wir in verschiedene Richtungen ermitteln«, mischt sie sich ein. »Eine Polizeibeamtin wird Ihnen wie gesagt Fingerabdrücke und eine Speichelprobe abnehmen. Das wär's dann für heute.«

Der Rest meines Arbeitstages gleicht einem Alptraum. Ich verstehe gar nichts mehr und kann an nichts anderes als an Behnkes unglaubliche Eröffnung denken. Mit wem hatte Silvia Oralsex, bevor sie das Fahrrad zusammen mit der Zahnklammer im Kellerschacht der »Marianne« deponierte? Oder hat es jemand anderer für sie getan? Und wurde sie vergewaltigt, oder fand der Oralsex einvernehmlich statt? Mein Gott, sie war erst vierzehn! Von allein wäre sie doch nie auf die Idee gekommen.

Wieder muss ich an meinen Bruder denken. Ist er es gewesen? Hat er sich von Dirk am Kirmesgelände absetzen lassen, um sich mit Silvia zu treffen? Weil er Sex mit ihr haben wollte? Oralsex? Aber warum hat ihn dann niemand auf dem Kirmesplatz gesehen? Und wie kann es sein, dass mein Exmann sich mir gegenüber in unseren immerhin über zwanzig Ehejahren nicht ein einziges Mal verplappert hat?

»Dein Bruder war nicht so ein Typ«, hat Ute gesagt. Ich versuche, mich zu beruhigen und mich auf die Arbeit zu konzentrieren, aber es klappt nicht. Kurz bin ich versucht, Ron anzurufen, um mich ihm anzuvertrauen. Was für Neuigkeiten! Andi und schwul! Spermaspuren an Silvias Zahnspange! In meinem Kopf dreht sich alles. Die Buchstaben auf dem Bildschirm flimmern vor meinen Augen.

Nein, ich werde heute nicht mit Ron sprechen. Ich muss die neuen Informationen erst einmal sacken lassen. Außerdem möchte ich nicht grübeln und mich mit Mutmaßungen herumquälen, sondern, wenn das überhaupt noch möglich ist, nachher den Abend genießen: Franks Konzert und das anschließende gemeinsame Essen. Endlich einmal habe ich mich auf etwas gefreut, und dann wird es mir versaut. Es ist wirklich zum Kotzen!

Die »Sons of Shadow«

Als ich nach Hause komme, ist es halb fünf und meine Laune nicht besser geworden. Das Wetter ist nass, trüb und grau, Dunkelheit legt sich über den Tag. Ich stelle meine durchgeweichten Schuhe auf die Matte im Flur, mache Licht in allen Räumen im Erdgeschoss und lasse die Rollos herunter. Dann gehe ich ins Obergeschoss, um zu duschen.

Um neunzehn Uhr ist Einlass im Albert-Einstein-Forum, und ich will pünktlich dort sein. Zwar hat Frank mein Ticket an der Kasse hinterlegt, aber es herrscht freie Platzwahl, und ich möchte einen guten Blick auf den Freund aus Jugendtagen haben. Ergo muss ich mir frühzeitig einen Platz in einer der ersten Reihen sichern.

Auch unter dem heißen Wasserstrahl der Dusche stellt sich keine Entspannung ein. Immer wieder rekapituliere ich mein Gespräch mit Behnke und Groß. Wie kommen sie nur dazu, mir zu unterstellen, ich hätte meine Finger bei Silvias Verschwinden im Spiel gehabt?

Ich weiß noch, wie schrecklich die ersten Wochen ohne sie für mich waren. Sonntag und Montag machte ich mir noch nicht allzu große Sorgen. Ich redete mir ein, Silvia würde schon wiederauftauchen. Ich kannte ihre impulsive, sprunghafte Art nur zu gut und vermutete, dass sie irgendwo mit Freunden feierte, vielleicht sogar mit diesem Sascha. Wegen der Vorster Kirmes hatten wir am Montag noch schulfrei, am Abend würde sie bestimmt wieder da sein. So dachte ich jedenfalls. Im Nachhinein frage ich mich, wie ich so naiv sein konnte. Ein Mädchen in dem Alter verschwindet nicht einfach von ganz allein. Und wenn sie bei Freunden gewesen wäre, hätten deren Eltern sicherlich nicht zugelassen, dass sie mir nichts, dir nichts bei ihnen unterschlüpft. Zumindest hätten sie bei Herrn und Frau Schmitz nachgefragt, ob das für sie okay ist.

Doch Silvia war trotz unserer Freundschaft eben ein Buch

mit sieben Siegeln für mich geblieben. Ihr ungestümes, unabhängiges Wesen hatte mit meinem umsichtigen und braven wenig gemein, daher traute ich ihr wahrscheinlich mehr zu, als realistisch gewesen wäre. Erst am Dienstagmorgen in der Schule – nein, eigentlich schon auf dem Weg dorthin, den ich allein mit dem Rad zurücklegte – dämmerte mir, dass ihr etwas zugestoßen sein musste.

Am Tag davor hatte Eva-Maria Schmitz noch zweimal bei uns vor der Tür gestanden, um sich zu erkundigen, ob ihre Tochter sich bei uns gemeldet habe oder gar bei uns sei. Ihre Fragen gingen mir auf die Nerven, denn die Anklage in ihnen war nicht zu überhören. An jenem Dienstagmorgen fing ich an, mir neben ständig wachsenden Sorgen auch Vorwürfe zu machen. Warum war ich nicht auf der Kirmes geblieben und später zusammen mit Silvia heimgefahren? Was war passiert?

Natürlich hagelte es schon vor dem Unterricht Fragen von Mitschülerinnen und Mitschülern. Da Frau Schmitz einige von ihnen kontaktiert hatte, wussten sie bereits von Silvias spurlosem Verschwinden. Sie löcherten mich und ergingen sich in wilden Spekulationen über ihren Aufenthaltsort. Die meisten glaubten, sie sei nach einem Familienkrach von zu Hause abgehauen. Einige vermuteten, dass sie einen neuen Typen kennengelernt habe und bei ihm sei, andere sahen sie trampend auf dem Weg nach Südeuropa. Ich konnte wenig Erhellendes zu den Theorien beitragen, was auf allgemeine Verwunderung und sogar Skepsis stieß. Ich war ihre beste Freundin. Warum hatte sie mir nicht brühwarm erzählt, was sie vorhatte?

»Komm, rück schon raus, was du weißt«, forderte Marion, unsere Klassensprecherin. »Du deckst sie doch, oder?«

Ich beteuerte noch einmal, dass dem nicht so sei, und schilderte erneut meinen Abend mit Silvia auf der Vorster Kirmes.

»Du bist einfach ohne sie nach Hause gefahren? Das war aber nicht okay«, sagte Bea, ein burschikoses Mädchen, das meist unverblümt mit dem herausplatzte, was es dachte.

Sofort wurde mein schlechtes Gewissen noch größer. In den nächsten Tagen zog ich mich mehr und mehr von meinen

Klassenkameradinnen zurück. Sie schienen sich schnell daran gewöhnt zu haben, dass der Platz neben mir leer blieb, aber für mich wurde die Situation mit jedem Tag, der verging, ohne dass Silvia sich meldete, unerträglicher.

Knapp fünf Wochen später wurde Albert Wagner, der Lolitamörder, verhaftet. Zeitungen, Radio und Fernsehen waren voll mit der Meldung. Die Nachrichten überschlugen sich, täglich gab es Neuigkeiten. Unter dem Druck der Verhöre gab Wagner nach und nach die Vergewaltigungen und Morde an den von ihm verschleppten Mädchen zu.

Ich kam gerade von der Schule nach Hause, als meine Mutter mir mit blassem Gesicht die Haustür öffnete und berichtete, dass Eva-Maria Schmitz vorhin bei ihr gewesen sei.

»Stell dir vor, der Wagner hat auch Silvia auf dem Gewissen. Er hat gestanden, sie vergewaltigt und umgebracht zu haben.« Ich sah, dass sie geweint hatte, ihre Augen waren rot und die Lider geschwollen. »Schätzchen, Silvia ist tot. Sie kommt nicht wieder. Ist das nicht furchtbar?« Sie nahm mich fest in die Arme und murmelte in mein Haar: »Gott sei Dank hat diese Bestie nicht dich erwischt. Gott im Himmel sei es gedankt!«

Im Unterschied zu meiner Mutter konnte ich nicht um Silvia weinen, sondern blieb seltsam kalt und unberührt. Stattdessen redete ich mir ein, dass sie ihr Schicksal mit ihrer freizügigen Art, sich zu kleiden und zu geben, selbst verschuldet hatte. Heute glaube ich, dass es Selbstschutz war, der mich so reagieren ließ. Ansonsten hätten mich meine Schuldgefühle wahrscheinlich wahnsinnig gemacht.

Zu der Trauerfeier ging ich in Begleitung meiner Eltern und meines Bruders, aber sie zog an mir vorbei wie ein fremdsprachiger Film. In der Vorster Antoniuskirche fehlte ein Sarg, stattdessen stand vor dem Altar eine gerahmte Porträtaufnahme in Schwarz-Weiß, auf der Silvia aussah wie ein braves Schulmädchen.

Zu diesem Zeitpunkt hatte Wagner noch nicht gestanden, wo er Silvias Leiche vergraben hatte, aber das traf auch auf zwei andere seiner Opfer zu. Die Polizei hatte mit Spürhunden die Rheinauen nach den Toten durchkämmt, war jedoch nicht fündig geworden. Für die ermittelnden Behörden stand nichtsdestotrotz zweifelsfrei fest, dass Silvia zu Wagners Opfern gehörte, sonst hätte die Trauerfeier niemals stattgefunden.

Die gesamte Veranstaltung war so irreal! Ich konnte nicht begreifen, dass es meine Freundin nicht mehr gab. Unverwandt starrte ich auf die Blumengebinde und Kränze vor dem Altar und fühlte nichts. Ich sah Herrn und Frau Schmitz, meine Nachbarn, Lehrer, Mitschülerinnen und Mitschüler weinen und fühlte nichts. Meine Mutter hielt zitternd meine Hand, mein Vater und Alex standen blass und traurig daneben, und ich fühlte nichts.

Es brauchte lange, bis ich aus der Starre erwachte und wieder zu normalen Emotionen fähig war. Und dann brach die nächste Katastrophe über mich herein und zerstörte mein Leben vollends.

Wie mies und gemein, mir zu unterstellen, ich hätte Silvia entführt oder zumindest dabei geholfen! Gut, dass ich nicht so dumm gewesen war, Behnke von dem Eindringling in meinem Haus zu erzählen. Er hätte mir niemals geglaubt. Der Vorfall wäre für ihn nur ein weiteres Indiz dafür gewesen, dass ich der Polizei etwas vormachen will.

Spermaspuren an Silvias Zahnspange! Es ist zu unglaublich und zu schrecklich, um es fassen zu können. Sie hätte doch kaum freiwillig mit der Klammer im Mund Oralsex gehabt. Jemand musste sie gezwungen haben. Unter der Dusche schießen mir Tränen in die Augen. Sie werden vom Wasserstrahl sofort fortgewaschen, trotzdem spüre ich sie heiß in meinen Augenwinkeln.

Silvia war immer sehr gewissenhaft mit dem Tragen ihrer Spange gewesen. Wenn es irgend ging, hielt sie sich an die vom Kieferorthopäden vorgegebenen Zeiten: nachmittags vierzehn Uhr bis siebzehn Uhr und abends ab zweiundzwanzig Uhr bis zum Aufwachen am nächsten Morgen. Kann das nicht ein Hinweis auf die Tatzeit sein?, überlege ich. Sie hatte die Spange im Mund, als sie Sex hatte, also muss es mindestens zweiundzwanzig Uhr gewesen sein.

Wieder stelle ich mir vor, wie Dirk Alex am Kirmesgelände absetzt. Wie er am Bierstand Silvia trifft, die zwar betrunken ist, aber brav ihre Zahnspange trägt. Doch halt, das kann so nicht stimmen. Niemand hat sie am Abend noch auf der Kirmes gesehen. Hat Alex sie also getroffen, als sie sich mit dem Rad gerade auf den Heimweg machen wollte? Es war eine laue Spätsommernacht, vielleicht waren sie ein Stück des Heimweges gemeinsam gegangen und Silvia hatte ihr Rad mit einer Hand neben sich hergeschoben. Ich kann ihr breites Lächeln vor mir sehen und den Metalldraht der Zahnspange, der im Licht einer Straßenlaterne aufblitzt.

Aber nein, auch an diesem Bild stimmt vieles nicht. Silvia hatte zu dem Zeitpunkt nichts mehr von Alex gewollt, wahrscheinlich wären sie nicht einträchtig nebeneinanderher gegangen. Mit seiner Zurückweisung und der Beziehung zu Ute hatte er sie verletzt. Oder war sie vom Alkohol dermaßen betäubt gewesen, dass sie die Kränkung an jenem Abend vergaß oder wenigstens für den Moment verdrängte? Hatte Alex sie erneut mit seinem Charme um den Finger gewickelt? Aber auch das kommt mir ziemlich abwegig vor. Silvia war sehr stur. Andererseits kann ich mir meinen Bruder noch immer nicht als brutalen Vergewaltiger vorstellen.

Andreas kennt die Wahrheit, denke ich bitter. Zumindest hat er es mir gegenüber behauptet. Aber warum hat er sie nicht mit der Kripo geteilt? Aus welchem Grund ließ er ausgerechnet das eine Schreiben an mich, in dem er Silvias und Alex' Tod in einen Zusammenhang miteinander bringt, von jemand anderem verfassen? Denn genau davon bin ich fest überzeugt.

Weil er will, dass nur ich die Wahrheit herausfinde, nicht die Polizei, flüstert eine Stimme in meinem Kopf. Weil auch er mit drin hängt und wieder weggesperrt werden würde, sollte die Wahrheit ans Licht kommen. Aber dann müsste er davon ausgehen, dass ich ihn schützen würde, wüsste ich Bescheid. Er sollte mich doch inzwischen so weit kennen, dass ich alles tun würde, damit er bis zu seinem Lebensende im Knast sitzt. Ich drehe mich im Kreis, es ist zum Verrücktwerden.

Schluss jetzt, gebiete ich meinen Gedanken Einhalt. Ich habe ein Date mit Frank, und dafür will ich so jung und schön wie möglich aussehen.

Ich trage mein neues Kleid, darunter eine blickdichte Strumpfhose und Stiefeletten. Mein kurzes Haar sitzt perfekt; die Frisur bringt meinen langen, schlanken Hals zur Geltung. Mit Hilfe von Wimperntusche, Eyeliner und Lidschatten wirken meine Augen größer, und die Fältchen in den Augenwinkeln fallen weniger auf als sonst. Jetzt noch roten Lippenstift in der Farbe des Kleides – und fertig!

Ich schlüpfe in meinen Mantel, schnappe Handtasche und Schlüssel und bin schon zur Tür raus. Der Nieselregen hat sich in Schnee verwandelt, aber der Boden ist zu warm. Von dem Weiß bleibt nichts liegen. Die Flocken schmelzen auf dem Asphalt, kaum dass sie ihn berühren.

Bald ist Karneval, dabei kommt es mir so vor, als hätten wir uns gerade eben erst ein frohes neues Jahr gewünscht. Die Zeit rennt.

Auf dem Weg von Driesch über Vorst nach Kaarst wird der Schneefall dichter. Dicke Flocken taumeln massenweise der Windschutzscheibe entgegen und werden von den Scheibenwischern weggeputzt. Die Sicht ist schlecht und die Straße glatt. Angestrengt blinzele ich in das Schneegestöber, das gottlob bald nachlässt.

Am Schulzentrum vor dem Albert-Einstein-Forum sind alle Parkplätze besetzt, also stelle ich den Wagen am Stadtpark gegenüber der Volkshochschule unter hohen Bäumen ab.

Der Park, der sich samt Stadtteich von hier aus bis zum Rathaus und zu den Arkaden, bis hin zur Grundschule, zum Sportverein und dem Jugendzentrum erstreckt, wirkt auf mich wie ein schwarzes Loch, in dem alles Erdenkliche lauern kann. Mich schaudert es. Ich eile über das rutschige Pflaster an den parkenden Autos vorbei zum Eingang des Forums.

An der Kasse hat sich bereits eine lange Schlange gebildet, die bis auf den Vorplatz reicht, obwohl es erst Viertel vor sieben ist.

Ich stelle mich an und ziehe die Kapuze über mein Haar. Hätte ich Susanne fragen sollen, ob sie mich begleitet? Oder meinen Sohn noch einmal an das Konzert erinnern sollen? Nein, ich bin froh, ohne Anhang hier zu sein. Auf die Weise kann ich Franks Auftritt intensiver genießen und habe ihn später für mich allein.

Ich bin auf unser Treffen gespannt. Werden wir uns gegenseitig fremd oder gleich so vertraut wie früher sein? Nach Alex' Tod habe ich seine Freunde nur noch sporadisch oder zufällig getroffen. Auch Dirk, Frank und Ute standen unter Schock und zogen sich zurück – so wie meine Eltern und ich. Was geschehen war, war in seiner Brutalität und Endgültigkeit nicht zu verstehen. Es machte uns sprachlos im Umgang miteinander. Ich weiß, dass sich die Wege der drei übrig gebliebenen »Sons of Shadow« bereits im Verlauf des Prozesses trennten.

Frank zog nach dem Abi für sein Musikstudium nach Süddeutschland, Dirk machte eine Ausbildung zum Elektroniker, und Ute verlor ich sofort aus den Augen. Ich hatte keine Ahnung, was sie beruflich machen wollte, und es interessierte mich auch nicht, da ich sie im Grunde genommen kaum kannte.

Nach der Lehre studierte Dirk Elektrotechnik in Aachen, bevor er in einem großen Konzern eine Stelle als Diplomingenieur annahm. Jahre später lief er mir in der Neusser Szenekneipe »Flory's« über den Weg, als ich dort mit Freundinnen aus meinem Studiengang BWL an der Düsseldorfer Fachhochschule einen Baileys auf Eis schlürfte. Wir kamen ins Gespräch – redeten über Belangloses, nicht über Alex, versteht sich –, verabredeten uns mehrere Male und wurden schließlich ein Paar. Er war mir vertraut, und ich musste ihm nichts über meine Traumata erzählen, was es mir unendlich erleichterte, mit ihm eine Beziehung und damit ein halbwegs normales Leben zu führen.

Endlich stehe ich im Foyer und kämpfe mich durch die Menschenmenge zur Kasse durch.

»Bitte sehr.« Die junge Frau hinter dem Tresen reicht mir lächelnd die von Frank zurückgelegte Karte.

Ich sichere mir einen guten Platz in der Mitte der dritten

Reihe, indem ich meinen Mantel über den Stuhl hänge, und hole mir am Getränkeausschank ein Glas Rotwein und eine Brezel.

Das Innere des Albert-Einstein-Forums erinnert an ein Amphitheater. Der Saal ist als Halbrund angelegt, Stufen führen abwärts zur Bühne, die noch ein schwarzer Vorhang verbirgt. Heute sind die breiten Stufen wie auch der Innenraum vor dem Podest eng bestuhlt. Im Randbereich des mit Industrieparkett ausgelegten Saals wurden Stehtische aufgebaut; auch eine Theke gibt es hier. Wenn man durch eine Glastür geht, erreicht man Garderobe und Toiletten. Dahinter befindet sich der Übergang zum Albert-Einstein-Gymnasium, denn eigentlich ist das Forum die Aula der Schule.

Die Stadt Kaarst legt viel Wert auf Kultur und offeriert Bürgerinnen und Bürgern das ganze Jahr über ein breites Angebot an Kabarett, Musik und Kleinkunst. Das Albert-Einstein-Forum bietet dafür genügend Platz und das passende Ambiente.

Heute platzt der Saal jedoch aus allen Nähten, und ich muss mich vorsichtig zwischen den Menschentrauben hindurchschlängeln, um meinen Platz zu erreichen, ohne dabei Wein zu verschütten. Franks Auftritt hat offenbar halb Kaarst aus den Häusern gelockt, allerdings sehe ich nur wenige bekannte Gesichter. Etliche der Besucher sind in meinem Alter, viele auch jünger. Ich schätze das Gros auf Anfang bis Ende dreißig. Franks Musik spricht die breite Masse an, national wie international.

Ich setze mich auf meinen Platz, nippe am Wein, lasse den Blick über das Publikum schweifen und freue mich auf Franks Auftritt. Plötzlich glaube ich, zwischen den Besuchern, die sich oben in den Saal drängen, Dirks Halbglatze auszumachen, und mein Herz beginnt wild zu pochen. Sofort sind meine Gedanken bei Andi, Alex und Silvia. Meine Vorfreude ist dahin, auch wenn ich im nächsten Augenblick meinen Irrtum erkenne. Der Mann mit dem Haarkranz ist nicht Dirk, sondern ein Fremder.

Mit zitternden Fingern reiße ich ein Stück Brezel ab und stecke es mir in den Mund. Seit wann bin ich so schnell aus dem Gleichgewicht zu bringen? Gerade will ich mich zurücklehnen, um den Konzertbeginn abzuwarten, als mich jemand von hinten an der Schulter berührt.

»Sag mal, bist du nicht die Freundin von Silvia Schmitz, die mich angerufen hat?«

Ich erkenne Sascha Küblers Stimme und drehe mich um. Tatsächlich sitzt schräg hinter mir eine ältere Version des Realschülers, in den Silvia sich als Vierzehnjährige verguckt hatte. Sein dichtes Haar ist grau geworden, er trägt inzwischen eine Brille und wirkt in dem klein karierten Hemd kräftiger als früher. Nur sein wenig intelligenter Gesichtsausdruck ist noch derselbe wie vor fünfunddreißig Jahren. Er beugt sich vor und mustert mich unverwandt.

Plötzlich fange ich aus unerfindlichen Gründen an zu schwitzen, und meine Hände zittern. Dann weiß ich, warum: Ich habe das herbe Männerparfum, das er trägt, wiedererkannt. Ein leichter Hauch davon lag in der Luft, als ich in meinem Bett überfallen wurde. Das Déjà-vu ist so überwältigend, dass ich gerade noch dem Drang widerstehen kann, aufzuspringen und aus dem Saal zu flüchten.

»Stell dir vor, die Bullen waren bei mir, um mir eine DNA-Probe abzunehmen«, sagt Sascha, und die auffällig geschminkte Blondine mit den verkniffenen korallenroten Lippen neben ihm nickt ebenso zustimmend wie grimmig. »An der Zahnklammer, die man bei Silvia gefunden hat, wurden wohl Spuren von Sperma entdeckt. Jetzt machen sie einen Abgleich und tun schon so, als sei ich der Perversling, dem sie vor ihrem Tod einen geblasen hat.« Seine Stimme ist laut und durchdringend, die Leute um uns herum spitzen die Ohren.

»Das ist rufschädigend«, stellt Marita Kübler empört klar, und ihre linke Hand, bewehrt mit zentimeterlangen, künstlichen Fingernägeln in derselben Farbe wie ihr Lippenstift, legt sich besitzergreifend auf Sascha Küblers Oberschenkel. »Mein Männe ist doch kein Vergewaltiger und war es auch mit sechzehn nicht! So ein Gerücht zu streuen ist voll daneben.« Dass sie selbst gerade für die Verbreitung des Gerüchts sorgt, scheint sie nicht zu bemerken.

Meine Gefühle fahren Achterbahn. Ist Sascha Kübler der Mann, der mich in meinem eigenen Haus bedroht und eingeschüchtert hat? Oder steigere ich mich gerade nur in etwas hinein? Der Herrenduft, den er aufgetragen hat, existiert millionenmal, er ist ein Allerweltsduft. Wahrscheinlich benutzen ihn viele Männer in der Umgebung. Gleichzeitig sind mir die Bemerkungen des Pärchens peinlich. Fremdschämen nennt man das auf Neudeutsch, oder?

»Ich bin auch noch einmal von der Kripo vernommen worden«, entgegne ich betont leise. »Man fühlt sich wirklich nicht gut dabei. Obwohl man weiß, dass man nichts Unrechtes getan hat, wird einem suggeriert, ein schlechtes Gewissen haben zu müssen.«

Sascha starrt mich unverwandt an, bevor er zustimmend nickt. »Ich frage mich, wann die die Ergebnisse kriegen. Und überhaupt: Sperma auf 'ner Zahnklammer! Lässt sich nach so vielen Jahren überhaupt noch rausfinden, in welchem Sack das produziert worden ist? Vielleicht ist das ja nur ein Fake von den Bullen, mit dem sie den Mörder aus der Reserve locken wollen. Aber darauf falle ich nicht rein! Damit sind sie bei mir an der falschen Adresse!«

»Aber so was von!«, pflichtet ihm Marita lauthals bei, während sie unentwegt sein Bein streichelt. »Ist echt 'ne Zumutung, nach knapp vierzig Jahren mit so 'ner Nummer zu kommen. Sascha sagt, diese Silvia sei 'ne richtige kleine Schlampe gewesen. Die hat jeden angebaggert, der nicht bei drei auf den Bäumen war. Also könnte sie doch fast jedem Typen einen geblasen haben.«

In meinen Ohren beginnt es zu rauschen. Was bildet sich diese abgehalfterte Schabracke ein, über meine Freundin herzuziehen, die mit vierzehn Jahren ihr Leben lassen musste? Was denkt sie sich überhaupt dabei, vor Publikum derart vulgär daherzureden? Jeder hier wird glauben, dass ich die zwei gut kenne und wir womöglich Freunde sind.

Gerade will ich etwas Bissiges entgegnen und habe sogar schon den Mund geöffnet, als das Licht gedimmt wird und ein musikalisches Intro aus den Lautsprecherboxen ertönt.

Die Gespräche der Zuschauer verstummen, ich wende mich erleichtert nach vorn und schaue auf die Bühne, deren schwarzer Vorhang noch immer geschlossen ist. Ein Spot projiziert einen gelben Kreis auf den Stoff.

Ich atme tief durch und versuche, mich auf das bevorstehende Konzert zu freuen, doch der Herrenduft, der mich an die Schrecken von vorgestern Nacht erinnert, hängt immer noch in meiner Nase. Zufall, rede ich mir ein. Warum hätte Sascha Kübler in mein Haus eindringen sollen?

Natürlich kann ich mir in Gedanken auch darauf eine Antwort zusammenreimen: um zu verhindern, dass ich herausfinde, dass er Silvia entführt, vergewaltigt und getötet hat. Denn natürlich kommt Sascha Kübler als Täter in Frage. Aber trotz dieser Argumente reicht ein Parfum allein nicht aus, um aus einem einfach gestrickten Mann einen brutalen Mörder zu machen.

Ich nehme einen großen Schluck Wein und rutsche in meinem Stuhl ein wenig nach unten. Komm schon, Frank, bitte ich stumm, leg endlich los.

Als die Einspielmusik verklungen ist, öffnet sich der Vorhang. Im Zentrum des Scheinwerferlichts sitzt Frank mit seiner Gitarre auf einem Barhocker. Ein Bein steht lässig auf der Querstrebe des Stuhls, das andere auf dem Boden. Frank trägt ein schwarzes Hemd, schwarze Jeans und als Kontrast dazu froschgrüne Schuhe. Das Muster verschlungener Ranken auf seiner Konzertgitarre ist im selben Grün gehalten. Sein Haar fällt lockig auf seine Schultern, das Braun ist von grauen Strähnen durchzogen. Sein sensibles Gesicht sieht noch genauso aus wie zu Jugendzeiten, nur haben sich tiefe Lachfalten in seine Mundwinkel gegraben.

Er beginnt zu spielen. Seine Hände fliegen über das Griffbrett, entlocken dem Instrument eine göttlich klingende Tonfolge. Die Melodie trägt mich fort, meine Ängste verfliegen, und auch mein Ärger wegen Sascha und seiner Frau ist mit einem Mal verschwunden. Frank beugt sich vor und singt in das Standmikrofon vor sich. Der englische Text handelt von Lebensträumen,

Sehnsüchten und deren Scheitern, Franks Stimme schwingt sich sanft und schwermütig durch die Strophen und den Refrain. Ich schmelze dahin und habe das Gefühl, dass er das Lied nur für mich geschrieben hat, was natürlich ausgemachter Quatsch ist. Dennoch empfinde ich so. Mit Tränen in den Augen sitze ich da und lausche und lausche. Am Ende des Stückes vergesse ich fast zu klatschen, so sehr hat die Musik mich bereits in ihren Bann gezogen. Dann brandet der Beifall auf wie eine Atlantikwelle und reißt mich mit.

In Franks nächstem Stück singt er auf Deutsch über das Leben in einer Kleinstadt, über deren Enge, aber auch über die Verbundenheit der Bürger untereinander. Die Melodie kommt mir vage bekannt vor, aber ich kann sie nicht verorten. Auch dieses Lied berührt mich, und ich bewundere Franks überragendes Talent. Man sieht ihm an, dass er eins ist mit sich und seiner Musik, sein Gesichtsausdruck ist voller Hingabe.

Ein Lächeln legt sich auf meine Lippen, während ich zuhöre und Frank ausgiebig betrachte. Ich kann nachvollziehen, dass ich als Jugendliche in ihn verliebt war. Seine sanfte und gleichzeitig selbstbewusste Art spricht mich immer noch an, und obwohl er mit den fleischigen Lippen und der großen Nase beileibe kein klassisch schöner Mann ist, wirkt er auch heute noch interessant und attraktiv auf mich. Als ich daran denke, dass ich nach dem Konzert mit ihm ausgehen werde, beginnt mein Herz zu flattern.

Ohne es zu merken, habe ich meinen Wein ausgetrunken. Auch die Brezel ist Geschichte. Es ist wunderbar, einen Abend unbeschwert zu genießen. Kurz muss ich an das Proletenpärchen schräg hinter mir denken, vergesse es aber sofort wieder. Franks Musik hüllt mich ein wie ein Kokon. Silvias Tod sowie der ihrer Mutter und der Fahrradfund sind in diesem Moment weit, weit weg.

Plötzlich reißt mich eine Tonfolge aus meiner Versunkenheit und katapultiert mich brutal zurück ins Jahr 1980. Frank spielt ein Stück von den »Sons of Shadow«! Zwar fehlen E-Gitarre, Bass, Keyboard und Schlagzeug, dennoch erkenne ich den rockigen Beat von »I'm So Sorry« schon bevor Frank den Text anstimmt, der damals Alex' Part war. Ein Schauder nach dem anderen läuft mir über den Rücken. Mit dem Song ist das Lebensgefühl meiner Jugend sofort wieder da. In Gedanken hocke ich im verqualmten Proberaum im Anbau unseres Hauses auf der durchgesessenen Couch. Natürlich ist Franks Stimme ganz anders als die meines Bruders, sanfter und betörender, trotzdem kann ich in der Erinnerung Alex in ihr hören, der vor Lebenslust und Energie nur so strotzte, wenn er sang. Ich kann nicht verhindern, dass ich zu weinen anfange, und bin froh, dass es im Saal dunkel ist. Mit der Serviette, in die die Brezel eingewickelt war, tupfe ich mir die Tränen von den Wangen, aber sie wollen einfach nicht versiegen. So ein Mist, denke ich, womöglich werde ich nachher so verquollen aussehen, dass Frank mich gar nicht wiedererkennt.

Das Stück ist vorbei und der Beifall tosend. Als er abebbt, steht Frank auf, die Gitarre hängt ihm am Band über der Schulter, und verbeugt sich. Dann tritt er zurück ans Mikro. »Ihr seid ein tolles Publikum«, sagt er und lächelt breit. »Ich bin froh, bei euch in Kaarst zu sein, meiner Heimatstadt.« Wieder klatschen die Leute, und Frank hält einen Moment inne, bevor er weiterredet. »Das letzte Stück, das ihr gerade gehört habt, stammt zwar wie die anderen aus meiner Feder, aber es gehörte ursprünglich zum Repertoire der Schülerband, in der ich früher spielte. Die ›Sons of Shadow‹ waren Ende der siebziger und Anfang der achtziger Jahre in der Kaarster Jugendszene und auch überregional eine Größe, mehrmals sind wir hier im Saal aufgetreten, der damals nicht mehr als die Aula des Albert-Einstein-Gymnasiums war. Die Luft stand vor Zigarettenrauch, und das Bier floss in Strömen. Auch einige Joints machten die Runde, der Grasgeruch war unleugbar. Ich glaube, musikalisch waren wir kein wirklicher Ohrenschmaus, aber das war dem Publikum damals wohl nicht so wichtig.« Gelächter ist zu hören, und Frank grinst breit. »Heute geht es hier zivilisierter zu, schließlich sind wir alle etwas in die Jahre gekommen. Und ich stehe als Singer-Songwriter vor euch, nicht als Teil einer

Rockband. Das war nur eine kurze Phase meines Lebens, erst als Solokünstler konnte ich mich wirklich entfalten und national wie international bekannt werden. Und daher geht es nach der Pause auch weiter mit Stücken, die nach meiner Zeit mit den ›Sons of Shadow‹ entstanden sind und von denen ihr sicher einige kennt. Bis gleich!«

Die Menge applaudiert begeistert, aber ich bin ein bisschen enttäuscht. Zwar hat Frank die »Sons of Shadow« erwähnt, aber meiner Meinung nach nicht gebührend gewürdigt. Es ging ihm nur darum, sich selbst in Szene zu setzen. Er hat wohl vergessen, dass er ohne die Band – und vor allem ohne Alex, der sie gegründet, promotet und zusammengehalten hat – nicht der wäre, der er heute ist. Ich starre den schwarzen Vorhang an, der sich langsam schließt, und versuche, die unguten Gedanken abzuschütteln. Für einen kurzen Augenblick war mir mein Jugendschwarm zutiefst unsympathisch: ein eitler, selbstverliebter Künstler ohne Tiefgang.

Ich drücke meinen steifen Rücken durch, stehe auf und hole mir an der Theke ein zweites Glas Wein. Dabei halte ich nach Sascha Kübler und seiner Begleiterin Ausschau, um notfalls einen großen Bogen um sie zu machen.

Das Konzertprogramm nach der Pause ist noch etwas besser als das in der ersten Hälfte. Frank wechselt mehrfach die Gitarren, einige Stücke spielt er auf einer Westerngitarre, eines sogar auf einem E-Bass. Meine Skepsis ihn betreffend hat sich verflüchtigt, ich bin hingerissen. Frank ist ein begnadeter Musiker, der in dem aufgeht, was er tut. Das kann man nur bewundern. Mir eröffnet er damit eine völlig neue Welt, die mich mit – ja, tatsächlich – Glückseligkeit erfüllt. Ich kann mich nicht entsinnen, wann ich das letzte Mal dermaßen entspannt und gelöst war. Alles, was mich sonst bedrückt und mir Sorgen macht, scheint weit weg zu sein. Ich schwebe und genieße Franks Auftritt aus vollem Herzen.

Nach drei Zugaben ist das Konzert vorbei. Deckenbeleuchtung und Hintergrundmusik werden angeschaltet. Ich bin noch ganz benommen und bleibe auf meinem Stuhl sitzen, während sich der Saal leert. Die Küblers sind gottlob schon fort, als ich mich aufrappele. Ich bringe mein Glas zurück zum Ausschank und gehe zur Toilette. Ich muss nur wenige Minuten warten, bis eine Kabine frei wird. Anschließend begutachte ich vor dem Waschbecken im Vorraum stehend mein Äußeres im Spiegel. Sehe ich noch verheult aus? Nein, meine Augen sind nicht geschwollen, aber eine kleine Auffrischung des aufgetragenen Kajals und Lippenstifts kann nicht schaden.

Jetzt muss ich nur noch Frank finden. Ich frage einen der Ordner an der gläsernen Zwischentür zum Saal nach dem Backstage-Bereich.

Er deutet vage nach links. »Sie können aber nur zu ihm, wenn Sie sich ausweisen können und er Sie tatsächlich erwartet«, ergänzt er knurrig. »Seine Managerin und die Bodyguards werden Sie kontrollieren.«

»Natürlich sind wir verabredet«, beeile ich mich zu sagen und mache mich in die von ihm gedeutete Richtung auf.

Franks Managerin entpuppt sich als attraktive Brünette in etwa meinem Alter. Sie trägt einen pflaumenblauen Hosenanzug und hochhackige schwarze Stiefel. Ihr Silberschmuck wirkt edel, ihr Gesicht ist perfekt geschminkt. Die zu exakten Bögen gezupften Augenbrauen schnellen in die Höhe, während sie mich von oben bis unten mustert.

»Ich bin Christina Bongartz«, stottere ich. »Frank und ich sind verabredet.«

Sie nickt und lächelt dann ein wenig verkniffen. »Ich weiß Bescheid«, sagt sie mit tiefer Altstimme, die so gar nicht zu ihrem Aussehen zu passen scheint. »Er ist in fünf Minuten fertig. Möchten Sie einen Kaffee?« Sie deutet auf eine Kapselmaschine auf einem Tischchen. Daneben stehen einige Becher, schmutzige sowie saubere.

»Gern.«

Sie bereitet mir meinen Kaffee zu und reicht mir den Becher. Ich trinke das heiße Gebräu in kleinen Schlucken, während ich warte. Frank scheint sich noch hinter der Tür zu befinden, neben der seine Managerin Wache hält. Vermutlich ist dort die Künstlergarderobe.

Jetzt telefoniert die Managerin mit dem Handy und läuft dabei auf und ab. »Nächstes Jahr September, Mannheim, ist in Ordnung«, sagt sie geschäftsmäßig. »Zu den üblichen Bedingungen. Wir können um achtzehn Uhr da sein. Ja, schicken Sie mir den Vertrag per Mail. Wir sind hier gerade in Aufbruchsstimmung …«

In dem Moment öffnet sich die Tür, und Frank tritt heraus. Mein Herz macht einen Satz. Er hat sich umgezogen und trägt nun Bluejeans und Hemd. Er wirkt erstaunlich entspannt und frisch und zeigt keine Spur von Erschöpfung, die man nach einem zweistündigen Auftritt hätte erwarten können.

»Endlich!«, sagt er mit einem Lächeln, um mich dann enthusiastisch zu umarmen. »Wie schön, dass es geklappt hat.« Er hält mich auf Armeslänge, betrachtet mich genau und nickt dann zufrieden. »Du siehst toll aus, Nina. Die Facebook-Fotos haben nicht gelogen. Komm, lass uns von hier abhauen. Ich habe Megahunger!« Und schon schnappt er meine Hand und zieht mich hinter sich her. »Bis später, Franzi!«, ruft er seiner Managerin zu. »Wir haben Zeit, weil wir heute hier im Hotel übernachten«, erklärt er mir. »Morgen geht's direkt weiter nach Hannover. Ich habe im ›Frankenheim‹ einen Tisch für uns reserviert. Ich dachte, das wäre ganz nett. Dort können wir nach dem Essen auch noch eine Kleinigkeit trinken, und außerdem sind es nur ein paar Meter bis dahin.«

»Du kennst dich aber noch gut in der alten Heimat aus«, staune ich.

»Meine Mutter lebt noch hier. Zwar ist sie inzwischen im Seniorenheim und leidet an Demenz, aber ich besuche sie des Öfteren. Inkognito natürlich, sonst hätte ich permanent die Leute von der Presse am Hals. Die haben ihre Interviews heute schon vor dem Auftritt gekriegt. Einem ungestörten Abend dürfte also nichts im Weg stehen.«

Wir laufen durch den dunklen Stadtpark am Teich vorbei zum »Frankenheim«. Meine Hand hat Frank inzwischen losgelassen, aber er geht nah neben mir. Seine Anwesenheit ist mir vertraut, gar nicht fremd, und ich beginne mich zu entspannen und auf das Essen zu freuen.

Wir bekommen einen Tisch in der Ecke neben der bodentiefen Fensterfront. Es ist recht laut, Stimmen und Gelächter mischen sich mit Gläserklirren und Musik. Kein Wunder, das »Frankenheim« ist vornehmlich Brauerei, trotzdem kann man hier hervorragend essen.

Obwohl es sehr voll ist, müssen wir nicht lange auf die Bestellung warten. Beide trinken wir Bier, und ich frage mich schon, ob ich nachher noch fahren kann oder mir besser ein Taxi bestelle. Dann müsste ich allerdings morgen den Bus zur Arbeit nehmen. Mitten in meine Überlegungen platzt Frank mit einer Frage.

»Und, bist du noch weiterhin von Andi belästigt worden? Nach unserem Telefonat letztens habe ich mir doch so meine Gedanken gemacht. Und dann hört man ja schlimme Dinge … Dass Silvias Fahrrad gefunden und ihre Mutter umgebracht wurde.«

»Seit er entlassen wurde, lässt er mich seltsamerweise in Ruhe. Dafür hat er sich heute mit Dirk getroffen. Keine Ahnung, warum Dirk mir das antut. Ich will mit diesem Verbrecher jedenfalls nichts zu tun haben. Schlimm genug, dass er in Freiheit ist.«

»Das verstehe ich. In letzter Zeit musstest du dich mit ganz schön viel rumschlagen. Ich weiß noch, dass du nach Alex' Tod total durch den Wind warst – verständlicherweise. Wir waren alle im Schockzustand. Aber das war 1980, vor einer halben Ewigkeit. Irgendwann muss man auch abschließen, um ein normales Leben führen zu können. Aber dann bricht plötzlich wieder alles über einen herein, und die ganze Sache wird erneut aufgewühlt.«

Ich muss schlucken. »Ich glaube, ich habe nie ein ganz normales Leben geführt. Das Trauma hat sich nie verflüchtigt, vor allem deshalb, weil so viele Dinge im Unklaren geblieben sind. Und nach dem Stand der neuesten Ermittlungen ist alles noch viel unklarer.«

»Aber doch nur, was den Tod von Silvia betrifft, oder?« Frank runzelt irritiert die Stirn. »Was zwischen Alex und Andi passiert ist, steht ja wohl fest. Andi hat nach der Tat alles gestanden, also dürften auch keine Fragen mehr offen sein.«

»Doch, leider.« Ich seufze, denn ich werde wohl nicht darum herumkommen, Frank alles zu erzählen. »Andi hat mir gegenüber behauptet, Silvias und Alex' Tod hingen irgendwie zusammen.«

»Aber das wirst du doch wohl nicht glauben?« Frank ist entsetzt. »Nina, lass dich von diesem Mörder nicht verrückt machen! Wenn das stimmen würde, hätte er es doch längst der Kripo gesteckt, und der Fall wäre aufgeklärt.«

»Ich denke, so einfach ist es nicht. Wenn Andi am Mord an Silvia – sagen wir mal – beteiligt oder irgendwie in die Angelegenheit verstrickt gewesen wäre, hätte man ihm eventuell auch an diesem Mord zumindest eine Teilschuld gegeben. Dann wäre er nie mehr freigekommen, sondern würde bis zu seinem Tod einsitzen. Bestimmt haben Andi und sein Anwalt damals nicht mit einer lebenslangen Freiheitsstrafe gerechnet. Andi war zum Zeitpunkt des Prozesses erst achtzehn. Theoretisch hätte man ihn nach Jugendstrafrecht verurteilen können, dann wäre er schon seit vielen Jahren draußen. Das Gleiche wäre der Fall, wenn man die Tat als Totschlag gewertet hätte. Aber eine Verwicklung in zwei Morde? Damit hätte er keine Chance mehr auf ein Leben in Freiheit gehabt.«

»Und warum hat er dir gegenüber dann diese Andeutungen gemacht? Er weiß doch, dass du ihn hasst wie die Pest. Es ist gefährlich für ihn, solche Behauptungen aufzustellen.« Frank spielt nervös an der orangefarbenen Serviette herum, auf der ein Kerzenständer steht.

»Das habe ich mich auch schon gefragt. Gleichzeitig muss es etwas geben, das ihn in Bezug auf Alex entlastet, zumindest mir gegenüber. Sag mal, Frank«, ich werfe ihm einen langen Blick zu, »in der Nacht, in der Silvia entführt wurde, wart ihr doch mit Dirks Schrottkarre in der Altstadt. Seid ihr später noch auf der Vorster Kirmes gewesen oder habt meinen Bruder dort abgesetzt?«

»Nein.« Frank schüttelt heftig den Kopf. »Wie kommst du darauf? Du weißt doch, dass Schützenfeste nicht unser Ding waren. Diese Spießerparade! Keine zehn Pferde hätten uns dorthin gebracht.«

Ich atme erleichtert auf. Was Frank sagt, klingt plausibel und ehrlich. Dennoch bleibt eine Restunsicherheit, und ich hake nach: »Und ihr habt Silvia auch nicht zwischen Vorst und Driesch auf ihrem Rad getroffen?«

Frank schaut mich schockiert an. »Sag mal, geht's noch? Unterstellst du mir gerade, ich hätte deine Freundin auf dem Gewissen?«

»Schon gut.« Ich werde rot vor Scham. »Tut mir leid, ehrlich, Frank. So war das nicht gemeint. Aber die Spurensicherung hat Spermaspuren an Silvias Zahnspange gefunden, fünfunddreißig Jahre alte DNA-Anhaftungen.«

Mit meiner Neuigkeit mache ich alles nur noch schlimmer. Frank stiert mich entgeistert an.

»Und Alex hatte mal was mit Silvia«, fahre ich schleunigst fort. »Das weiß ich auch von Andi. Er hat gesagt, Alex sei ›über sie drübergerutscht‹. Sie war total verknallt in ihn, es hat sie garantiert gekränkt und traurig gemacht, dass er sie anschließend fallen ließ. Und dann kam er auch noch mit Ute, dem blonden Gift, zusammen. Erinnerst du dich, dass sie und Alex in der Altstadt vor der ›Brauerei Schumacher‹ diesen Zank hatten? Ich frage mich schon die ganze Zeit, ob er nicht aus Frust wegen seiner Freundin die Gunst der Stunde genutzt hat, um sich auf der Kirmes mit Silvia zu vergnügen. Er wusste von mir, dass sie dort sein musste. Ich mag das alles zwar selbst nicht glauben, aber meine Gedanken drehen sich ständig darum. Alex konnte unmöglich sein, wenn er sich in seiner Eitelkeit gekränkt fühlte. Und er war angetrunken in jener Nacht.«

Frank schweigt. Seine Miene wirkt wie eingefroren. Nach einer ziemlich langen und peinlichen Pause räuspert er sich. »Ich muss mal eben zur Toilette.« Schon steht er auf.

Ich sitze da wie betäubt. Ich habe Frank und mir den Abend versaut, und es sieht nicht danach aus, als sei daran etwas zu ändern. Die Kellnerin kommt vorbei, und ich bestelle noch zwei Bier. Ohne Alkohol halte ich das alles nicht aus. Als Frank zurückkehrt, stehen die neuen Gläser schon vor uns, meines ist bereits halb leer, und die Bedienung bringt unser Essen.

»Na dann, guten Appetit«, sagt Frank leise, und es klingt ironisch.

Ich beginne, meine Spaghetti carbonara zu essen, schmecke aber nichts. Sie könnten auch aus Watte sein. Nach einigen Bissen – Frank hat ein kleines Steak mit Bratkartoffeln und Salat bestellt – betone ich noch einmal, dass ich ihn auf keinen Fall eines Verbrechens beschuldigen wollte und es mir leidtut, sollte es sich so angehört haben. »Du musst doch verstehen, dass mich die neue Entwicklung sehr beunruhigt. Erst macht Andi diese Andeutungen, und die Polizei kommt mit schrecklichen Enthüllungen um die Ecke, und dann muss ich realisieren, dass ich meinen Bruder all die Jahre durch eine rosarote Brille gesehen habe. Als Ergebnis geht jetzt meine Phantasie mit mir durch. Hinzu kommt, dass kein Mensch sagen kann, was Silvia wirklich widerfahren ist. Theoretisch könnte sie sogar noch leben.«

Bei meiner letzten Bemerkung gibt Frank ein Schnauben von sich und legt Messer und Gabel beiseite. »Das glaubst du doch wohl nicht wirklich, Nina? Ich habe den Eindruck, dass du kurz davor bist, den Verstand zu verlieren. Deine Freundin war ein Teenager, als sie verschwand. Das Ganze ist dreieinhalb Jahrzehnte her. Natürlich ist sie tot, mausetot, und das bestimmt schon seit jener Nacht. Wenn nicht dieser Wagner der Täter war, dann eben ein anderer Kinderschänder. Auf jeden Fall ein perverser Triebtäter, der sie erst vergewaltigt und dann umgebracht hat. Sperma an ihrer Zahnspange! Das kann doch nur bedeuten, dass der Typ krank im Kopf war. Aber wie dem auch sei, es ist nicht dein Job, das herauszufinden. Und schlag dir die Idee von Alex als Täter aus dem Kopf. Der hatte es garantiert nicht nötig, ein Mädchen zu vergewaltigen, geschweige denn umzubringen. Die Mädels standen bei ihm Schlange, er konnte Sex haben, wann, wo und mit wem er wollte.«

»Ich weiß, aber …« Mir ist bewusst, dass ich die Situation mit jedem Wort verschlimmere, aber ich kann einfach nicht schweigen. Vielleicht hat Frank recht, und ich stehe kurz davor, meine Nerven zu verlieren. »Warum hat jemand Silvias Mutter auf so brutale Weise getötet und entsorgt?«

»Keine Ahnung, aber Alex kann es ja wohl nicht gewesen sein.« Franks Stimme trieft vor Spott. Er nimmt sein Besteck wieder in die Hände und schneidet mit ruckartigen, aggressiven Bewegungen ein Stück von seinem Steak ab. »Und Andi war zu der Zeit noch im Knast. Ich weiß, Nina, das alles ist furchtbar, aber mit Alex, der Band oder dir hat es nichts zu tun. Lass es einfach gut sein.«

»Ach, und dass ich nachts in meinem Haus überfallen werde, man mich bedroht und im Schlafzimmer einschließt, das hat auch nichts mit mir zu tun, oder wie?« Ich breche in Tränen aus, aber das ist mir völlig egal. Ich brauche Verständnis und Schutz. Warum nur hilft mir niemand? Weil ich nie um Hilfe gebeten habe, flüstert eine gemeine Stimme in mir. Daran bist du selbst schuld, Nina.

»Was?« Frank scheint schockiert zu sein. Nachdem ich ihm den nächtlichen Überfall in allen Details geschildert habe, sieht er mich jedoch skeptisch an, als habe ich mir diese Geschichte gerade aus den Fingern gesaugt. »Und du hast keine Anzeige erstattet?« Er legt seine Hand auf meine.

Die Geste kommt mir vor wie ein halbherziger Trostversuch, tut mir aber trotzdem gut. »Nein, ich … der Typ hat mich eingeschüchtert. Ich habe mich nicht getraut.« Ich leere mein Bierglas und ordere per Handzeichen ein neues. Dann wische ich mir mit meiner Serviette über die Augen, doch die Tränen fließen weiter.

Frank schüttelt nur noch den Kopf. »Dein Verhalten war grundverkehrt, das ist dir hoffentlich klar. Wie kannst du es bloß ertragen, weiterhin allein in deinem Haus zu übernachten? Nachher kommst du mit in mein Hotel, ich schlafe gern auf dem Sofa. Und morgen gehst du zur Polizei. Ich habe keine Ahnung, was das alles zu bedeuten hat und wer der mysteriöse Einbrecher gewesen sein soll, aber bei der Kripo ist die Information auf jeden Fall in den richtigen Händen.«

Ich kann nur dankbar nicken und schniefe noch ein bisschen vor mich hin. Frank reicht mir seine Serviette, damit ich mir mit ihr das Gesicht abtupfen kann. Meine ist schon völlig durchnässt.

»Und jetzt lass uns von etwas anderem reden. Du musst dich ein wenig entspannen beziehungsweise es wenigstens versuchen. Und etwas essen solltest du auch. Deine Nudeln sehen wirklich lecker aus, aber bald sind sie eiskalt.« Er lächelt mich verkrampft an, und ich gehorche.

Wir versuchen wirklich, ein halbwegs normales Gespräch zustande zu bringen. Ich erzähle ihm von Jannik und Maja und meiner Arbeit, er mir von seinem unruhigen, aufregenden, aber oft auch einsamen Leben. »Meine Beziehungen zu Frauen sind immer an meinen Tourneen gescheitert«, gesteht er freimütig. »Welche Partnerin macht es schon lange mit, dass man an den Wochenenden nie Zeit hat? Dazu kommen die vielen Aufnahmen im Studio und die Zeit, die ich zum Komponieren benötige. Aber ich will mich nicht beklagen. Ich habe meine Leidenschaft zum Beruf gemacht. Ich darf mich glücklich schätzen, denn wer schafft das schon? Und alles kann man im Leben eben nicht haben.«

Er lässt seinen Blick durch den Raum schweifen. Seiner Beteuerung zum Trotz sieht Frank ein wenig traurig aus. Plötzlich verwandelt sich die Traurigkeit in Verblüffung. Grüßend hebt er die Hand Richtung Theke.

Irritiert recke ich den Hals, um seinem Blick zu folgen. Mir stockt der Atem, denn an der Bar stehen Dirk und Andi Baum, jeder mit einem Pilsglas in der Hand. Beide schauen zu uns hinüber und winken Frank zu. Und natürlich müssen sie auch mich gesehen haben. Ich will nur noch weg. Dieser Abend entpuppt sich als der reinste Horror. Wie kann es Dirk wagen, hier mit diesem Mörder aufzutauchen? Mitten in meinem Kaarst. An einem Ort, der bisher für mich positiv besetzt war.

»Nina?« Frank berührt vorsichtig meine Hand. »Ich gehe mal eben zu den beiden rüber. Ich kann sie ja schlecht ignorieren, vor allem Dirk nicht. Bin gleich zurück.« Und schon ist er aufgestanden, bahnt sich den Weg zu ihnen, und ich bin allein.

Die »Sons of Shadow« sind fast wieder vereint, schießt es mir sarkastisch durch den Kopf. Obwohl ich am liebsten verschwunden wäre, bleibe ich auf meinem Platz sitzen. Ich stürze mein Bier hinunter und versuche, die drei zu ignorieren. Natürlich gelingt es mir nicht, immer wieder werfe ich verstohlene Blicke zu dem Trio hinüber. Die Männer scheinen sich köstlich zu amüsieren oder sich zumindest intensiv und gut zu unterhalten. Jetzt stecken sie sogar die Köpfe zusammen. Mir wird übel bei dem Anblick, nein, das kann ich nicht aushalten.

Als die Kellnerin kommt, schiebe ich ihr einen Schein hin, der locker die Spaghetti und meine zwei Bier bezahlt, stehe auf und schlüpfe in den Mantel. Ich muss hier raus!

Um das Lokal zu verlassen, komme ich nicht darum herum, mich an der Theke vorbeizudrängen. Mein Herz schlägt mir bis zum Hals, während ich mich Frank, Dirk und dem Mörder meines Bruders nähere. Noch haben sie offensichtlich nicht registriert, dass ich meinen Platz verlassen habe. Vielleicht gelingt es mir ja, ungesehen zu fliehen. Adrenalin schießt durch meinen Körper, als ich mich auf der Höhe der drei befinde. Ich schnappe auf, was Andi gerade sagt. »Ein ruhiges Leben ist alles, was ich will. Meine Schuld wird nie abgegolten sein, aber wenn ich etwa mit Smilla spazieren gehe, kann ich sie manchmal für ein paar Minuten vergessen.«

Erst als ich an der Theke vorbei bin, bemerkt Frank mich. »Nina, bitte! Warte doch, geh jetzt nicht!«, ruft er mir hinterher, steht plötzlich neben mir und fasst mich am Arm. Ich schüttele seine Hand ab und stolpere nach draußen in die Nacht. Es ist stockdunkel, aber das ist mir recht. Ich will von der Dunkelheit verschluckt werden, unsichtbar sein. Regentropfen klatschen mir ins Gesicht, und ich stolpere über den aufgeweichten Weg durch den Park. Sind denn alle um mich herum ausnahmslos Verräter?

Um zu meinem Auto zu gelangen, nehme ich die Abkürzung quer durch den Stadtpark über einen Hügel, von dem aus im

Sommer ein künstlicher Wasserfall über große Gesteinsbrocken in den Stadtteich hinunterplätschert. Ich habe diese Richtung eingeschlagen, ohne darüber nachzudenken, obwohl der Weg um diese Uhrzeit einsam ist. Während ich bergauf gehe und der Regen mein Haar und meinen Mantel durchnässt, hallen Andi Baums Worte in meiner Erinnerung nach. *»Smilla …«* Den Namen habe ich doch vor Kurzem schon einmal gehört. Nach wenigen Sekunden fällt es mir wie Schuppen von den Augen: Rons Rhodesian Ridgeback heißt so!

Plötzlich ist mir alles klar: Ron Heimbach ist der Mann an Andi Baums Seite! Er hat ihn bei sich aufgenommen und teilt mit ihm das Bett. Auch, was Behnke noch gesagt hat, passt: Ron steht in der Öffentlichkeit. Der Verrat ist so ungeheuerlich, dass ich nach Luft schnappe.

Ich stehe auf dem Hügel im Kaarster Stadtpark, der Regen rauscht, in meinen Ohren rauscht es nicht minder laut, und ich sinke auf eine patschnasse Bank. Hinter mir ragen die nackten Äste von Büschen und Bäumen auf.

Verzweifelt bemühe ich mich, zu verstehen und zu sortieren, was ich gerade herausgefunden habe. Ron Heimbach ist der Lover von Alex' Mörder. Unter Vorspiegelung falscher Tatsachen hat er sich in mein Leben geschlichen, um mich zu manipulieren. Was wird hier gespielt?, frage ich mich. Warum das alles?

Wenn Ron und Andi ein Paar sind, dann kann der eine auch anstelle des anderen gehandelt haben. Demnach hätte Ron mich auf dem Vorster Friedhof an Alex' Grab niedergeschlagen, Eva-Maria Schmitz ermorden und mich in meinem Haus überfallen können. Obwohl Letzteres auch Andi gewesen sein könnte, denn zu dem Zeitpunkt war er eventuell schon in Freiheit.

Aber was steckt hinter diesem perfiden Gebaren und den Gewalttaten? Es macht mich fast wahnsinnig, dass ich kein Muster darin erkennen kann. Was wollen die beiden von mir? Dass ich herausfinde, was damals wirklich mit Silvia passiert ist? Oder das Gegenteil, dass ich es nicht herausfinde?

Ich fühle mich so einsam und allein wie nie zuvor. Es gibt

niemanden, dem ich mich anvertrauen kann. Sowohl Dirk als auch Frank und natürlich zuallererst Ron Heimbach haben mich hintergangen und betrogen. Ron hat mir sogar vorgespielt, an mir als Frau interessiert zu sein. Was für ein Hohn!

Niemand ist da, der zu mir hält und es ehrlich mit mir meint. Natürlich habe ich Jannik, Maja und meine Mutter, aber die kann ich mit dieser hanebüchenen Geschichte nicht belasten. Meine krebskranke Mutter würde vor Sorge umkommen.

Also bleibe ich auf der Bank sitzen. Ich zittere, doch ich kann nicht einordnen, ob die äußere oder meine innere Kälte dafür verantwortlich ist. Jedenfalls geht sie mir durch und durch.

Unvermittelt sehne ich mich nach Silvia. Eine beste Freundin ist von unschätzbarem Wert, dämmert es mir. Als Jugendliche habe ich diese Freundschaft mit Füßen getreten, aber jetzt würde ich alles dafür geben, wenn Silvia bei mir wäre.

Ich weiß nicht, wie lange ich so dagesessen habe, als eine Gestalt den Hügel hinaufkommt. Sie ist nicht mehr als ein schwarzer Schatten vor dunklem Grau. Ich bewege mich nicht, damit der nächtliche Spaziergänger mich nicht bemerkt. Sein Gang wie seine Silhouette kommen mir vage bekannt vor, doch erst als er nur noch wenige Meter von mir entfernt ist, kapiere ich, wen ich vor mir habe: Andi Baum, den Mörder meines Bruders, der aller Wahrscheinlichkeit nach auch Silvia umgebracht hat.

Ich halte den Atem an. Er scheint mich tatsächlich nicht gesehen zu haben und biegt auf der Kuppe halb rechts ab, wo es zum Parkplatz geht. Wo auch mein Wagen steht.

Später kann ich nicht mehr sagen, was mich in dem Moment geritten hat, aber ich erinnere mich daran, dass mein Körper vor Spannung vibrierte, als ich leise aufstand und dem Mörder hinterherschlich.

Andreas Baum geht einige Meter vor mir, eine dünne, schlaksige Gestalt inmitten von Regenbändern. Mit jedem Schritt, den ich mache, steigert sich mein Hass auf diesen Mann, der einst mein Leben zerstört hat und es auch heute wieder demontieren will.

Ich strauchele ein wenig, und mein Fuß berührt etwas Hartes. Beinahe wäre ich über einen dicken Ast gestolpert. Wie in Trance bücke ich mich und greife danach. Er ist stabil, armdick und ebenso lang. Er fühlt sich gut an in meinen Händen. Mit wenigen schnellen Schritten bin ich bei Andi und hole aus.

Mein erster Schlag trifft ihn voll auf den Hinterkopf, der nächste in die Seite. Mein Herz pumpt, und mein Atem pfeift, während ich erneut zuschlage.

Andi strauchelt, kippt zur Seite und schlägt hart mit dem Kopf auf. Er hat keinen Laut von sich gegeben, keinerlei Widerstand geleistet. Reglos liegt er da.

Ich werfe den Ast auf den Weg, gehe langsam um Andi herum und wanke dann Richtung Parkplatz. Ich will nur noch ins Bett.

Ich kann den Umriss meines Autos schon ausmachen; es stehen nur noch wenige Fahrzeuge auf dem Parkplatz. Meine Hand greift in die Manteltasche, um den Schlüsselbund herauszuziehen, als mir erneut jemand entgegenkommt: eine kleine, gedrungene Gestalt in schwarzer Hose und schwarzer Jacke, die sich die Kapuze über den Kopf gezogen hat. Ich tauche in den Lichtkegel einer Straßenlaterne ein, den Autoschlüssel schon in der Hand. Als mein Blick auf meinen Ärmel fällt, sehe ich das Blut. Geschockt bleibe ich stehen und schaue an mir herunter. Auch auf der Vorderseite des Mantels sind Blutspritzer. Ich beginne am ganzen Körper zu zittern, ich schwanke, mir wird schwindelig. Was habe ich getan?

Im selben Augenblick ist die gedrungene Gestalt bei mir. »Was ist mit Ihnen? Kann ich Ihnen helfen?«

Es fiept in meinen Ohren, und mein Sichtfeld verengt sich. Trotzdem erkenne ich, in wessen Augen ich gerade blicke. Der herbe Geruch des Männerparfums steigt mir wieder in die Nase. Nein, das kann nicht sein, fährt es mir noch durch den Kopf, dann wird alles schwarz.

Als ich erwache, sitze ich auf dem Beifahrersitz eines fremden Kleinwagens. Die Tür steht offen, und vor mir auf dem Pflaster hockt Silvia Schmitz oder die Person, die einmal Silvia Schmitz war, denn das Licht der Wageninnenbeleuchtung fällt auf einen Mann. Mit den Gesichtszügen meiner alten Schulfreundin schaut er mich besorgt an. Ich begegne seinem Blick und würde doch am liebsten leugnen, was ich sehe.

»Geht es wieder?« Silvias Stimme, aber tiefer und rauer als früher.

»Silvia …? Wie …?«

»Stefan«, sagt sie sanft. »Ich heiße jetzt Stefan.«

»Du hast dir die Zähne machen lassen«, stottere ich. Seltsam, dass mir in diesem Moment gerade dieses Detail auffällt. Silvia, nein, Stefan hat ebenmäßige weiße Zähne, kein einziger kippt mehr vorwitzig nach vorn.

»Das war damals dringend nötig«, sagt sie oder er und klingt bitter.

Mir kommen die Tränen. Gleich bächeweise laufen sie mir die Wangen hinunter. Das ist der Schock, denke ich, und kann trotzdem nicht aufhören.

»Andi Baum«, stoße ich zwischen zwei Schluchzern hervor.

»Was ist mit Andi? Ich warte hier auf ihn. Er wollte sich mit Dirk im ›Frankenheim‹ treffen und danach herkommen. Wir haben Kontakt, seit ich ihm vor Jahren den ersten Brief in die JVA schrieb.« Plötzlich reißt das Wesen, das einmal meine Freundin Silvia war, vor Schreck die Augen auf. »Hat er dir das etwa angetan?« Verstört klappt Stefan den Mund zu, steht auf und schaut sich suchend um.

Ich verstehe gar nichts mehr. »Du wolltest dich mit Andi hier treffen? Bist du etwa der Mann, mit dem er zusammenlebt?«

»Nein, natürlich nicht!« Er ist entsetzt. »Ich stehe auf Frauen! Einen Mann lasse ich nie mehr … Oh mein Gott!«

Und schon ist Stefan fort. Noch ganz benommen und schwach auf den Beinen steige ich aus dem Wagen. Ich muss mich an der Tür festhalten, um nicht zu stürzen. Es regnet noch immer, aber nicht mehr stark, sodass ich gut erkennen kann, wie Stefan jemanden auffängt, der aus der Grünanlage auf den Parkplatz taumelt. Natürlich ist es Andi. Er vermag sich kaum auf den Beinen zu halten und krümmt sich vor Schmerzen. Stefan legt einen Arm um ihn und führt ihn zum Wagen. In seinem Haar klebt Blut, und auch von seiner Stirn tropft es dunkel.

Gefühle von Schuld und der Enttäuschung darüber, verraten worden zu sein, regen sich gleichzeitig in mir. Die Widersprüchlichkeit in ihnen macht mich handlungsunfähig, also bleibe ich stehen, bin nicht in der Lage, mich zu rühren. Andi sieht mich, blickt an mir herunter und zählt offensichtlich eins und eins zusammen.

»Du warst das also«, stellt er leise, aber ohne jeden Vorwurf in der Stimme fest.

Die ganze schmutzige Wahrheit

Der Rest ist schnell erzählt. Denn die Wahrheit ist einfach, wenn auch entsetzlich schmutzig. Wenn ich wie heute darüber nachdenke, frage ich mich immer noch, wie ich es in jener Nacht geschafft habe, ihr ins Auge zu blicken. Schließlich war ich doch jahrzehntelang daran gewöhnt gewesen, mit einem Haufen von Lügen zu leben. Dass ich nicht ohnmächtig wurde oder verrückt, kann ich mir nur mit meinem unbändigen Willen erklären, endlich Bescheid zu wissen. Und damit, dass mein Unterbewusstsein wohl nie mit dem zufrieden gewesen ist, was man mir seit meiner Jugend als wahr verkauft hat beziehungsweise was ich mir selbst zurechtgezimmert habe.

Nachdem Stefan Andi und mich in seinem Polo zu mir nach Driesch bugsiert hatte, versorgte er unsere Wunden, kochte Tee und schmierte einige Brote, mit denen wir uns ins Wohnzimmer setzten. Andi bestand darauf, dass seine Kopfwunde nicht genäht werden müsse. Stefan schüttelte zwar missbilligend den Kopf, akzeptierte seine Entscheidung aber letztendlich.

Mit steifen Fingern machte ich Feuer im Kamin, denn in mir herrschte immer noch Grabeskälte. Dann flehte ich die beiden an, mir endlich die Wahrheit zu sagen.

Was Stefan mir schließlich schilderte, treibt mir auch jetzt noch die Tränen in die Augen.

»Du kannst dich bestimmt noch daran erinnern, dass ich ziemlich besoffen war, als du dich am Klohäuschen angestellt hast?«

Natürlich konnte ich das. Und ich habe dich im Stich gelassen, indem ich ohne dich nach Hause fuhr, dachte ich, nickte und umklammerte meinen Becher mit heißem Tee.

»Es hat eine Ewigkeit gedauert, bis du in der Schlange vorrücken konntest, und auf einmal musste auch ich dringend pinkeln. Ich bin an der Bierbude vorbei, wo Sascha, der Typ aus der

Realschule, den ich damals so toll fand, stand, und bin hinter das Festzelt gegangen, um mich da zu erleichtern. Als ich fertig war, wurde mir auf einmal schlecht, und ich habe mich übergeben. Plötzlich kam Sascha mit zwei vollen Altgläsern um die Ecke und hat mir eines davon in die Hand gedrückt. Ich habe es hauptsächlich getrunken, um den Geschmack von Erbrochenem loszuwerden, und dann erst gemerkt, dass Schnaps in das Bier gemischt worden war. Apfelkorn, schätze ich. Das Gesöff hat mir jedenfalls den Rest gegeben, und Sascha und ich haben wild rumgeknutscht. Dann schickte er sich an, mit mir zu schlafen, und hat mir Hose und Slip heruntergezogen. Ich wollte das nicht, denn Sex hatte ich bisher nur einmal gehabt, und das war furchtbar gewesen. Alex, in den ich bis über beide Ohren verliebt gewesen war, hatte meine Gefühle ausgenutzt und mich entjungfert. Ich weiß noch, wie schmerzhaft das war … und auch, wie erniedrigend. Wir haben es auf dem Sofa im Proberaum gemacht. Danach habe ich mich billig und benutzt gefühlt, vor allem, weil er sich sofort wieder angezogen und mich rausgescheucht hat.« Stefan sah mich mit einer Mischung aus Sorge und Nachsicht an. »Ich weiß, dass du deinen Bruder vergöttert hast, aber er konnte ein richtiges Macho-Schwein sein.«

»Das habe ich inzwischen auch begriffen«, flüsterte ich. »Ich weiß, wie er wirklich war. Manchmal glaube ich, er hatte mehr Schatten- als Lichtseiten.«

»Allerdings. Trotzdem war er auch liebenswert.« Das kam von Andi. Nur widerwillig sah ich zu ihm hinüber. Es fiel mir unendlich schwer, mit diesem Mann einträchtig in meinem Wohnzimmer zu sitzen. Allein mein schlechtes Gewissen, weil ich ihn so zugerichtet hatte, ließ mich ausharren. Trotzdem würde ich Andi niemals Absolution für das erteilen, was er getan hatte, egal, welche schmutzigen Wahrheiten über Alex gleich noch auf den Tisch kommen würden.

»Ab dem Zeitpunkt hat er mich wie Luft behandelt, also dachte ich, beim Sex irgendetwas falsch gemacht zu haben. Als mich Sascha hinter dem Festzelt bedrängt hat, ist mir schlagartig jede Lust vergangen, aber ihm war das gleich. Er hat nicht lockergelassen. Nach einer Weile bin ich sauer geworden. Ich habe ihn weggestoßen, mir schleunigst die Hose hochgezogen und mir zum Zeichen, dass er sich keine Hoffnung zu machen braucht, meine Zahnspange in den Mund gesteckt. Er ist dann los und kam mit zwei vollen Gläsern zurück, die dasselbe Teufelszeug enthielten wie die beiden zuvor. Mit Todesverachtung habe ich die Mischung runtergestürzt. Ich war sturzbetrunken, also habe ich mich mit Sascha ins Gras an die Rückwand des Festzeltes gesetzt. Er hat mich weiter befummelt, ich bin ab und zu weggedämmert, und an mehr kann ich mich nicht erinnern. Irgendwann bin ich wieder aufgewacht. Es war stockdunkel und ziemlich kühl, und ich war allein. Aus dem Zelt drangen weiterhin Musik, Stimmen und Gelächter. Ich hatte einen fiesen Geschmack im Mund, gallig und schleimig, und der Reißverschluss meiner Hose war geöffnet. Ich habe mich aufgerappelt, den Hosenschlitz geschlossen, BH und T-Shirt zurechtgerückt und wollte nur noch nach Hause. Also bin ich in Richtung der abgestellten Fahrräder gegangen. An dich, Nina, habe ich gar nicht mehr gedacht, aber es war ja auch mehr als offensichtlich, dass du längst im Bett liegen musstest. Als ich mein Rad fast erreicht hatte, kam mir eine Gruppe von Leuten entgegen.« Stefan schluckte und bedachte Andi mit einem langen, vielsagenden Blick.

Der nahm den Ball sofort auf. »Alex, Frank und ich waren ganz schön dicht, als Dirk uns in Vorst auf der Hauptstraße abgesetzt hat. Es muss weit nach Mitternacht gewesen sein, und es war Alex' Idee, noch auf der Kirmes vorbeizuschauen. Er regte sich wegen des Streits mit Ute immer noch auf und wollte sich mit allen Mitteln ablenken. Frank und ich hatten keine Lust, im Festzelt mit all den spießigen Schützen und den anderen Dorfdeppen weiterzufeiern, und schon gar nicht waren wir bereit, Geld für die Karten auszugeben. Also überredete Frank deinen Bruder, erst mal hinter dem Zelt ein Dopepfeifchen zu rauchen. Auf dem Weg dorthin kamen wir an den Fahrradständern vorbei und wären fast in Silvia reingerannt. Sie machte einen desolaten Eindruck, und ich fragte sie, ob sie mit ihren vierzehn Jahren nicht längst zu Hause sein müsse. Alex erkundigte sich dann noch nach dir, aber Silvia winkte ab. ›Das kleine Fräulein Rottenmeier ist schon längst im Heiabettchen‹, nuschelte sie.« Andi hatte es vermieden, beim Schildern der Szene Stefan anzuschauen. Auch mir konnte er kaum in die Augen blicken. Er senkte den Kopf. »Alex hat dann noch so was gesagt wie: ›Und du bist natürlich das genaue Gegenteil von einem frigiden Fräulein Rottenmeier?‹ Dabei hat er dreckig gelacht, legte dann aber einen Arm um Silvia und steuerte sie so hinter das Festzelt. Sie hat sich seine Umarmung gefallen lassen.«

»Ich war bitter enttäuscht von Alex, aber ich hatte immer noch einen Funken Hoffnung, dass er mich wieder so begehrlich ansehen würde wie früher«, erklärte Stefan traurig. »Ich war es doch wert, dass man mich toll fand.«

Diese Sätze waren so typisch für die alte Silvia, dass sie mir in der Seele wehtaten. Obwohl diese Person völlig anders als meine Schulfreundin aussah, saß dennoch eindeutig Silvia Schmitz aus Driesch vor mir.

»Aber das war Alex scheißegal«, fuhr Andi fort. »Nein, im Grunde genommen kam es ihm sogar zupass. Wärst du nicht noch verknallt in ihn gewesen, wärst du sicher nicht mit uns mitgekommen.«

»Das stimmt wohl.« Stefan stand auf, kehrte uns den Rücken zu und machte sich am Kamin zu schaffen. Er legte ein neues Holzscheit nach und blieb mit dem Rücken zu uns vor dem Kaminsims hocken.

Andi fiel es offensichtlich schwer, weiterzusprechen. Als er es dennoch tat, klang seine Stimme belegt. Nervös rutschte er im Sessel hin und her. »Wir haben zusammen mit Silvia gekifft. Sie hat besonders kräftig an der Pfeife gezogen, wahrscheinlich wollte sie beweisen, wie cool sie war. Innerhalb von wenigen Minuten war sie total high, und Alex hat angefangen, sie anzumachen. Er hat ihren Hals geküsst und ihren Busen geknetet. Sie hat sich an ihn gedrückt und seine Zärtlichkeiten genossen. Bald lagen die zwei im Gras, Alex hat an ihr rumgefummelt und ihr Hose und Slip runtergezogen. Irgendwann hat er Frank animiert, mitzumachen, und natürlich war er dabei.«

»Wie bitte?«, rutschte es mir perplex heraus. »Frank hat …?«

»Er hat mich betatscht, genau wie dein Bruder!« Stefan stand auf und drehte sich zu uns herum. Sein Gesicht war schmerzverzerrt. »Bitte hör dir alles bis zum Ende an, Nina. Ich weiß, dass du Schwierigkeiten haben wirst, die Wahrheit zu verkraften, schließlich hast du fünfunddreißig Jahre lang mit einer Lüge gelebt, aber versuch es bitte wenigstens. Ursprünglich wollte ich nicht, dass du die Wahrheit erfährst, aber Andi und Ron haben nicht lockergelassen.«

»Du warst der Eindringling in meinem Schlafzimmer!« Auf einmal war es mir sonnenklar.

Stefan nickte. »Ja. Ich wollte nicht, dass du weiter in der Vergangenheit gräbst. Es tut mir auch leid, dass ich dir auf dem Friedhof eins übergebraten habe, aber ich war so schockiert, dich dort zu sehen. Es war eine Kurzschlussreaktion. Ich hatte nicht geplant, dich mit der Taschenlampe niederzustrecken, aber ich konnte nicht zulassen, dass du mich erkennst.«

»Aber, aber … warum warst du überhaupt an Alex' Grab?«

»Ich wollte nicht zu dem von Alex, sondern zu dem deines Vaters. Aber hör dir Andis Geschichte erst mal zu Ende an.«

Ich konzentrierte mich wieder auf Andi, der nicht nur wegen seiner körperlichen Blessuren mitgenommen und blass aussah. Zwar litt er bestimmt unter starken Schmerzen am Kopf und in der Nierengegend, aber es waren wohl vor allem die Erinnerungen an den Spätsommer 1980, die ihn quälten. »Frank und Alex haben also beide mit Silvia rumgemacht, und ich stand hilflos daneben. Mir passte nicht, was geschah, aber ich habe auch nicht eingegriffen.« Er wandte sich an Stefan und sagte mit belegter Stimme: »Verzeih mir bitte, ich kann mich nicht oft genug entschuldigen.«

Stefans Gesichtsausdruck wurde hart, er ähnelte in keiner Weise mehr dem meiner Schulfreundin Silvia. »Du hast genug gelitten, lassen wir das. Erzähl lieber weiter. Jetzt gibt es eh kein Zurück mehr, immer raus mit der ganzen üblen Wahrheit. Du und Ron, ihr habt es schließlich nicht anders gewollt.«

»Ich habe die zwei nicht gestoppt, weil ich dachte, auf die

Art einigermaßen glimpflich davonzukommen. Aber ich hatte mich gründlich getäuscht. Erst ist Alex in Silvia eingedrungen, danach Frank. Bei ihm hat sie sich schon ein wenig gewehrt. Sie war zwar ziemlich benebelt, kriegte aber doch mit, wie ihr geschah. Sie hat versucht, Frank wegzustoßen, hat es aber nicht geschafft. ›Hört auf, Jungs‹, habe ich gefleht. ›Hört doch auf.‹«

»Das stimmt.« Stefan nickte. »Ich habe gehört, wie du das mehrmals gesagt hast.«

»Es war ein Fehler.« Andi wiegte sich jetzt vor und zurück wie ein hospitalisiertes Kleinkind. »Denn dadurch wurde Alex auf mich aufmerksam. ›Hey, Andi, komm schon. Hab auch deinen Spaß mit der Kleinen!‹, hat er gerufen. ›Die Möse ist noch ganz nass!‹ Aber natürlich wollte ich nicht, und Alex wusste das ganz genau. Vor ein paar Wochen hatte ich ihm gestanden, dass ich schwul bin. Wir hatten zu zweit im Proberaum getextet und komponiert, da ist es mir rausgerutscht. Es fing an, indem Alex mich damit aufzog, dass du, Nina, und ich manchmal vierhändig Klavier spielten. Er unterstellte mir, auf dich zu stehen, und da habe ich die Katze aus dem Sack gelassen. ›Auf dich steh ich viel mehr, Alex‹, habe ich gesagt. ›Du bist mein Typ, aber keine Sorge, ich weiß, dass du ein Hetero bist. Das akzeptiere ich natürlich.‹ Hätte ich geahnt, welche Lawine ich mit meinem Outing lostreten würde, hätte ich mir auf die Zunge gebissen und geschwiegen wie ein Grab.« Andi sah mich mit verschleiertem Blick an, und mir wurde klar, wie sehr mein Bruder ihn wegen seiner sexuellen Orientierung traktiert und gequält haben musste.

Und plötzlich konnte ich nicht anders: Ich empfand tiefes Mitleid mit dem Mörder meines Bruders. Außerdem ahnte ich, was gleich kommen würde. Am liebsten hätte ich Andi den Mund verboten, um mir den letzten winzigen Rest des Glaubens an das Gute in Alex zu bewahren. Doch stattdessen wartete ich stumm ab. Nur mit der Wahrheit lässt es sich wahrhaftig leben, betete ich mir vor.

»Alex hat erst gelacht und mich dann eine miese kleine Schwuchtel genannt. In den nächsten Wochen hat er keine

Gelegenheit ausgelassen, um mich mit meiner Homosexualität aufzuziehen. Damals gab man nicht einfach zu, schwul zu sein, und lebte anschließend fröhlich weiter. Nein, man schämte sich dafür und hielt es geheim, solange es ging. Aber Alex verkündete die Neuigkeit umgehend allen Bandmitgliedern. Die Proben wurden für mich zum Spießrutenlauf, ständig musste ich meine Männlichkeit unter Beweis stellen. Vor Ute, Frank und Dirk habe ich natürlich abgestritten, schwul zu sein, aber wirklich geglaubt haben sie mir nicht. In der Nacht auf der Kirmes hat Alex mich dann gezwungen, ihm und Frank ein für alle Mal zu beweisen, dass ich keine ›schwule Sau‹ bin. ›Beweise es‹, befahl er, und ich habe gehorcht. Zumindest habe ich es versucht.« Andi schloss den Mund und sank in sich zusammen.

»Ist die DNA an Silvias Zahnspange von dir?«

Er zuckte zusammen. »Nein, ich konnte es nicht zu Ende bringen, aber die beiden anderen schon«, flüsterte er.

»Die treibende Kraft war Alex«, sagte Stefan. »Frank war bloß seine Marionette. Der hat das Ganze nur gemacht, um Alex zu gefallen. Vergewaltigt haben mich aber alle beide: vaginal, oral und rektal.«

Ich konnte kaum glauben, was ich hörte, obwohl ich genau wusste, dass es die nackte Wahrheit war, die mir in distanziert klingenden medizinischen Fachausdrücken offenbart wurde. Dass mein Bruder der Initiator der Vergewaltigung gewesen war, klang für mich nach allem, was ich in den letzten Wochen über ihn und seinen Charakter herausgefunden hatte, völlig logisch. Trotzdem konnte ich den Tatsachen kaum ins Auge blicken. Ich sah zwei Menschen vor mir, deren Leben mein Bruder zerstört hatte, und doch war er derjenige, der seit fünfunddreißig Jahren unter der Erde lag.

»Danach haben sie mich im Dreck liegen lassen«, sagte Stefan. »Andi hat geweint und geschluchzt, Frank war still, aber Alex hat mir noch gedroht: ›Das kleine Spielchen bleibt unter uns, sonst ziehe ich deinen Namen so sehr in den Dreck, dass du dich in Kaarst und Umgebung nicht mehr blicken lassen kannst.‹ Und dann waren sie fort. Ich lag regungslos da und fühlte mich, als seien mein Körper und meine Seele nicht mehr eins. Von Silvia war nichts mehr übrig. Irgendwann habe ich mich angezogen und bin zu meinem Fahrrad gehumpelt. Alles tat mir weh. Ich bin aufs Rad gestiegen und losgefahren. Als ich in Driesch die Hauptstraße überqueren wollte, hätte mich fast ein senffarbener Mercedes gerammt.«

»Ein senffarbener Mercedes?« Ich runzelte irritiert die Stirn.

»Es war dein Vater, der sehr spät von einem Treffen mit Kollegen nach Hause kam. Im Scheinwerferlicht konnte er gut erkennen, wen er da fast umgefahren hätte. Er hat angehalten und ist aus dem Wagen gesprungen.«

Erst als mein Vater ins Spiel kam, begriff ich, welches Possenspiel man mit mir über so viele Jahre getrieben hatte. Alle hatten mich glauben lassen, den besten Bruder der Welt zu haben, obwohl sie es doch besser wussten. Sie hatten dabei zugeschaut, wie ich um meinen wunderbaren Bruder trauerte, wohl wissend, dass er alles andere als wunderbar gewesen war.

Mein Vater war schockiert vom Anblick Silvias, die prompt heulend neben ihm zusammenbrach. Er überredete sie, in den Mercedes zu steigen, und hielt auf dem Parkplatz neben dem Spielplatz. Nach beharrlichem Drängen erzählte sie ihm, was geschehen war.

Ihm war sofort klar, dass Silvia dringend in ein Krankenhaus gefahren werden musste, um ärztlich behandelt zu werden, aber er begriff auch, dass es seinem Sohn und seinen Freunden dann an den Kragen gehen würde. Die Wahrheit würde ans Licht kommen und dramatische Folgen haben. Silvia bat und bettelte darum, ihren Eltern nichts davon zu erzählen, dass sie vergewaltigt worden war, und mein Papa dachte fieberhaft nach. Sein eigener Sohn war ihm fremd geworden. Er schämte sich für ihn, wusste aber auch, dass er seinen Teil zu diesem Fremdsein beigetragen hatte. Er liebte Alex nicht, sah es jedoch als seine Pflicht, sich schützend vor ihn zu stellen.

Silvias Ansinnen kam ihm daher gerade recht. Gemeinsam versteckten sie das Wölkchenfahrrad im Kellerschacht der »Marianne«, anschließend nahm Silvia ihre Zahnklammer aus dem Mund, legte sie in die Dose und warf sie hinterher. »Die brauche ich nicht mehr«, sagte sie. Ihre Mundwinkel waren aufgerissen, ihre oberen Schneidezähne hatten sich durch die Vergewaltigungen gelockert. Auch ihr Zahnfleisch blutete. Dann brachte mein Vater sie nach Düsseldorf in die Kiefernstraße.

»Wenn Sie niemandem erzählen, dass Sie mich gesehen und mit mir gesprochen haben, schweige ich darüber, was Alex mir angetan hat«, beteuerte sie, und mein Vater ließ sich auf den Kuhhandel ein.

Silvia kroch für eine Weile bei einer Bekannten ihrer Tante Elke, die schon in Westberlin lebte, in einem der besetzten Häuser unter. Die Freundin war in einem Frauenhaus tätig, und so kam eins zum anderen. Silvia wurde anonym notärztlich behandelt, blieb in Düsseldorf und verwandelte sich von Silvia in einen männlichen Punk, der wesentlich älter als vierzehn Jahre wirkte.

Was zunächst nur Maskerade war, um unerkannt zu bleiben, entwickelte mit der Zeit eine Eigendynamik. Mit achtzehn ließ Silvia sich von einem holländischen Spezialisten die Brüste abnehmen. Sie nannte sich Stefan Meyer und machte eine Lehre zum Kfz-Mechaniker. Ihre Papiere sowie das Zeugnis über einen Hauptschulabschluss hatte sie einem obdachlosen Jugendlichen bei seiner Zwischenstation auf der Kiefernstraße abgekauft. Als Stefan Meyer ließ sie sich die Schneidezähne verkleinern und richten und nahm später Hormone, um noch männlicher auszusehen und ihre Stimme zu verändern.

»Trotzdem bin ich biologisch noch eine Frau, und das soll auch so bleiben«, gestand Stefan mir schließlich. Wir waren längst von Tee zu Holunderschnaps übergangen, und Andi Baum schnarchte auf dem Sofa. »Dass ich seit jener Nacht nie wieder einen Mann an mich rangelassen habe, versteht sich von selbst. Zurzeit bin ich Single, aber wenn ich mich auf Beziehungen einlasse, dann immer nur mit Frauen. Das ist weniger bedrohlich.«

Stefan erzählte und erzählte, aber erst als bereits die Sonne aufging und einen purpurnen Schein über den fast wolkenlosen

Himmel schickte, kam er auf den Tag zu sprechen, als mein Bruder starb.

Über mehrere Wochen hatte Silvia in Düsseldorf ihre Wunden geleckt. Sie ließ sich das Haar raspelkurz schneiden und schwarz färben, um als Junge durchzugehen, als der Lolitamörder verhaftet wurde. Für Silvia kam es einem Befreiungsschlag gleich, als er unter Druck auch ihre Entführung und den Mord an ihr gestand. Die Erklärung für ihr spurloses Verschwinden wurde der Öffentlichkeit wie auf einem Silbertablett präsentiert.

»Meine alte, verhasste Identität war damit endgültig futsch«, schilderte Stefan mir. »Ich konnte aufatmen. Die alte Silvia existierte ab sofort nicht mehr! Trotzdem war ich natürlich schwer traumatisiert. Was hinter dem Festzelt passiert war, ließ sich nicht einfach so verdrängen. Es verfolgte mich Tag und Nacht. Ich hatte Alpträume, Magenschmerzen und Hautausschlag. Meine neuen Düsseldorfer Freunde kriegten mit, wie schlecht es mir ging. Eine Mitarbeiterin des Frauenhauses riet mir dringend, eine Therapie zu machen, andere – weniger intellektuelle – Freunde legten mir nahe, mich zu rächen und es meinen Vergewaltigern heimzuzahlen. Es gab sogar welche, die bereit gewesen wären, das für mich zu erledigen. Ich aber war wie paralysiert. Ich war erst vierzehn, über Nacht hatte mein Leben, wie ich es kannte, aufgehört zu existieren. Ich fühlte mich wie in einer Luftblase. Durch unsichtbare Wände von der Außenwelt abgetrennt, geschützt, aber gleichzeitig zutiefst einsam. In dieser Zeit gab es für mich eigentlich nur zwei Empfindungen: die maßlose Enttäuschung über Alex' Verrat an mir und die Trauer um dich, meine beste Freundin, die ich verloren hatte. Beide Emotionen waren untrennbar miteinander verbunden, weil du deinen Bruder dermaßen abgöttisch liebtest. Der Gedanke daran hat mich fast wahnsinnig gemacht. Im November hielt ich es nicht mehr aus. Mit Bus und Bahn fuhr ich als dunkelhaariger Punk nach Hause. Ich hatte mir ein kleines Küchenmesser in die Jackentasche gesteckt, denn ich wollte nicht schon wieder wehrlos sein, wenn ich deinem Bruder gegenübertrat. Am Nachmittag hielt der Bus in Driesch an der Haltestelle gegenüber vom Spielplatz. Als ich ausstieg, hatte ich weiche Knie. Die Erinnerungen an die Horrornacht auf der Vorster Kirmes brachen mit voller Wucht über mich herein. Ich bekam Schweißausbrüche, am ganzen Körper begann meine Haut zu jucken. Dennoch schaffte ich es, hierher zum Haus zu laufen und durch das Tor den Hof zu betreten. Als ich vor dem Anbau im Dunkeln stand, wusste ich plötzlich nicht mehr weiter. Einerseits wäre ich heilfroh gewesen, wenn du mich entdeckt hättest, andererseits war ich getrieben davon, Alex zur Rede zu stellen. Ich überlegte, was ich tun sollte, als ich Stimmen aus dem Proberaum hörte.«

»Alex und Andi«, warf ich ein.

»Ganz genau. Ich trat näher und lauschte an der Tür, die nur angelehnt war. Sie stritten sich. Alex war stinkwütend, weil die anderen beschlossen hatten, die Band aufzulösen, und Andi warf ihm vor, dass er es doch gewesen sei, der alles zerstört habe. Frank habe seit meiner Vergewaltigung Probleme, auf der Gitarre die Griffe zu treffen, weil ihn die Gewissensbisse plagten, und er selbst sei so durch den Wind, dass er nicht mehr aus noch ein wisse. Alex nannte ihn einen Schwächling und eine Schwuchtel, aber er klang nicht sehr überzeugt und wurde im Verlauf des Streitgespräches immer kleinlauter.«

Ich versuchte, mir die Szene vorzustellen, und es gelang mir nur zu gut. Alex muss niedergeschlagen gewesen sein. Die Band war sein Ein und Alles gewesen, sein Baby, das ihm Bewunderung, Wertschätzung und Respekt garantiert hatte. Und damit sollte es plötzlich aus und vorbei sein? Weil er es verbockt hatte? So wie ich meinen Bruder inzwischen einschätzte, hielten sich seine Schuldgefühle vermutlich trotz allem in Grenzen. Da er nur um sich kreiste, fehlte es ihm an Empathie. Vor meinem inneren Auge sah ich den verzweifelten Andi vor mir, der alles dafür gegeben hätte, die Uhren auf Anfang August oder Mitte Juli zurückzudrehen. Niemals hätte er Alex anvertrauen dürfen, dass er auf Jungs stand, niemals.

Alex war mit Sicherheit klar, dass er mit Silvias Vergewaltigung auf der Vorster Kirmes großen Mist gebaut hatte, aber er bedauerte nur die Folgen. Die Tat selbst kratzte ihn vermutlich nicht. Und so rutschte ihm das heraus, was letztendlich sein Schicksal besiegelte.

»›Die Kleine ist schon immer 'ne Schlampe gewesen‹, hat er gesagt«, gab Stefan mit angewiderter Miene wieder. »›Schon als ich das erste Mal ihre dicken Möpse in dem viel zu engen T-Shirt gesehen habe, hab ich das kapiert. Und so ein Dreckstück soll es geschafft haben, die ›Sons of Shadow‹ auseinanderzubringen? Mit dem Lolitamörder hat sie gekriegt, was sie verdient. Die ist weg vom Fenster. Ich verstehe nicht, warum wir uns nicht einfach zusammenraufen können und alles wieder ist wie früher.‹« Bei diesen Worten hatte Alex wahrscheinlich sein charmantestes schiefes Lächeln im Gesicht, bevor er noch einen draufsetzte. »›Und du kommst von deinem Schwulentrip auch wieder runter. Gib endlich zu, dass es einfach ekelhaft ist, Schwänze zu lutschen.‹ Das war der Punkt, an dem ich es nicht mehr ausgehalten habe«, sagte Stefan tonlos und blickte an mir vorbei ins Nichts. »Ich habe das Messer aus der Jacke genommen, die Tür zum Proberaum aufgestoßen und bin rein. Alex hat mich verblüfft angestarrt, und ich bin auf ihn los. Mein erster Stich ging in seinen Bauch. Dann hat er mich erkannt, sein fassungsloser Blick sprach Bände. Er hat versucht, mich wegzuschubsen, aber ich hatte schon wieder zugestochen. Alex kippte nach vorn, als Andi mich von hinten festhielt. ›Was soll das?‹, hat er gebrüllt. Ich habe mich umgedreht, blindlings zugestoßen und seinen Handrücken erwischt. Er hat aufgeschrien und begriffen, wer vor ihm stand. ›Du bist gar nicht tot‹, hat er gestammelt. ›Eigentlich schon, und ihr seid schuld daran‹, habe ich geantwortet und bin in Tränen ausgebrochen. Ich konnte einfach nicht mehr. Alles musste raus, der Schmerz, die Demütigungen, die Trauer um mein altes Leben. Es war, als sei ein Damm gebrochen. Alex war inzwischen auf die Knie gesunken und hielt sich den Bauch. ›Tu was, Andi‹, hat er gejammert. ›Die Schlampe wird mich fertigmachen. Zeig wenigstens einmal, dass du ein Mann bist.‹ Da bin ich wieder zu mir gekommen, habe ausgeholt und noch einmal zugestochen, diesmal in Alex' Schulter. Er hat geschrien wie am Spieß. Andi riss mit seiner linken, unversehrten Hand das Messer an sich, und ich konnte sehen, wie in Alex' Gesicht Hoffnung aufleuchtete. Andi wurde ganz ruhig. Obwohl sein Gesicht schmerzverzerrt war und seine verletzte Hand blutete, wischte er den Messergriff bedächtig an seiner Hose ab und sah mich dabei unverwandt an. Alex, der stöhnend und wimmernd am Boden lag, würdigte er keines Blickes. ›Geh, Silvia‹, hat er gesagt. ›Ich bring das hier zu Ende. Und keine Sorge, dir wird nichts geschehen. Was genug ist, ist genug.‹«

***

Worte eines Alltagsphilosophen:
Was ist Buße? Was Wiedergutmachung? Es gibt Dinge, die sind nicht wiedergutzumachen. Was geschehen ist, ist geschehen, und eine zerstörte Seele lässt sich nicht mehr reparieren.
Mindert es die Schuld, wenn man dem Wissen um die Unmöglichkeit zum Trotz versucht, die Dinge wieder ins Lot zu bringen? Heiligt in diesem Fall der Zweck die Mittel? Und wie viel Egoismus und wie viel Uneigennützigkeit sind dabei im Spiel?
Nun, man läuft Gefahr, dass die Schuld nicht wie beabsichtigt geringer wird, sondern sich potenziert und wächst und wächst. Es verhält sich wie mit Klötzchen, die in einer Reihe hintereinander aufgestellt werden. Wird das erste angestoßen, kippen alle nacheinander um.
Andreas Baum hat versucht, die Dinge wieder ins Lot zu bringen, indem er Alexander Bongartz tötete. Gleichzeitig verlieh er mit der Tat der eigenen verzweifelten Wut und seinem Schmerz Ausdruck.
Wie viele Menschenleben inklusive seines eigenen sind mit dem Mord an Christina Bongartz' Bruder zerstört worden, um das eine von Silvia zu retten? Und hat Andreas Baum dieses Ziel letztendlich erreicht?

Epilog

Es ist Karneval. Am Niederrhein regieren die Jecken, es ist fast unmöglich, ihnen auszuweichen. Während ich versuche, in ein normales Leben zurückzufinden, bin ich von Narren und Maskeraden umgeben, die mir vor Augen führen, wie wenig echt und authentisch die Welt ist, in der ich mich bewege, und wie viel Spaß es offensichtlich macht, in eine andere Haut zu schlüpfen.

An Altweiber ging es los. Wie jedes Jahr besetzten die Möhnen Punkt elf Uhr elf das Kaarster Rathaus, und das Bier floss in Strömen. Ich schlängelte mich durch das dichte Gedränge auf dem Neumarkt und versuchte, angeheiterten Menschen mit von Schminke verschmierten Gesichtern, Konfetti, Luftschlangen und Bierlachen auszuweichen, um nach Hause zu fliehen.

Karneval ist noch nie mein Ding gewesen. Ich kann nicht auf Knopfdruck fröhlich und ausgelassen sein, und zurzeit erst recht nicht.

Am nächsten Montag kommt meine Mutter zu Besuch. Schon jetzt graut es mir davor, sie am Büttger Bahnhof abzuholen, während dort der Rosenmontagsumzug stattfindet. Zwar trifft sie erst gegen sechzehn Uhr ein, wenn die phantastisch geschmückten Mottowagen, die von Traktoren gezogen werden, und die Fußtruppen mit ihren Jutebeuteln voller Kamelle schon seit fast zwei Stunden unterwegs sind, aber der Ort wird trotzdem noch von großen und kleinen ausgelassenen Jecken überschwemmt sein.

Andererseits kann ich es kaum erwarten, meine Mutter wiederzusehen. Es geht ihr einigermaßen gut, hat sie mich am Telefon beruhigt, aber das kann sich bald schon ändern. Der Krebs breitet sich unaufhörlich in ihr aus, erst wird er sie schwächen, dann töten.

Dennoch ist sie guter Dinge. Sie habe akzeptiert, dass sie sterben wird, sagt sie. In meinen Augen ist ihr Fatalismus unglaublich, fast tollkühn. Ich bin weit davon entfernt, hinzunehmen, dass sie bald nicht mehr da sein wird. Ich will das nicht, aber was nützt alles Wollen? Es bringt nichts, sich gegen etwas zu sperren, das unabänderlich ist. Also kann ich nur eins tun: die wenige Zeit, die ihr noch bleibt, möglichst oft mit ihr teilen – sofern sie es zulässt. Und so fiebere ich trotz Karneval dem Rosenmontag entgegen.

Seit dem Morgen nach Franks Konzert habe ich weder von Ron und Andi noch von Dirk oder Frank, geschweige denn von Stefan, etwas gehört. Er und Andi gingen um sieben Uhr in der Früh. Zum Abschied habe ich beide umarmt, und es kostete mich keinerlei Überwindung, Andi Baum zu berühren. Im Gegenteil, es tat sogar gut.

Noch am selben Abend bin ich zum Vorster Friedhof gefahren, habe lange am Grab meines Vaters und meines Bruders gestanden. Es war kalt und klamm und wurde langsam dunkel, dennoch fühlte ich weder Angst noch Einsamkeit. Stattdessen konnte ich in der andächtigen Stille des friedlichen Ortes endlich in Ruhe nachdenken.

Es ließ mich nicht los, dass Stefan alias Silvia dankbar dafür war, dass mein Vater ihn nach der Vergewaltigung nach Düsseldorf gebracht und ihm so ein neues Leben ermöglicht hatte. Aus diesem Grund hatte er vor wenigen Tagen sein Grab besucht.

Ich konnte seine Dankbarkeit nicht teilen und fragte mich, warum. »Nur mit der Wahrheit lässt es sich wahrhaftig leben« – der Satz meiner Mutter ging mir nicht aus dem Kopf, während ich vor den beiden Gräbern stand und die Kälte mir durch die Schuhe in Füße und Beine kroch.

Es war falsch gewesen, was mein Vater getan hatte. Grundverkehrt, Alex und seine Freunde zu schützen und Silvia darin zu unterstützen, sich ein Lügengebilde zurechtzuzimmern. Stattdessen hätte er mit ihr ins Krankenhaus und zur Polizei fahren müssen. Natürlich wären schwerwiegende Konsequenzen für Alex, Andi und Frank die unabdingbare Folge gewesen. Man hätte sie wegen gemeinschaftlicher Vergewaltigung verurteilt und bestraft. Eine strahlende Zukunft hätte nicht mehr vor ihnen gelegen, und Frank wäre sicher nicht der international bekannte Musiker geworden, der er heute ist.

Dennoch hatte mein Vater mit der Vertuschung der Vergewaltigung nicht das erreicht, was er hatte erreichen wollen: seinen Sohn, den er nicht liebte und aufgrund seiner daraus resultierenden Schuldgefühle stets besonders schonte, zu schützen. Im Gegenteil: Alex hatte sterben und Andi fünfunddreißig Jahre lang für die Tat sühnen müssen.

Am Grab meines Vaters wurde mir klar, was für ein Feigling er gewesen war. Auch für ihn hätte es schließlich negative Folgen gehabt, wenn sein Sohn als brutaler Vergewaltiger in der Öffentlichkeit entlarvt worden wäre – so wie für meine Mutter und mich. Mein Vater hatte der Wahrheit nicht ins Auge blicken wollen und mit dem kläglichen Versuch, die Dinge wieder ins Lot zu bringen und unbeschadet aus der Situation herauszukommen, die finale Eskalation herbeigeführt. Stein um Stein war umgestoßen worden, bis die Katastrophe ihren Lauf nahm.

Viele von den damals Beteiligten lebten heute noch in den Trümmern. Fünfunddreißig Jahre hatte Andi Baum im Gefängnis verbracht, nicht unschuldig, aber auch nicht wirklich schuldig der Tat, für die er verurteilt worden war.

Fünfunddreißig Jahre lang hatte ich um einen Menschen getrauert, den es nie gab, und war langsam, aber sicher zu einer verbitterten, hartherzigen Frau geworden.

Unsere Familie war zerstört worden, meine Ehe hatte von Anfang an auf tönernen Füßen gestanden, weil Dirk zumindest ein Teil der Wahrheit bekannt gewesen sein musste und er ihn mir beharrlich verschwiegen hatte. So viele Schäden, weil die Wahrheit vertuscht worden war.

Aber am nachhaltigsten war Silvia Schmitz' Leben demontiert worden. Das Trauma der Vergewaltigung hatte bewirkt, dass sie es nicht mehr ertrug, sie selbst zu sein: das unbeschwerte, naive, freche Mädchen mit den schiefen Vorderzähnen, das gern flirtete, sich modisch kleidete und sich kitschige Liebesfilme ansah. Mit einem Schlag hatte sie alles verloren: ihre Kindheit, Eltern, Freunde, ihre Zukunft – ihre gesamte Identität.

Das Wissen, dass mein Vater daran eine Mitschuld trug, stieg bitter in mir auf. Als Vierzehnjährige und im Schock darüber, was man ihr angetan hatte, war Silvia natürlich nicht in der Lage gewesen, adäquat zu reagieren und vorausschauend zu handeln. In dieser Situation hätte er als Erwachsener und gestandener Mann die Verantwortung übernehmen müssen. Nein, er hatte ihr nicht geholfen, sondern sich ihrer aus Egoismus und Feigheit entledigt.

So war Silvia zu dem geworden, der sie jetzt war. Stärker konnte sich ein Mensch nicht verleugnen. Ich starrte auf die Grabsteine meines Bruders und meines Vaters und traf eine Entscheidung.

Auch Stefan Meyer hatte sich eines Menschen entledigt. Er war es gewesen, der Eva-Maria Schmitz erdrosselt und in den Altkleidercontainer gestopft hatte. Wir hatten nicht darüber gesprochen, aber er hatte es mir quasi gestanden, indem er mich in meinem eigenen Haus überfiel und mich unter Drohungen zwang zu schweigen. Übrigens war er durch das Kellerfenster eingedrungen, das noch nie richtig geschlossen hatte. Stefan hatte sich an dieses Detail erinnert.

Auf dem Friedhof stehend stellte ich mir vor, wie sich Eva-Maria Schmitz und Stefan in Driesch begegnet waren. Vielleicht hatte er sogar an der Tür seines Elternhauses geklingelt. Viel wahrscheinlicher aber erschien mir, dass ihr Aufeinandertreffen zufällig, etwa in der Grünanlage beim Spielplatz, stattgefunden hatte. Hatte Eva-Maria Schmitz in dem gedrungenen Mann ihre Tochter erkannt? Und wenn ja, wie hatte sie reagiert? Mit Fassungslosigkeit, Entsetzen oder Ablehnung? War sie maßlos enttäuscht von ihrer Tochter gewesen, die sich so offensichtlich von ihr abgewandt und lieber ihren Tod vorgespielt hatte, als nach Hause zu kommen? Oder war Eva-Maria Schmitz erleichtert, froh und glücklich gewesen und hatte ihr Kind mit offenen Armen aufnehmen wollen?

Ich wusste es nicht, glaubte aber, dass beide Reaktionen zu

dem hätten führen können, was im Anschluss geschah: eine Entladung sämtlicher aufgestauter Emotionen. Für Stefan war seine Mutter nicht mehr seine Mutter gewesen. Damit sie erneut dazu werden könnte, hätte er einen Teil seiner alten, abgestreiften Identität wieder annehmen müssen. Nur indem er Eva-Maria Schmitz auslöschte, konnte er auch nach dem Treffen das bleiben, was er sich so hart erarbeitet hatte.

Am letzten Donnerstagabend auf dem Friedhof entschied ich, mit meinem Wissen nicht zur Polizei zu gehen.

Mein Part in dieser Geschichte ist hiermit zu Ende. In keinem Fall will ich zur Richterin über Stefan alias Silvia werden. Aber reihe ich mich damit zwischen denen ein, die die Wahrheit vertuschen und der Lüge den Vorzug geben? Nein, ich denke nicht. Soll die Kripo doch selbst herausfinden, wer Eva-Maria Schmitz ermordet hat. Das ist ihr Job, nicht meiner.

Ich habe genug damit zu tun, mir mit den herausgefundenen Wahrheiten ein neues, authentisches Leben aufzubauen. Ich will für meine Kinder und für meine Mutter da sein, solange sie noch lebt.

Wie ich mit Dirk umgehen soll, der mir fünfunddreißig Jahre lang verschwiegen hat, dass er Alex, Andi und Frank in jener verhängnisvollen Nacht in der Nähe der Vorster Kirmes absetzte, weiß ich noch nicht. Ebenso wenig, was ich mit dem Wissen anfangen soll, dass der berühmte Frank Marquardt ein Vergewaltiger, Feigling und Lügner ist. Aber damit, meine rosaroten Erinnerungen an Alex mit der unumstößlichen und grausamen Wahrheit abzugleichen – und zwar in vollem Umfang –, damit habe ich schon begonnen.

Mein Bruder war ein Soziopath, der nicht mit anderen mitfühlen konnte und der nur sich selbst sah. Er hat schreckliche Dinge getan, bevor er deshalb getötet wurde. Darf ich ihn dennoch lieben? Darf ich dennoch um ihn trauern? Ich sehe sein fröhliches Kinderlachen vor mir, während er mich beim Schaukeln auf dem Spielplatz anstößt. Ich höre, wie er mir abends im Bett Geschichten vorliest und mich dabei im

Arm hält. Hat er das alles wirklich ausschließlich getan, um Bestätigung zu bekommen, und nicht aus Liebe zu mir, seiner kleinen Schwester? Ich weiß es nicht.

Ich ahne, dass es ein hartes Stück Arbeit werden wird, zu begreifen und zu akzeptieren, wer Alex in Wirklichkeit gewesen ist. Ich stehe erst am Anfang eines langen Weges.

Deine Welt

Kein anderer sieht durch deine Augen,
Kein anderer hört mit deinem Ohr.
Die Dinge, die für dich nichts taugen,
Sind alle außen,
Sind ganz weit draußen,
Sind außen vor.

Kein anderer fühlt mit deinem Herzen,
Kein anderer ist in deiner Welt.
Und hast du einmal starke Schmerzen,
Sind sie nur drinnen,
Ganz tief innen,
In dem, was dich zusammenhält.

Den anderen kannst du sanft berühren,
Dem anderen kannst du nahe sein.
Versuche ruhig, dich zu verlieren
In der Vision
Von Union.
Denn welcher Mensch will immer spüren,
Von Grund auf bloß allein zu sein?

Christiane Wünsche

CHRISTIANE WÜNSCHE
Mühlenschweigen
NIEDERRHEIN KRIMI
emons:

Christiane Wünsche
ZAUNGAST
Broschur, 384 Seiten
ISBN 978-3-95451-401-4

»Wünsche setzt erneut mit viel Gespür auf die Psychologie ihrer Figuren. Das liest sich überaus spannend, lässt mitdenken und miträtseln bis zum temporeichen Showdown. Und wenn man gerade meint, alles sei klar, dann setzt Wünsche noch eine überraschende Wendung oben drauf. So muss ein wirklich guter Krimi sein. Unsere Empfehlung: lesen!« Der Neusser